GAEA

GAEA

城隍
THE CITY GOD
林綠
著

城隍

THE CITY GOD

目錄

一、于新

畢業後，他帶著一只舊背包搬回老家，並非手頭山窮水盡，而是為了躲避前女友的眼淚。

「不是說好要結婚了，怎麼臨時分分掉？」母親沒多問什麼，就是對年輕人的感情有些微詞。

一言難盡，他走前託房東歸還兩人同居租屋處的鑰匙，就此訣別。

原本申請好的研發替代役，也因為想避開在同一座城市的她而放棄，現在在家等著公所寄來新的兵單。國中的妹妹為此憂心忡忡，說他這種打不還手的白面書生特別容易招惹臭男人欺負。

妹妹對他的印象還停留在國高中小白臉時期，事實上他曾經為女友打過架，因此斷了兩根骨頭，躺在醫院三天。每次女友說起那件事都嘖嘖稱奇，好似自然觀察員驚奇發現原來樹懶也會生氣。

明明在談當兵的事，他卻忍不住想起女友按著他肩頭踮腳，專注望著自己眼睛的樣子。如果連感情貧乏的他都會因為分離而心頭抽痛，何況是心思細膩的她？

「哥？」

「沒事，我在想小汝，會慢慢忘記的。」

妹妹大嘆口氣：「你眞的很不會說謊，不想提還是誠實回答，讓我不問你跟曾汝姊姊怎麼了都很難啊！」

「我的錯。」

「什麼錯？劈腿、家暴、發現自己其實喜歡男人？」

他搖搖頭，妹妹和他對看三分鐘，最後捶他兩下就放棄了。

等待兵役的空檔，他想找份勞力活來轉移注意，但鎭上店家聽到他的名字一致搖頭拒絕，因爲他年少時期給人的印象實在太差，早已被貼上麻煩人物的標籤。後來妹妹不忍心他求職到處碰壁，從存錢筒挖出三百塊聘用他早晚接送她上下學；後來那三百塊他拿去鄰鎭的夜市打靶，給妹妹換了一隻烏龜大布偶回來。

結果他大半時間還是繭居在家，除了睡還是睡覺，但睡了又會作夢，夢中有許多美好的光景，女友的嬌笑、好友爽朗的笑、父親慈愛的笑容，清醒之後，只是愈加消沉。

這種頹廢的生活直到有天母親回家，拿著一紙紅單來到他面前——

「阿新，你欲去做廟主嘸？」母親的口氣滿是猶疑，好像這不是出自她意願的選擇。

「廟主？」

「就是水邊那間城隍廟。你上大學後，縣政府土地重劃，廟一半被劃到隔壁鎭，兩邊廟委談不攏，沒有人要管事，兩個月後就要拆掉。」

他在電視上看過政府強拆民宅，但還沒見過有人拆神明住的廟宇。

「鎮長沒說什麼？」

母親哼了聲，他才想起現任鎮長已不是急功好義的王伯伯，而是換作某個貪污被判刑的黑道分子。

「說起來也是淒涼，城隍爺保庇鄉里幾十代，現在廟也沒人顧了。你就早上開門、晚上關門，每天去給城隍爺上香、打掃，別讓呷酒呷毒的毋成子聚在那裡。」

他沒有應聲，母親又催促兩句。

「為什麼找我？」

「不然找你小妹去嗎？」

他不是推託的意思，笨拙的口舌卻無法跟母親說明清楚。

「媽，妳知道我不信鬼神。」

母親叨叨唸唸：「你就幫阿母一個忙。我早年到市場擺攤，早晚都會去跟城隍爺祈求，請伊保庇我一個苦命查某人平安把你和阿妹飼大。伊對我有恩情，我嘸甘看伊香火落盡。」

「媽，我不是和妳談信仰和歸屬感，我只想知道為什麼妳會找上從未去廟宇參拜的我。妳從來不想讓我參與鎮上任何活動，我明明是妳不願向外人提起的污點。」

母親被他從未有過的質問嚇到，支吾一陣才說：「城隍爺救過你一條命。」

母親似乎想解釋什麼，卻又說不出口，他先行回道：「那是真的。」

母親抖落手上的紅單，上頭密密麻麻印著的福興鎮鎮民姓名，硃砂唯獨圈出他的名字：

黃于新。

他不信鬼神，但曾見過一次，就在瀕死之際；所以那是眞的。

那是國中發生的事，這座小鎭的人幾乎都知道。

他從小就有溝通方面的障礙，高中之前還沒辦法正常說話。他常常一個人到與鄰鎭交界的圳溝看流水，經過的鄉親總會招呼一聲，問他在看什麼、想什麼？他也說不上來。

後來前任王鎭長說圳溝水臭，要把小河填上溝蓋，工程進展到他常駐地段的前一晚，他就跳了下去。

他一落水就撞上河石昏迷，沒有胸肺嗆滿廢水的痛苦，運氣很好。

他就像陷入深眠，沒有意識，直到有個男人把他叫醒，自稱是城隍爺，念他年幼不懂事，把他的魂魄從陰溝勾回來。

他看不清男人的模樣，眼中只有一縷白，男人向他揮揮手，在胸前比了三隻手指，又比了四。

于新想，或許時間到了，城隍爺要他還清那條命。

妹妹從學校暑輔回家，聽說大哥被仙仔「選中」去管廟，哎喲哎喲叫了好幾聲。她看母親臉色不善，似乎不想提起兄長雀屛中選的細節，才在餐桌上閉嘴忍耐。

妹妹一吃飽飯就跑到他房間八卦，直說那間廟有問題，這幾年常鬧事，那些爲富不仁的傢伙才會想把它拆拆掉。

「嗯。」于新應了聲。

妹妹瞇著眼，神祕兮兮地拊上他耳邊。

「我有個同學體質比較敏感，跟我們說每次鎮上有人過世，他就會夢見穿古裝的官差把死者帶進城隍廟審判。之前的『大爺』比較溫和，新上任的這個比較吵鬧，像上次鄰居伯伯喝酒開車，就被祂半夜鬼壓車，轎車半邊懸在堤岸像蹺蹺板搖晃……哥，你有在聽嗎？」

「結論是？」他不知道靈異故事和自己的關聯性，他沒有陰陽眼，不喝酒也不開車。

妹妹無力垂下肩膀：「怕你被捉去做小老婆，小心一點啦！」

「嗯。」

妹妹抱著大烏龜布偶走出房間，又回過頭來，向他眨眨眼。

「不過你眞的見到鬼，一定要跟我說喔！」

「嗯。」

他清早起來，母親正要出發去魚市批貨，母子在客廳碰了頭，相視無語。

母親要掏錢，他說不用。他不會給她添太多麻煩，他很快就會離開這個家。

母親沒露出安心的神情，反而用像要窒息的沉重嗓子問道：「阿新，你恨媽媽嗎？」

「沒有。」

母親並不相信他的話，因為他以前問過同樣的問題，母親也向他否認，眼神卻透露出相反的答案。

于新徒步來到廟口，不見以往乾淨的白石廣場，菸蒂和酒瓶扔得到處都是，還有一股食物腐敗的臭氣，即使外地人也看得出這是間被遺棄的廟宇。

在他印象中，至少四年前城隍廟還是鎮上最熱鬧的地方，不少小吃攤會到廟埕擺攤，算是當地的夜市，他和故友也常來吃吃喝喝。回家前，他總遠遠站在廟門外，看著不良於行的友人半爬半跪給城隍爺上香。

今天是他第一次進到廟裡，推開未上栓的紅漆門板，灰塵落在他身上。

暗的。即使在白天，他卻覺得廟內還停留在夜晚的時空，全是擺設的死物，沒有過往的生氣。

「咚」的一聲，廟門木栓落地，于新回過頭，發現不尋常。他伸手把半開的門蓋上，從門縫透來的光隱約可見廟門內側竟畫著血紅的咒文。

就算不懂方術，于新也能判斷符咒不應該對向廟宇的主神，夜間關門等同合上符文，把廟中的神靈——假設有的話——壓制在內。

他望著黑墨墨的神像，不帶感情地評判：「您連自身都保不住，難怪庇佑不了信徒。」

開了廟門，于新先折返回家載妹妹上學，又帶來工具打掃廟宇，唯獨那道血符怎麼也洗不乾淨。

午後下起夏日的西北雨，直到傍晚都沒有停歇；休息室電話響起，于新接過，是妹妹來電，告訴他同學的爸爸願意載她一程，叫他不用冒雨過來。

于新聽出妹妹口氣帶著幾絲欣羨，人家有爸爸，他們家卻沒有父親。

「我知道了。喬喬，我今天不回家。」

「啊，爲什麼？」

「想一個人靜靜。」于新從休息室整理出床鋪和書桌後便冒出這個念頭，他是廟主，有資格借住。

「那種地方你睡得下去？」

「嗯。」

「那裡沒有可愛的小妹啊！」

「我會忍耐。」

于新可以想像妹妹噘著粉脣說道：「好吧、好吧，我再跟阿母講。」

他想，母親知道他不回家，應該會鬆口氣。

入夜後，他關上大門，但沒完全閉闔門板，讓兩邊符文無法接起。

于新拿出筆記型電腦，坐上左門邊的服務台。這台妖艷的紫金色筆電是女友刷卡買給他的禮物，及時拯救他期末當機的報告。他每次要還她錢，女友總是堅定拒絕，說她外務多，

「小玫瑰」就當作她的分身陪伴他。

他曾經對著小玫瑰練習「妳眞漂亮」，但情人節對上本尊卻說「妳妝好濃」。他過去因爲說不出漂亮話而吃盡苦頭，女友聽了卻笑得那麼開心，由衷喜歡他眞誠的笨拙。

于新指尖撫摸著紫金筆電，然後打開塵封半月的電腦，太久沒用，他忘了桌面還放著女友摟他肩膀的親密合照，不禁怔了好一會。

他將照片刪去，開始埋頭工作，只是進度不盡理想，腦中全是女友的悲傷控訴。

——阿新，你……都在騙我嗎？

是，我之於妳眼中的一切，都是謊言。

「小新，你在幹嘛？」

「架網站，新接的案子，走前想留點錢給我媽和妹妹……」

于新回了話才驚醒過來，他剛才巡過一回，偌大城隍廟只有他一個人。他怔怔往聲音的方向看去，擺著紅燭素果的神桌上竟然平空冒出穿著花俏長袍的青年，頂著一張惡作劇得逞的笑臉，莫名地眼熟。

「哎呀呀，看看這是誰啊？黃媽家的大公子、福興鎭的小王子，四年不見，你這臭小子終於捨得回來啦？大學怎麼樣？有沒有交到漂亮妹子？破處了沒有？」

這種說話方式，全世界于新只認識一個人。不可能，這中間一定出了什麼差錯。

「阿漁？」

「哦哦，黃董，你還記得漁漁嗎？我還以爲你忘了人家了呢！」青年戴著紙製品質感的黑框眼鏡，特別拿下來給他用力拋了媚眼，又戴上去。

于新震驚到說不出話，放眼福興鎮三百年地方誌史能夠這麼無聊又三八的男子，分明是他高中好友。

阿漁，本名王昕宇，綽號「美人魚」，是他雙腿天生不良於行的自我戲稱，但他又愛吃炸雞、愛喝手搖杯，就是個胖子，于新私下吐槽他是「儒艮」才對。

于新猛地站起，一連撞上椅背桌腳，急急往神桌方向跑去。

「你怎麼瘦了？……不對，你的腿好了嗎？……不對，你怎麼會在這裡，你不是死了嗎！」

「一言難盡。」王阿漁大嘆口氣，把玩起托盤上的一顆蘋果。

「天氣眞好，一言難盡」、「數學沒過，一言難盡」，這句話是他們以前常掛在嘴邊的口頭禪，不管對父母、師長、攔下他們時速過快又雙載的電動車的警察先生，都用同一套說詞敷衍過去。

過去那種爲賦新詞強說愁的口頭禪今日重現，于新整個人搖搖欲墜，理科生的理智已經瀕臨崩潰。

「我知道了，因爲閉門空氣不流通，焚香又消耗太多氧氣，所以我才會出現你死而復生的幻覺，以爲你已經去國外醫好你的腿！」

「小新，你冷靜點。」

「我怎麼冷靜得下來！」

「啊就長夜漫漫，且聽我慢慢道來。」阿漁伸長手，于新看著他的手指穿透自己的臉。

「首先呢，我沒有奇蹟復活，我的確死在十八歲那年，畢業典禮前一天。」

「我明白了，這一切都是幻覺。」于新平板地回應。

「哎喲，你不要這麼固執，我只是以另一種形式存在著。」

「所以，你沒有死？」

「小新哥哥，請你放棄二分法好嗎？人沒死而存在，人死去而消失，我不在這兩種狀態，你應該有更接近的選擇，比如你快點承認遇到鬼之類的。」

「少廢話，你到底死了沒有？」

「好吧，我死了。」阿漁放棄和動氣的于新理論。他生前有幸和木訥寡言的小新哥哥吵過幾次架，全都輸到脫褲。

聽到這個樣貌的「人」親口證實這個早在四年前發生的結果，于新感覺有什麼溫熱的液體從眼眶湧出，緊接著壓抑多年的悲痛全面潰堤。

「啊啊啊，你別哭啊！」

于新一邊流著鼻涕眼淚一邊破口大罵：「我這些年都騙自己你只是到國外去生活，賀年卡生日卡都沒漏下，後來我女朋友發現我每年給死人寄信，要我去心理諮詢！他媽的我們會分手全都是你害的！」

阿漁大喊冤枉：「誰教你當初死不參加我的喪禮，愛逃避現實吼，死好。」

「換作是你，你承受得了嗎？」于新還記得畢業典禮是他代替意外喪生的好友領取證書，可能他那天臉色像鬼一樣白，沒有老師和同學敢靠近跟他攀談。

「唉，我絕對不會讓你孤單地走，孝女白琴、電子花車，還有脫衣舞孃，一定讓你熱熱鬧鬧出發到極樂世界；我還會有情有義地跟我爸討錢買下報紙頭版廣告，詔告天下黃于新死掉了，強迫鎮民包白包給你媽。還有我一定會照顧你國小的妹妹，你就安心地去吧！」

于新只有一個感想：「你這個垃圾！」

「你妹不嫌棄我坐輪椅耶，多麼溫柔的女性啊！」

「那是因爲你都會分零食給她吃，她才看不上痴肥的胖子！」

「喂，說好不對我的體脂肪人身攻擊。」

于新在學弟妹眼中是個彬彬有禮的學長，也從來沒跟女友吵過架，許久沒一口氣說這麼多話，喉嚨跟著乾澀起來。

「王昕宇，你怎麼就死了？」

「沒辦法呀，我也不想。」阿漁對于新無奈笑了笑。十八歲而不是八十歲，沒有幾個青少年預想會在青春年華死去。「死了就算了，老天爺卻不放過我這個青年才俊，強留我下來做工。要知道我從小到大都是我媽的小寶貝，連碗都沒洗過，嗚嗚嗚！」

一開始的驚嚇過後，于新只是茫然看著死去的好友，阿漁在他面前連打兩記響指，把他叫回魂。

「你還記得吧？我們以前常常一起來拜拜，我現在就是被拜的那一位。」

「我不懂……」

「城隍爺，代理。」阿漁張開雙臂，登登！

于新突然明白爲什麼這間廟快廢掉了，一定是這傢伙的問題。

「這四年你出外唸大學，我也努力服務鎭民，累積社會經驗而成長，充實過著每一夜。但天才如我，有些事一隻鬼也是力有未逮。」

「有話快說。」

「就是啊，鬼的限制太多，我白天出不了廟，就像生前我的電動車故障一樣，必須找個合適的乩身來當我雙腳。可是我爸走了之後，鎭上的人變得只在乎自己的事，要他們付出香油錢以外的心力比登天還難，只有剛從外地回來的你看起來很閒。」

雖然對方說的是事實，于新就是不爽承認。

「你大概也聽說了，這間廟快要被拆掉了，最後一任的我必須結清這塊土地的『願』才能去投胎，不然意外死掉掉的魚胖子只能到陰間數饅頭。」

年輕的城隍爺朝于新拋了記媚眼，如此靈動的神情，彷彿他從來沒有離開過這世間。

「吶吶，小新，朋友一場，幫個忙吧？」

二、阿漁

于新一夜未眠，從內推開廟門，霧水漫上他眼簾。即使日頭升起，大霧還是讓小鎮陷入一片未醒的迷茫。

然而，他意外瞥見熟悉的俏皮身影，理應賴床到出門前半小時的妹妹，竟站在白石廟埕仰視著城隍廟。

「呼呼，小喬已經長那麼大了。」

「別發出下流的聲音。」于新朝背後靈警告一聲，沒多久，妹妹發現了他，踩跳石階，興奮地撲上兄長。

「哥，你還活著啊？」

「活著。」

「你知道我爲什麼一大早起床嗎？」

「擔心我。」

「猜對了，誰家能有這麼好的妹妹？你要請我吃早餐喔！」

「好。」

于新踏出廟門前，撐開他帶來的黑雨傘。于喬以爲她纖細的大哥想擋露水，但于新的黑傘卻拿得低斜，傘頭對著正東邊。

「哥，你幹嘛？」

于新想了下才說：「遮陽。」

于喬看不見趴在于新背後頻頻向她拋媚眼的奇怪大哥哥，只是納悶地跟在兄長身旁，亦步亦趨。

當他們走來市街，于新那把醒目的黑傘不免引來店家側目。于喬趕緊拿出布包中的小點花傘，想說兄妹倆一起撐著才不會讓她大哥太特立獨行。可于喬試了幾次都打不開傘，于新沒說什麼，只是拿過花傘擺弄一陣，傘就順利綻放成圓。

「好了。」于新把傘遞回給小妹。

于喬噘起嘴，她是在為他著想，怎麼弄得像她被照顧一樣？

「哥，你去唸大學真的變了很多。」

「有嗎？」于新反問，又瞥向他的背後靈，王美人魚的供詞剛好相反——小新新，你一點也沒變，還是愣頭愣腦單細胞。

「是因爲小汝姊姊吧？」

于新默然，于喬仰頭投以同情的目光。她兄長不打誑語，不回答可見他心裡還想著人家。

「『小汝』是誰？你女朋友吼？怎麼交到的？說來聽聽。」

「我們同一個社團。」于新淡然回道。

于喬初次聽見她哥提起和女友交往的事，千載難逢，大氣不敢吭一聲，只用眼神示意他快快說下去。

「她很受歡迎，尤其在女孩子之間。新生總想表現自己，不然就是像我都不說話，她卻把注意放在別人身上，了解每個成員的個性，爲的就是讓每個人都能融入團體。所以她才會主動過來跟我聊天，我說我有個小妹妹，還有一個去國外動手術的好朋友。」

「哥，原來你也會說謊。」

于新低眸看著妹妹：「嗯，我會說謊。」

像是每回妹妹聽聞外面風聲而回家追問他國中落水的事，他都說是意外，妹妹就會露出安心的眉眼，回頭繼續和她同學爭辯：「我哥那麼疼我，他不可能拋下可愛的妹妹想不開，絕對！」

「然後呢？」

「其實不算聊天，我只是單方面向她介紹我高中好友有多奇葩，逗笑了她。說起來，我是因爲昕宇才能認識小汝。」

「哥，你已經有四年沒說起阿漁哥哥，我還以爲你心理創傷太大，把他忘了。」

「想忘也忘不了。」

于新這麼說的時候，于喬隱約瞥見他哥背上有個人影，可一下子就不見了，她以爲是大霧造成的錯覺。

「喬喬，我想去掃墓，妳知道他葬在哪裡嗎？」

于喬搖搖頭，胖子哥哥車禍過世沒多久，王鎮長就辭去鎮長職務，和傷心欲絕的妻子移居海外。他們膝下就這麼一個孩子，很可能把骨灰也一起帶走了。

「哥，都四年了，你爲什麼突然要掃墓？是不是胖子哥哥托夢給你？你睡在城隍廟果然有看到鬼！」

「一言難盡。」

據他身後的幽靈供稱，前任城隍是可憐他早死才任命他做代理人。王阿漁幹了四年地方鬼官，期間天怒人怨，沒解決鎮民心內的煩憂，反倒被邪惡術士封在廟中一整年。廟都快拆了，阿漁才感到不太妙，沒有完成代理人的義務，就無法投胎上路，好不容易才盼來于新這個倒楣鬼，把小新哥哥抓來徹夜商討計畫——一如他們生前的模式，阿漁負責吃水果、于新負責想事情，找出一個可以試圖努力的方向。

于新建議從離他們最近的問題開始解決，把堂堂城隍（代理）王阿漁關在廟裡的犯人是誰？又爲什麼要這麼做？

因爲不知道是生前的仇還是死後所結的怨，阿漁就說去他生死的連結點看一看，說不定有一些記憶線索儲存在骨灰罐裡，順便叫于新補給他該有的三跪九叩。

「哥，我不是跟你說過我有個同學有靈異體質，要不要我叫他來幫你跟胖子哥哥溝通？」

「不必，不是溝通的問題。」照理說，人鬼之間應該有「種族」間的落差，可是于新和身後的鬼完全沒有一絲隔閡，連「他」的嗤嗤賤笑都聽得很清楚。

「而且我也有話想跟阿漁哥哥說，如果能見到他就好了。」

「喬喬，什麼事呢？」阿漁特意在于新肩上托頰，拋出一記媚眼，自以爲情聖。

「喬喬，不要理他。」

「什麼？」

于新側肘頂住大笑的胖鬼，只得像個人偶覆誦阿漁的話：「什麼事？」

「請他在天上保佑哥哥和鎮上，他生前最喜歡福興了。」于喬收住脣上的笑容，小小聲嘆口氣。「鎮上這些年實在不太好，大家都說做好人無路用，賺錢最重要，人的價值被扭曲了。『拜神就會幸福是一種迷信，有錢就會幸福也是一種迷信。』這是我同學說的。」

身後的鬼急忙追問：「小新，快問她那個同學是男的還是女的！」

于新不堪其擾，只得代替某鬼八卦兩下，而他投出來的球更直一些。

「妳那個同學是不是喜歡妳？」

「哪有？我只是看他一個人沒朋友，偶爾會跟他一起回家。」

于新也是因爲女朋友同情心氾濫才互相認識，後來他們就在一起了。

「我的小天使要被搶走啦！」阿漁在于新身上鬼吼鬼叫。

「喬喬那麼可愛，本來就會有很多人喜歡。」于新受不了地制止對方，回頭卻看見妹妹像隻企鵝搖擺雙手，很開心的樣子。「我不是在誇妳，不過妳比我懂人情世故，我相信妳選擇對象的眼光。」

「其實是因爲阿筆有點像你啦……」于喬害羞說道，這點于新就無法理解，像他有哪裡好？「哥，你也有想跟阿漁哥哥祈求的心願嗎？」

「祈求什麼？跟他講又沒用。」于新實話以對。

「眞無趣！」妹妹和鬼友同時抗議叫道。

于新不是沒有心願，而是他的願望不可能實現，說了只是徒增悲情。

于新送妹妹上學後，沒有回家，踩著中古淑女車來到鎮上新興的鬧區，附在他身上的鬼不停「哇啊、哇啊」叫著。沒想到鎮上轉眼間多了兩間速食店、一家美妝百貨和大型超市，發展得還不錯。

于新就讀的大學在都市，假日陪女友逛街，早看慣五光十色的商家，胖鬼這樣鬼叫，讓他又憶起高中的青澀歲月。每次鎮上有新的店家開張，從餐館到五金行，他們都會約好放學後去捧場，要是衛生不好還是沒發票，隔天王鎮長就會派人來稽查，他們兩個根本是生意人的煞星。

「唉唉，我才被施法關一年，鎮北就改變那麼大？」

于新住鎮南，靠近城隍廟，窮人區；鎮北新區是有錢人的地盤，鄰近市區醫院，包括王阿漁他家透天厝也在這邊。

「你得罪誰？」雖然阿漁一句帶過，但于新認爲這事比對方遠想的嚴重。

「不知道，可能是某個爛鎮長、垃圾議員、黑心立委。我承認我的確仗著廟大作亂，但頂多只是把酒換成尿之類無傷大雅的小玩笑，他們是在怕什麼？」

「因爲你死得很慘，旁人認爲冤魂不散。」

「有多慘？」阿漁不太記得死亡的情境，本來還是一枚青春洋溢的高中生，一眨眼就遇見前任城隍大哥了。死亡的痛苦忘光光，只記得陰間的飯菜很難吃。

「被送貨的卡車撞，聽說頭和肚子被輾破。」

「那我的戰龜兩千呢？」比起遺體，阿漁更在乎他代步的電動愛車。

「那種出人命的凶車，你爸媽應該不會賣給別人。」

「眞想再次騎著它載你到河濱兜風，香車與美少年，唉呀呀！」

于新不接話，只是哽了哽喉頭。阿漁已經盡量以詼諧的口吻提起他掛掉的事，看來小新哥哥還是不太能接受自己死亡的事實。

「啊那個廢物身體，又醜又殘，壞了也好。」阿漁半是自嘲地安慰道，「我出國前總想，美國醫療發達，到那裡我一定要換個新殼子。跟醫生說：『Handsome and long legs, please.』」

「你以爲是科幻小說嗎？」于新低聲駁斥。

「唉，handsome and long legs，你以前還是我可愛的小王子，怎麼長一長就有一百八呢？不是兄弟。」阿漁生前所追求的美貌和長腿，于新剛好都有，忍不住覬覦出手。

于新腿間一片涼意，大叫：「我在騎車，不要摸我大腿！」

街上的人看了過來，某鬼果然忘了被輾爆的交通事故，他們差點就連人帶車去撞車，淑女車千鈞一髮急煞在卸貨的卡車前。

于新一停好車就往背後出拳，阿漁左閃右躲，仗著來無影去無蹤的鬼性，哈哈哈地躲開所有攻擊。別人眼中看來，于新就像鬼附身起乩。

「很危險，不要亂開玩笑！」

「逗你玩嘛！」

「出事怎麼辦？」

「反正我都死了呀！」阿漁自以爲幽默。

「說的也是，我也去死一死算了。」于新面無表情地回應。

「啊啊，對不起、對不起，我知道錯了！」

阿漁大人經過一番跪求勸說，于新才在炙熱的太陽底下撐起黑傘，免去一場曬傷脫皮和魂飛魄散的冷戰。

于新不習慣人多的地方，之前找打工才過來新區一趟。阿漁卻是興高采烈，把于新當作轎夫，擺出官大爺出巡的姿態，展開名義爲視察、實際是玩樂的民情調查。

「小新，這個、這個，你看，有小耳朵！」

「你買髮圈做什麼？」于新站在滿是國高中女生的飾品連鎖店，挺拔的身長鶴立雞群，女孩子不時往他瞄去，竊竊討論他。

「我媽走前燒了很多名牌給我，就是沒有我喜歡的東西。」

「你心中鎮民的苦難和遺憾跑去哪了？」

「不然買給喬喬好了。」阿漁拿出妹妹遊說。

「好吧。」于新掏出鈔票。

連逛三間百貨店和藥妝舖，于新有些吃不消，想要休息一陣，身體卻突然動彈不得，原來他的背後靈深情凝視著街角的雞排便當店。

「小新，你知道嗎？我這四年來，只有吃香火和水果，死不如生。我生前不管想吃什麼，我爸媽都會弄來給我，嗚嗚嗚！」

「你就死了，能怎麼辦？」

「你身體可不可以借我？雖然這不符陰律，但一下下應該沒關係。」

「你就爲了吃雞排飯知法犯法？」

「拜託，我不是你最好的朋友嗎？」

「你……算了。」

阿漁從後頭掐住于新修長的脖頸，于新沒有絲毫反抗，縱容自己的魂魄被抽出，讓對方取而代之。

阿漁拿到于新身體的控制權，第一句話就是：「哈哈哈，我要統治世界！」

阿漁到櫃台不是先點餐，而是跟半百的老闆娘聊天，從天氣聊到丈夫、兒女，再來到老闆娘的國標舞興趣，無視身後的排隊人潮。等到他付帳，手中也多了一份兩倍大的排餐。于新想，這四年來真是委屈胖子的舌頭。

阿漁找了一處僻靜角落，直接抓起香脆的雞排大口咬下，還沒吞下肉塊，又扒了一匙飯菜入口，嘴邊不時發出「啊」、「呼」的讚歎聲，引來旁人注目。

于新吃東西總是食不知味，可是每次看阿漁吃飯，就覺得食物變得特別美味，連帶他也跟著餓了，一餐可以吃三碗，惹得鎮長夫人咯咯笑，直說他們兩個是餓死鬼投胎。

阿漁自小不良於行，但于新從來沒看過他自怨自艾，總能從他身上感覺到對生命的熱情。

「好好吃喔！」阿漁離開前又叫了份雞排外帶。「接下來的行程——珍奶，正常甜！」

「你是要讓我血管爆開才甘願嗎？」

「小新，你不是我最好的朋友嗎？」每次都來這句，友情勒索。

阿漁來到熟悉的飲料店，店長是個瘦高的中年男子，叫「茶哥」，過去總是看在他爸的面子上多加一勺珍珠，沒想到這回卻是賞他一張冰塊臉。

「回去，我累死也不要用你。」

阿漁頭頂滿是問號，于新解釋他上禮拜來應徵搖飲料，被退貨。

「爲什麼？你……不對，我這麼帥！」

飲料店長食指往腦袋比了比，嗤笑一聲。

于新說：我有病。

「你不用說明，我看得懂。」阿漁一股氣竄上腦門，想喝杯飲料也得看盡人情冷暖。

「茶哥，我不是瞧不起生意人，而是瞧不起沒眼色還自以爲狗眼可以看人低的生意人，我可是王鎮長他兒子的拜把兄弟，你這種態度，是要下半輩子在福興要飯還是開店啊？」

「那死胖子被撞死之後，王鎮長早就搬到美國去了！」

身爲被訕笑的對象，阿漁大笑一聲。

「嘖嘖，看來你不知道鎮長補選的事，王鎮長怎麼說都是最得人望的老鎮長嘛，捨他其誰？」

「難道……」飲料店店長臉色變了又變。

「明白就好，小新，走！……我忘了，我就是小新呀！」阿漁食指往臉頰戳了下，裝可愛圓場過去，轉身又回到寡婦臉。

于新問：這樣好嗎？

阿漁凜凜回道：「跟惡人和白痴不用說道理，就像我爸說的，善者無智愚，蠢人無好壞。」

「可是茶哥也是鎮上的一分子。」

阿漁雖然在氣頭上，但也知道于新說的沒錯，城隍就像鎮長，不能心裡討厭就拒絕信徒，而是要想辦法把惡的導向善方。

「我願意接這個苦差事，有部分也是想成爲像我爸那種父母官，大家都尊敬他，他也全心爲鎮上謀福祉，但是我可能缺了某些東西，怎麼也做不好。」阿漁有些喪氣。

「你只是太年輕了。」

阿漁抬起頭來，恢復一點精神。

「再多說一些。」

「啊？」

「誇我，我已經四年沒聽見讚美了。」

「昕宇，謝謝你幫我出頭。」

「哼哈哈，我是英雄，我超帥！」

于新還是覺得阿漁馬上辭官對鎮上比較好，他這個人一蠻幹起來就是不知節制。

「天啊，這不是黃同學嗎？」突然有人叫住于新，阿漁和于新看去，是他們以前高中同學，外號「派克」，打扮很花俏，手邊還勾著一個穿著清涼的女子。

「小新，這麻臉男怎麼還在？」阿漁毫不客氣地露出嫌惡的神情。

于新說：他免役，高中一畢業就在議員姑姑那邊當助理，一個月七萬塊。

「垃圾！」

阿漁父親是前任鎮長，于新高中常去王鎮長家吃飯，跟著了解一些地方政治圈生態。王鎮長是無黨派的新興勢力，而派克的姑姑議員是立委的樁腳，雙方不合。

派克給身旁裝扮俗艷的女子做手勢，指著自言自語的于新訕笑。

「小新，聽說你被選作廟主？城隍爺有沒有托夢給你？」

派克是福興鎮地頭蛇，雖然喜歡他的人不多，但他討厭的人，做生意的商家也不敢喜歡，好比長得比他帥太多的于新。

正牌城隍爺阿漁大人翻過白眼，沒好氣說道：「你誰啊？我家小新是你能叫的嗎？」

派克覺得于新有些奇怪，以前嘲笑他他從來不敢應聲，都是王昕宇那輪椅胖子跟自己叫囂。

「這次回來福興，你又想去哪裡死啊？我跟你說，白天從學校鐘樓跳下去才能紅，跳河太低調了。」

阿漁很難在「白目」和「白痴」之間，幫派克選一個評價。四年過去，派克小子依然是福興鎮的頭號智障。

于新提醒一聲：昕宇，問他知不知道你的墓地？

「我才不要，這混蛋擺明弄你，你是不會生氣一下喔！」阿漁氣呼呼地吼回去，派克和他的女伴被嚇得一跳。

于新只道：正事要緊。

阿漁用于新的肺深吸口氣，好吧，半夜再去派克家鬼壓床。

「張克群，昕宇大帥哥葬在哪裡？」

派克神情一陣不自然，阿漁高挑起眉。

「你在心虛什麼？」

「不知道啦！」派克叫過女友就走。

阿漁故意模仿派克講話：「哼，不知道啦！」于新卻沒有笑，還在思考剛才派克古怪的反應。

「主角總需要反派來襯托，小新哥哥，你不要把小丑放在心上。」

「他說的也沒錯。」

于新經常會有厭世的念頭，高中時還可以推託是升學壓力，可他唸完大學還是一副要死不活的德性。阿漁要是孤魂野鬼，一定挑這個憂鬱美男子捉交替。

「小新，自殺死下輩子會像我一樣變殘廢，不行，禁止事項。」

「眞的嗎？證據呢？」

「你還眞的在計畫啊？」

于新不說話，只是覺得像這樣依附在他人身上的狀態，比活著還適合他。

阿漁知道于新腦袋有點怪，跟他動之以情，說什麼你媽和喬喬會傷心，他就是聽不懂，但如果從分析利弊的角度，他倒是聽得進去。

「拜託你這兩個月千萬別想不開，你得做我雙腿、馬伕、小奴才，知道嗎？」

「嗯。」

擺脫派克帶來的不快，一人一鬼繼續在大街上遊蕩，阿漁四處跟小孩子和老人家問安，這兩類族群的人也比較不會臭臉拒絕。于新一開始不明白這和調查有什麼關聯，後來才發覺阿漁是想幫他和鎮上重新打好關係。

從高中以來，一直都是如此，格外維護著他。

阿漁感覺于新幾乎趴在他肩頭，想要撒嬌又不敢靠近，雖然很彆扭，但他認爲這也是小新哥哥的可愛之處。

「小新，比起派克那種人，你留下來更能幫助鎮上，你只是須要往外跨出第一步。來，我教你。」阿漁目光在黃昏的路口逡巡，選定一個穿著舊式碎花裙、眉頭抑鬱而風韻猶存的婦人。「這位太太，對，就是妳！別板著一張臉啦，笑一個吧，嘻！」

阿漁過去常以母親的小情人自居，勾搭中年婦女特別熟練，幾乎半個福興鎮的媽媽們都被他虧過。

于新必須提醒阿漁一件事──那是我媽。

「媽！」阿漁趕緊立正站好。

「阿新，你是安怎？」

「沒什麼、沒什麼，只是突然愛上妳而已。」

黃母聽得直皺眉，兒子從來不會跟她說這些三五四三。

阿漁記得菜市場到中午就收攤，黃母的打扮也不像從市場回來。連身套裝，手上還掛著珠鍊，口紅半褪，應該是去會情人。

于新從小受人白眼，有一部分是因爲他母親沒守寡，跟過幾個男人。但這也是他們家的家務事，某些八婆不體諒一個女人帶大一雙兒女，只會拿臭酸的貞節嚼舌根，眞受不了。

阿漁上前幫黃母提包包，把這美麗的錯誤拗成專程等她的孝子表現。

「媽，妳人面廣，我想問妳知不知道昕宇葬在哪裡？」

「你是說小胖？」

阿漁聽見這暱稱幾乎要流下淚來，只要是福興鎭在地婦女都知道鎭長公子很肉，遠遠看見他就喊一聲「小胖」當作招呼。

黃媽媽不愧是菜市場魚攤老闆娘，消息靈通。

「我記得應該在文公寶塔，王鎭長重金買下了地藏王手上的蓮花塔位。」

「有媽媽最好了！」阿漁撲過去往人家媽媽臉上親一口，于新和他母親都被嚇得一怔。

「我再在外面晃一下，等等就回家，媽咪掰掰！」

等人跑遠了，黃母才想起一件要事。

「阿新，你女朋友打電話到家裡，伊講有要緊的事跟你參詳！」

阿漁沒聽見，只是「哦」了一聲回應，連帶于新也沒有接收到訊息。

文公寶塔是王鎮長任內的政績，過去福興鎮殯葬業被黑頭仔壟斷，辦一次白事索價二十萬到三十萬不等，貧苦人家無力負擔，只好到處借貸。曾有人病重怕拖累妻小，寧可投河做水流屍死在外地，王鎮長知情後，決意不再讓悲劇重演。

寶塔從動土到落成，期間沒少過風言風語，說是破壞福興風水、王鎮長拿工程紅包。別的地方官員的確如此，但多數鎮民信任他們所選擇的王鎮長，只說：「彼個人不會這麼做。」

于新與阿漁一人一鬼騎著自行車穿越石子路，來到位於福興邊陲的荒草地，一大片所謂的「親子育樂公園」都是剷平亂葬崗而得，文公寶塔就位於草原的盡頭。

「哎喲，感覺會有鬼出來捏。」阿漁迎風咧開嘴角。

「不好笑。」某鬼騎車技術很爛，出竅的于新必須抓緊他衣角，才不至於像風箏飛出去。

他們把腳踏車停在寶塔石階下，徒步上去，沒想到靈骨塔夜間不開放，大門深鎖。

「小新，上！」

這位佔據他身體吃喝玩樂一整天的鬼大爺，等到要做苦力的時候，立刻把肉身還給于新，在一旁拍手鼓譟說風涼話。

「你不是鬼嗎？不能穿門過去幫我開門？」

阿漁飄浮在半空，一手搭著門板耍帥。

「我跟地藏王之間……一言難盡，你爬就是了。小新，你看，我們運氣眞好，那個氣窗沒鎖捏！」

氣窗離地兩公尺，于新不得已，只得踩上大門門把，兩手攀住門框，試圖扳開氣窗，就在這時，手電筒燈光照來，他心頭一驚，失足跌了下來。

沒有預想的痛楚，于新只感覺到耳後吹來的涼風。

「痛、痛，我腿廢了的話，你可要以身相許。」阿漁墊在于新身下，哀叫不止。

「你本來腿就廢了。」

高中那時，他們經常這樣互相抬槓。學校沒有電梯，都是于新揹著阿漁胖子去術科教室。于新以前比較瘦弱，兩人經常滾樓梯跌得灰頭土臉，爲了以防萬一，于新還被迫簽下要是摔死胖子下半輩子就得當他父母乾兒子來賠的賣身契。

手電筒的主人走來，皺巴巴的老臉近距離端詳于新好一會，才確定他是鎮上的孩子。

「你不是秋水伊子？哪會來這裡？」

「秋水」是于新母親的名字，老一輩多是以父親來叫喚後輩，「某某的兒子」，而于新父親早逝，母親才是他們家的代表，從稱呼就知道他來自單親家庭。

于新有段時間很抗拒別人這麼叫他，都不理會長輩的問好。後來大了一點，明白他爸再也不會回來了，才認命接受。

「小新，快跟東伯說，是城隍爺指示的。」

于新不理會鬼魂的耳語，小聲開口：「伯，我來看昕宇。」

管理人東伯了然於胸，鎮上沒人不知道他們兩個男孩子感情好，闖禍鬧事都在一塊。

「唉，王鎮長做人實在沒話說，可惜生了一個殘廢兒子又早死。」

「伯，他只是生病，不是殘廢。」

「啊……哦。」東伯不明白于新在澄清什麼，人不都死了？

「昕宇的腿會治好的，他爸已經找到厲害的醫生，手術時間也定好了，他還申請上國外的大學，他會好起來的！」

「小新，好了、好了！」阿漁拉住于新，省得他等下被產地直送到精神病院。

東伯看過許多看不開的家屬，沒有太把于新的反常放在心上，帶他上二樓隔間，也就是地藏王手心的位置。與別處密密麻麻的方格塔位不同，蓮座上只有一個獨立的金色方格，四周放滿不會凋謝的塑膠花束。

于新看得出神，原來這就是死去，不帶一絲生氣。

「秋水兒子，我麻煩你一件事，你會使通知王鎮長把骨灰領回嘸？」

「爲什麼？」于新疑惑問道。

「普渡了後，這裡就要關門了。」

「爲什麼？」一人一鬼合聲驚呼。

「前任鎭長給福興欠了一屁股債，沒有錢補貼寶塔，艱苦人也繳不起管理費，管委會決定關塔，我下個月就要去市區的客運站打掃。」

于新腦子急速運轉起來，也就是說火化加入塔，鎭民優惠價五千元只到下月底，要死就要趁現在。

而阿漁趁于新腦袋秀逗沒有防備，搶過他的身體，急急向東伯問話。

「東伯，你走了以後，福興怎麼辦？哪有人像你這麼盡心又這麼好膽可以來管塔？哎喲喂，福興要沉了啊！」

東伯怔住，然後有些羞赧地說：「我只是一個工仔……」

「這些年我看著福興落敗，心內實在足毋願，如果我不只是賣魚的兒子，就能爲福興出口氣。東伯，要是事情有轉機，你一定要轉來，拜託你！」

阿漁不過幾句話，衰老的東伯感到自己仍被社會需要，雙眼又亮起光輝。也因爲得了老人家好感，阿漁成功從東伯手上拿到塔位備用鑰匙，微笑著送伯伯離開。

「來來，看看被燒成灰的我～」阿漁低身捧起金剛石骨灰罐，打開來，食指沾了一點試吃，于新完全無法阻止自己吞下死人骨頭。

「你爲什麼連這種東西也要吃一口！」

吃就算了，吃完還把身體還給他，于新滿嘴都是灰粉的怪味，想吐也吐不出來。

「嗯嗯，現在可說是你中有我，我中有你。我也是聽說一些方術才來試試，想說能不能恢復死前那段掉鏈子的記憶，總覺得很重要。」

阿漁眼前閃過一台疾駛的黑色轎車，向他迎面而來……

「不對啊，你說我是被送貨的卡車輾死的？」

「怎麼了？」

阿漁臉色沉重：「幹，我該不會是被謀殺掉的吧？」

謀殺案總有動機，每個人都知道王鎮長不貪不酒不好女色，唯一的罩門就是他膝下那個成天惹禍的孽子，想要毀去王鎮長仕途，最好趕在他把兒子送去美國前下手。

于新看阿漁蒼白著臉，目光幽微，就像陰魂該有的模樣。

「我該不會把『冤』聽成『願』了？前輩大哥說的『解冤』，其實指的是我自己嗎？」

「阿漁！」

阿漁抬手，示意于新安靜。

「等一下，讓我想想該不該把你拖進凶殺案裡，你媽有幫你保意外死亡險嗎？」

「佛像動了！」

阿漁回過神來，看地藏王原本平舉蓮花的手掌九十度倒轉，那朵金蓮像是巨大凶器向他們襲來。

「小新，跑！」

于新情急之下，忘了朋友已死了做鬼，像過去一把揹起阿漁，抱著骨灰罈往樓下衝。

「你到底得罪祂什麼？」

阿漁在于新背後侃侃而談：「某方面來說，算是民間信仰和佛教系統的衝突，在大佛眼中，沒有城隍爺這種東西，我只是一個祂必須渡化的小鬼頭；而在我眼中，祂不過是我爸去跟人家殺價買來的二手貨。而且這四年來，我把外地的遊魂趕得遠遠的，只准在地的老人家受祭拜，我偏袒福興鎮鎮民的自私惹怒了立願普渡眾生的大佛。還有啊，我第一次上任巡查，就用鬼火燒祂屁屁。」

「你這個白目仔！」

于新往後看去，大佛竟然從坐姿爬起身，金色的巨大身軀迅速往他們逼近，不覺得慈悲，只覺得恐怖。

「我沒辦法啊，那是我生前的遺憾，我不完成它就像便便沒大乾淨。可是燒完前輩大哥才告訴我，這是力量決定一切的世界，道行一片空白又沒有老爸可靠的我，才知道挫賽了。」

金佛的巨手鋪天壓下，就要攫住他們倆，于新及時關上大門，俐落上鎖。門板砰砰兩聲，而後寶塔安靜下來。

「呼！」阿漁揮開額前不存在的冷汗，朝大佛比了中指。

于新抱起冰冷的骨灰罈，踉蹌走下石階，阿漁飄了過去。

「你看到了吧？做鬼其實有很多潛規則，不像人以爲那樣死了就能得到自由，哪像做人只要有權有勢就能自由自在，像我堂堂鎮長公子，日子過得有多逍遙……媽的，越想越氣，我一定要宰了那些王八蛋！」

于新一臉倦怠地問：「怎麼殺？」

「不要那麼乾脆地答應，小新哥哥，你的仁義道德呢？」

「沒有人教我那些道理。」

阿漁不難察覺，于新心志薄弱，氣場衰得見鬼，只要他一個動念，就會把于新拖下深淵。有時候小弟太聽話，老大也是很傷腦筋的。

「那你一定聽說過，殺人會下地獄。」

「嗯。」

「我看過地獄，那裡的鬼都很沒水準，你能忍受跟派克那種人朝夕相處一輩子嗎？滿山滿谷，全都是派克喔，沒有阿漁和喬喬。」

于新似乎有一絲動搖，阿漁鬆口氣，會怕就好。

「而且他們不只奪走我的性命，還奪走我爸最喜歡的小鎮，殺了他們太虧本，至少要把福興鎮拿回來。」

「怎麼辦？」

「你有認識什麼大人物嗎？去向他告發，警察就會自動去查了。」

「沒有。」于新虛弱地回。

窮人家的本事總是比別人差一截，連報仇也是一樣。

「好吧，你有保意外死亡險嗎？」

「沒有。」

「那些人大概三天內就會上門，快去跟認識的保險員保一下。」

「沒有。」

「你活那麼大沒被拉過保險？我家可是平均每天上門三個。」

「我家沒錢。」

阿漁抱頭慘叫，于新擺明他就一條命在那裡，其他的不用想了。

「算了算了，我們先回廟裡再從長計議。」阿漁看于新披頭散髮、失魂落魄，還抱著骨灰，比他還要像鬼，不能放任他這樣子在外遊蕩，對鎮民的心臟不好。

于新捧著冰涼的罈子，低聲問道：「王昕宇，你怎麼就死了？」

「我也不想啊，奈何世道險惡。」

于新一路哭回城隍廟，阿漁怎麼勸都沒用，只能任由他嚎啕哭啞嗓子。

哭不能解決問題，于新腫著雙眼打開他的筆電小玫瑰，查詢當年的新聞。

阿漁一隻鬼壓在于新背上，認眞品評自己的死亡報導。

「品學兼優，砥礪向學，孝順父母，竟然沒有一句負評，我做人眞的那麼成功嗎？」

「做人成功的是你爸。」于新看過幾次好友用輪椅衝撞他父親，王伯伯生起氣來也用十八字髒話譙回去，離一般標準的父慈子孝有點距離，只能說死者爲大。

阿漁當作沒聽到：「司機很年輕吶，被關兩年，現在應該出來了。」

于新用名字搜索，找到貨車司機的臉書，似乎在鄰鎭冷凍廠工作，比起四年前新聞上的照片，看起來老了十來歲。

這是一條線索，于新正在思考如何著手調查，身後的鬼卻嚷嚷著要搶他電腦來玩。

「小新，你也有臉書嗎？我想看！」

「你的冤情呢？」

「那個不會跑掉啦，快點把你大學四年的美麗與哀愁分享給我！」

「我沒有臉書。」

「怎麼會？你怎麼可以連在網路上都這麼自閉？」

「我註冊沒多久，有學妹加我好友，小汝生氣，我就刪掉了。」

「啊？」阿漁不太懂女方的無理取鬧和男方的任人魚肉。

「男女朋友都是這樣。」于新不太確定地說。

「你是她男人不是她兒子吧？」

「我媽不太管我。」

「吼，我不是那個意思。要是有人想要管控我的交友，我一定翻臉。」

「我沒有想太多，可能還有記錄在，我找找看……」于新一怔，他平時不太用社群軟體，沒想到會跳出一個以他命名的粉絲團。

「這什麼？『火山孝子黃于新傳奇』？」

于新的手指被阿漁控制住，點出頁面的大頭照，是他在大雨中穿著輕便雨衣撐傘的照片，畫面有些失焦，應該是被人用手機偷拍。

「你去拍文藝片嗎？」

「小汝和朋友去夜唱，半夜沒車叫我去接她。她們有加唱，忘了告訴我。」

「你該不會就傻傻站在外頭一小時？」

「三小時。」

「神經病！」

「或許有一點……」

阿漁繼續用于新的手去瀏覽那些充滿驚歎號的文章，要不是他早死了，一定吐出血來。

那個叫「曾汝」的女人與其說是把于新當情人，更像把他當奴才使喚。買早餐、接送上學是日常基本，凡事以她的行程為優先，晚餐後一律待在家等她電話傳喚，吃飯要等她吃，睡覺也要等她玩樂回來才能睡。而她不過出錢買台電腦給他，就能說嘴三年。

「黃于新，你有沒有一點男人的骨氣啊！」

「小汝喜歡我。」于新垂下浮腫的眼皮。

「她哪裡有愛？她和她朋友的言行滿滿都是炫耀和虛榮！」

「你不懂她，不要隨便批評她。」

「要是我還活著，一定叫你跟這女人分手！」

「分了。」于新慵慵地回，分明還很捨不得。

「我滿心以爲你去過著光明燦爛的大學生活，你卻去給人做牛做馬。小新新，我對你好失望！」

于新不甘示弱地回擊：「我也以爲你會把病治好，食言而肥，死胖子！」

「四年鮮花素果，我至少減肥成功了啊！」阿漁快快抗議。

于新闔上筆電，趴在服務台動也不動。今日東奔西走，被鬼附身、被大佛追殺，又說起分手的女朋友，他已經心力交瘁。

「好了，去床上睡啦。」阿漁推了于新兩把。

「你不用休息嗎？」

「啊就，我已經變成魚了，睜眼睛睡覺。」阿漁拿下紙眼鏡，刻意睜大一雙明眸。

睡眠是于新唯一感到輕鬆的時刻，他不知道失去睡眠的阿漁又是如何？

「我四年有小汝陪我，王伯伯和你母親都走了，你這四年怎麼過的？不寂寞嗎？」

「你不在，沒人陪我胡鬧，我當然很寂寞囉。」阿漁盡量不讓自己的笑聲太苦澀。

「對不起，如果我那天陪你一起回家就好了……」于新在臂彎裡悶悶地說。

明明被撞得稀巴爛的是他，阿漁卻覺得孤伶伶被留在人世的于新很可憐。

翌日星期六，于新不用接送應該會懶懶睡到中午的小妹。他打算依昨晚蒐集到的資料，前往鄰鎮尋找當年肇事的貨車司機，試圖從中打探線索。

兩鎮之間以圳溝相隔，有一座車行的水泥路橋和一條人走的木便橋，于新牽著腳踏車來到就在城隍廟後方的木橋，而阿漁雙手負在身後，跟于新說掰掰。

「你不一起來嗎？」

「唉，要是我能離開福興，早就去你大學看你了，順便教訓你那個公主病女友。」

于新默默走了兩步，又回過頭來：「昕宇……」

阿漁大嘆口氣，爲什麼好好一個帥哥活得像隻棄犬？

「去去，幫我討回公道。」

于新過了橋，感覺連日緊繃的肩頸肌肉鬆弛開來，夏日的酷熱也跟著回籠，他再回頭，不見故友，只剩下泠泠流水。

□

于新來到冷凍廠，詢問之後，得知那人今日排休沒有上工，但工頭覺得于新很奇怪，不肯透露對方的住址。

這時，冷凍廠老闆從辦公室出來，看到于新雙眼一亮。

「你是大學生對不對？過來、過來。」

於是于新被叫去辦公室修電腦，他也眞的會修，老闆以一杯涼水聊表謝意。

禮尚往來，老闆多告訴于新一些有關「阿順」的事。那個年輕人很孝順，獨自奉養老祖母，工作勤快，不像一般人嫌薪水低還要扣勞健保。只是被關過，個性有些陰鬱。

于新請求老闆提供資訊，老闆一樣問于新有無認識有力的靠山，于新說沒有。

「那你還是不要插手比較好。」老闆怕得罪人，什麼也沒說。

于新謝過，牽著自行車離開。就在他剛才檢修電腦的時候，已經記下「陳天順」的員工資料。

鄰鎭詔宛與人口密集的福興不同，多處仍是農地和磚頭矮房，于新在烈日下騎了半天，好不容易找到陳天順的家。

他來到人家門埕，刻意發出煞車聲。屋裡傳來動靜，于新深吸口氣，往大門緊閉的門板敲了敲。

「你好，有人在嗎？」

門板半開，探出一張人臉，對方應該不過三十歲，看起來卻像衰老的中年男人。

「我是黃于新，王昕宇的朋友……」

聽見那個幾乎毀了他一輩子的名字，原本死氣沉沉的男人突然激動起來：「我什麼都不知道，你走！」

于新卻用力抵住門板，一改怯弱的態度，幽深的雙瞳逼近對方眼前。

「你在大聲什麼？你害死我朋友，我今仔日就是來找你算總帳！」

陳天順淒厲地尖叫一聲，狼狽地往屋內逃去。于新踢開門，他一身白衣黑褲，走路前步拖著後步，就像是來索命的鬼魅。

于新進到內室，只見陳天順瑟縮在藤椅後頭，藤椅上坐著一名乾癟的老婦人，于新用他缺乏抑揚頓挫的語調說：「阿嬤午安。」

「你好、你好，阿順的朋友對嘸？呷飽未？」老婦趕忙提起精神招呼客人，但老眼昏花，沒有察覺現場尋仇的氣氛。

「還沒，我和恁孫談點事情。」

「我什麼都不知道，沒什麼好談的！」

兩男僵持不下，還是老婦溫言軟語地詢問，陳天順才囁嚅地說是車禍死者的朋友。

「伊開車貪快，把一個孩子撞死，實在足對不起，是我沒教好。」老婦踉蹌起身，執起于新雙手，向他再三抱歉。

「道歉是應該的，只是他沒有說出事實。」于新就像塊冰，冷淡掙開老婦顫抖的十指。

「你……甘是先生的兒子？」老婦摸上于新的臉，于新一怔，老婦補充說道：「黃伊人，黃先生。」

于新許久沒聽人提起他父親，記憶中，他們社區的人會喚父親「老師」，並不是父親有在學校擔任教職什麼的，而是左鄰右舍生活上遇到什麼瓶頸就會來向他父親討教，都是一些他年紀太小而聽不懂的問題。

「以前他聽聞我們祖孫有困難，用腳踏車載了一袋米過來。那時候你才剛出世，家裡也不好過，但他就是無法見死不救，從沒見過像他這麼善良的人。」

于新不發一語。善良有何用？如果說善有善報，惡有惡報，那為什麼沒有實現在他父親和好友身上？

「天順會記嘸？先生有教過你功課。」老婦沉浸在回憶裡，即便後來日子也沒有改善多少，就是一直記得那份無私的溫柔。

「我就是因為先生才把高中唸完，像我這種人，有學歷還是有差……」知道于新是恩人的小孩，陳天順態度軟化不少。「我問你，先生走了，你家為什麼沒有辦喪事？」

于新從小到大被問過幾百回，他一開始連問題都聽不懂，後來才琢磨出常人能理解的回應。

「找不到屍體。」

一室沉默，良久，老婦才嘆息一聲：「可憐。」

于新突然感到難言的疲累，累得無法再多說一個字，想要轉身離開，完全逃離社群，但他答應阿漁，要帶回一個交代，不能半途而廢。

「我爸媽也死了，你至少還有媽媽。」陳天順試著說句場面話。

「請不要安慰我。」于新打從心底厭煩廉價的同情，但每當他直白拒絕他人施捨的好意，說話者總會露出惱羞的嘴臉。

阿漁說，因爲眞正善良的人很少，大部分是喜歡被當作善人進而得到優越感的普通人，所以每當有吃素唸經的傢伙，擺著慈眉善目而吃飽太閒的臉告訴他，他有一對好爸媽，即使殘廢也要心存感恩之類屁話的時候，他都直接回：「幹恁娘。」

于新心頭跟著默唸一遍，胸口窒鬱的氣息稍微消散一些。

「我來這裡爲的只有眞相，請告訴我事發當時的眞實狀況，這對我們來說非常重要。」

于新說話有一種未修飾過的眞誠，陳天順躊躇好一會，才開口斷斷續續描述情境。

「他突然整個人從對向車道飛出來，我煞車不及就撞上去。我下車，旁邊還有一台黑轎車飆過去。事後那個人的爸爸派流氓來威脅我認罪，不然就要我賠好多錢。」

「王鎭長不會教唆黑道做事，是眞凶冤枉你。」

陳天順看著于新，想起祖母幾乎哭瞎的雙眼和不見天日的黑牢，一股氣憤浮上面容。

「你甘願被當作殺人犯嗎？」

可陳天順想到那群凶神惡煞，神情又萎靡下去。

「算了，關也關了，我現在只想跟我阿嬤平平順順過日子。」

小人物在惡勢力面前，無能爲力、無可奈何。

于新明白不過，就像他母親經常掛在嘴邊怨嘆，爲了活下去，只能忍耐，不停忍耐。

每個人都有苦衷和不得已，那誰來還阿漁那條命？

三、曾汝

入夜，末班公車緩緩駛離福興，留下一名穿著時尚的妙齡女子。

她摘下墨鏡，撥了撥栗紅色短髮，清亮的眉宇間隱隱散著憂愁。眼前只有立著一根生鏽站牌的公車站，沒有計程車，連店家也沒有。她憑著一股不甘，拋下一切來到異鄉，而現在她該怎麼辦，心裡實在沒底。

「小姐，需要幫忙嗎？」

她循聲轉頭，身後竟然站著一名穿白襯衫、戴著黑框眼鏡的年輕男子，剛才路上明明就沒有半個人在。

——曾汝對這男人提起十二萬分的警戒。

「妳別瞪，我不是壞人，連人都不是。」阿漁意興闌珊地揮揮手，熱心助人不是他的本意，而是職責。

福興原本有夜間巡守隊，偉大的王鎮長走後也跟著解散，阿漁只得出面維護晚上的治安，而且于新出去調查還沒回來，他真的好無聊。

「小妞，妳是外地人吧？要去找哪家的好兒郎？嗬嘿喲！」阿漁故意捲舌問道，曾汝白過一眼。

曾汝有些吃力地拉過大件行李，想往有燈火的方向走去，阿漁雖然想放她自生自滅，但還是過去幫她一把，沒想到被用力拍掉手。

「別碰，這個很貴！」曾汝把阿漁當作覬覦她名牌行李箱和美色的宵小，不過剛才那一下明明有碰到，卻感覺揮空過去。

「恁娘咧，痟查某！」阿漁生平從未遭受如此污辱，死後也從來沒有。

「不用你多事，只要告訴我這個地址怎麼走就好。你們鄉下街道沒有規劃，很難找。」

「呵，『你們鄉下』？我爸可是爲了保留福興在地特色，花了十五年調查和整建。給我下跪道歉，我再考慮要不要幫妳。」

「跪你個鬼，不幫就不幫，囂張什麼？」

「到底是誰囂張？」

一鬼一人心裡恨道：嬌嬌女／白目男！

兩方咬牙切齒瞪視著彼此，一個在家是父親的寶貝么女，一個生來就是母親的專寵獨子，誰也不想輸。

大概三分鐘後，阿漁才受不了大吼：「地址拿來啦！」

「哼！」曾汝高傲地把牛皮記事本遞去。

阿漁聞見記事本上的香氣，莫名感到煩躁，尤其她字又寫得很好看。

「『東南里七巷十八號四樓括號頂樓加蓋』……好熟悉，不就是小新新他家嗎？」

「你認識阿新？」

「高中同學。」基本上，阿漁已經猜到女子的身分。

曾汝雙眼一亮，瞬間換上明媚的笑顏。

「不好意思，請問一下，阿新高中有交好的女性朋友嗎？」

阿漁只有一個念頭：天啊，這女人好可怕！

「抱歉啊，他只有交好的男性友人，那個男的博學多聞又家產殷實，妳也知道于新家境不好，他為了籌措妹妹的學費，差一點就賣身到對方家呢！」阿漁眼神誠摯地向公主病小姐唬爛一番，但也不是空穴來風，像他向母親撒嬌要娶小新，鎮長夫人非常乾脆地應好。

「我知道，是昕宇對不對？阿新常常提起他。」曾汝柔聲說道。

阿漁雖然早就知道了，但聽到外人的證詞還是忍不住感慨：小新那孩子真的非常喜歡他啊！

曾汝得知阿漁是于新的舊識，敵意不像一開始那麼濃烈。

「你的衣服很像我推薦我男朋友穿的牌子。不過那件白襯衫跟你不搭，你肩膀不夠挺，也不夠高。」

「關妳屁事。」阿漁就是眼饞于新穿得好看，要他燒一件給他，于新也真的燒了。「走啦！」

兩人的手同時搭上行李箱手把，曾汝感到一陣冰涼，隨即遭到對方連珠砲的斥責。

「妳誰啊?別亂摸,我可還是純潔的完璧之身!」阿漁不想承認,母親和于喬不算的話,他生前從沒牽過女生的手。

曾汝忍不住笑出聲,阿漁著實感到自己敗下一城。

「你們鎮上都習慣這麼說話嗎?我男朋友也是隨口一堆語助詞,是社團的開心果,有好多學妹喜歡他,一次四個擠在他身邊,我都快瘋了。我眞的好想把他鎖在家裡,誰都不准碰。」

「妳說他是開心果?」阿漁一時無法將于新鬱鬱寡歡的樣子連結上曾汝口中的形象。

曾汝矜持一會,還是拿出手機、點出影片,向陌生男子介紹她唱作俱佳的男朋友。雖然已分手,但看了幾百遍就是捨不得刪掉。

影片中的于新拿下造型誇張的眼鏡,燦然一笑,向台下若干學弟妹用力眨下雙眼。

——大家安安,我是于新,綽號「小星星」,咻咻,來到地球!

阿漁神色無比驚恐,等等,這誰啊——!

「帥就算了,還帥得平易近人。我至今手刃過多少情敵,你知不知道?」曾汝含蓄地炫耀兩下。

「不知道。」阿漁這才發現于新瞞了他許多事,結果繞了一大圈,眞的有光明燦爛的大學生活嘛,這算什麼小弟?

「不過他在家裡和外面完全不一樣,很安靜,一整天不說話是常有的事,好像在想著什麼，他卻說什麼也沒想。」

啊哈，這才是阿漁認識的于新，發呆小王子。不過阿漁覺得待在家裡太悶了，以前假日總會開著戰龜兩千去找于新，載著短暫喪失語言能力的于新環鎮吹風。

阿漁隨口說起于新：「小新很纖細，需要比常人更多自處的空間，但又不能放著他不管，不然一不小心就會隨水流走。」

曾汝定睛看向阿漁，阿漁重複一遍「高中同學」的關係。不用太難過，人就是這樣，有些人需要長時間才能磨合，有些人一見如故，像她和于新朝夕相處三年也比不過對方坐他隔壁三天來得強。

「我以為我已經夠了解他了，沒想到還是看不透他的心。大四那年，他整個人沉寂下來，除了上課、打工，幾乎不出門。他就像陷入一個很長的夢之中，笑聲很輕，偶爾還會把自己名字說反。」

阿漁停下沒踩地的腳步，于新、新于，昕宇。

于新自身的狀況恐怕比整個福興鎮還嚴重，可是他死了，他爸又搬到太平洋對岸，阿漁也不知道該從何下手。

「他很憧憬他朋友，總說希望能成為那樣的人。我看到被退回來的賀卡，打電話去問，才知道那個人已經不在了。」

曾汝忘不了她揭穿謊言的那刻，于新就像溺水者失去最後一口氣息，臉上再也沒有任何喜怒哀樂。

她感到一股前所未有的危機感，放下手邊所有活動，四處請教那些懂心理的專家，她希望于新能延兵役接受治療。

于新向來很聽她的話，說一不二，她以爲這次也會一樣，于新卻走了。

——對不起，我太強勢了，我會改，一定會改……她一度在電話中崩潰哭求，哭完才知道該用戶已停止使用。

曾汝有些失態，用手背拍了拍雙頰，不能沉浸在自以爲是的痛苦裡，她來這裡是爲了解決僵局。

「應該就是這裡了，謝謝你。還沒問你怎麼稱呼？」

曾汝回首，只有昏暗的街道，那個呱噪而熱心的白襯衫青年竟消失無蹤。

于新久未歸家，一回來就看見女友佇足的倩影。

「小汝。」

曾汝來的時候再三告誡自己不可以動氣，但一看見于新刺眼的白襯衫，這些日子積累的怒火一口氣竄上腦門。

「你這樣躲貓貓很有趣是不是！你是什麼意思，把我當成什麼了！你是不是喜歡上別人了？你說，你說啊！」

于新慢了半拍才回道：「我沒有移情別戀。」

「我回家看到空了一半的房間，你知道我是什麼心情嗎？」曾汝強忍著淚水，這時候哭出來，太軟弱了，她才不要。

而且于新一夕搬空就算了，還把她內衣褲洗好晾乾、仔細擦過她每一雙高跟鞋又貼好防磨墊片，她真的會被這個男人給逼瘋。

于新發了好一會的呆，才從空白一片的腦袋擠出回應。

「妳大老遠過來，會不會累？」

「累死了！」曾汝歇斯底里大叫。

「先進我家再說。」于新過來扛起行李箱，曾汝扶著小腹，跟在他身後上樓。走沒兩步，于新回過頭來，曾汝對上他低垂的雙目。

「妳不舒服？」

「沒有。」曾汝倔強回道。

「穿高跟鞋不好走，鞋子脫下吧？」

「不要，地好髒。」

「那妳在這裡等一下。」

于新先把行李箱搬上四樓，又回來曾汝所在的樓梯口，背對著她，半跪下來。

「來。」

曾汝舉手報復性勒住于新的脖子，又忍不住抱緊一點。

他們租屋的房子雖然有電梯，但偶爾她也會央著于新揹她上樓。于新看來白淨文弱，但負重力特別好，帶著她爬樓梯，大氣也不喘一聲，好像能一輩子一直走下去。

他們到家門口，于新頓了下，曾汝聽見屋裡母女爭吵的聲音。

「人死了都死了，他何必多管閒事？還跑去警局說要重新調查，鬧得全鎮都知道！」

「昕宇哥哥是哥的好朋友啊，他怎麼可能坐視不管！」

「不會想，只會給我惹麻煩！」

曾汝看于新沒有表情變化，打開未鎖的大門，屋內瞬間靜音。

「媽，我回來了，這是小汝。」

曾汝從于新背後爬下來，斂好衣襟，向于新的母親和妹妹行禮問安。

「阿姨、喬喬，妳們好。」

黃母繃著臉皮，留下一句「你們年輕人自己看著辦」，沒有招呼曾汝就回房了。

「嘿，我媽可能更年期到了，妳不要太放在心上。」于喬頂下女主人的任務，倒了一杯清水蹦跳過來。

「阿姨很年輕，看起來不到五十。」曾汝客套笑了笑。

「其實她才四十啦，十八歲就生我哥了。」于喬一邊笑一邊用手肘頂著于新，不是說分手了嗎？現在是怎麼回事啦大哥？

于新只是恍神般站著，于喬都快哭出來了，爲什麼在這種關鍵時候當機！

曾汝主動向于喬示好：「喬喬，抱歉這次來沒有準備禮物，這個給妳。妳戴戴看，看喜不喜歡？」

曾汝隨手摘下左腕的星月手鍊遞給于喬，于喬開心收下見面禮。

「哥，你看，這個是雜誌的熱門款，超貴、很貴！謝謝大嫂！」

「不客氣。」曾汝端出仕女雍容的笑容。

于喬拉著曾汝到她房間，介紹床上的布偶們，除了她的大烏龜，喜歡的都可以挑去當枕頭。曾汝摸摸于喬的頭，任何年長的女性都會忍不住這麼做。

于喬保證道：「我們家之前雖然欠了不少錢，不過現在快還清了。等我上高中我就會去打工，妳不用擔心，不會讓妳吃苦的。」

曾汝訝然望著于喬，她自己也有兄嫂，卻從來沒去在意過他們生活的問題。

曾汝和于喬聊了半小時才進到于新房間。比于喬的房間還小，沒有窗戶，狹小的空間只有一張木板床和疊在地板的原文書籍，于新坐在床邊，已經從行李整理出她的盥洗衣物。

「你妹妹眞是個好女孩。」

「嗯。」

曾汝一直在製造機會，但于新似乎不打算挽回她。

「爲什麼要分手？」

「我的問題。」

「你有什麼問題？你說啊，我們可以一起解決啊，爲什麼要離開？」

于新不應聲，曾汝不想像個潑婦，但她實在忍受不住，過去拉扯他的白襯衫。可是不論她怎麼打他、咬他、吻他，他就是沒有任何回應。

曾汝很是絕望，癱倒在于新懷中。

「阿新，我懷孕了。」

于新睜大眼望著她，曾汝強忍著胸口要嚎啕而出的委屈，就是等他給一個答案。

然而孩子的事，于新什麼也沒問；關於兩人的未來，他也什麼都沒說，只是伸手攬住曾汝，輕拍她背脊兩下。

「惜惜。」

曾汝嗚嗚低泣起來。原來她不辭千里來到這裡，就是爲了這麼一句憐惜。

四、新婚

于喬喜歡星期日，菜市場休息，那是她唯一一天能和母親一起吃早飯的日子。她聽見抽油煙機運轉的聲響，迷糊地抱著大烏龜出來找媽咪撒嬌，爐子前卻站著她穿圍裙的大哥，以及緊緊貼在大哥身邊的漂亮嫂子。他們昨晚感覺像在冷戰，睡了一覺，感情就變得這麼好啊？

母親則是坐在餐桌一隅，面無表情地看著他們年輕人曬恩愛。

「哥，你什麼時候學會煮飯的？」于喬印象中，于新在家裡就是一個整天睡覺的植物盆栽。

曾汝含羞笑道：「我不喜歡學生餐廳的油煙味，他就學做菜帶便當給我。」

「哇靠，眞的假的？」

「眞的。」于新承認，偏頭看向幾乎黏在背後的女友。「妳先坐，早飯等一下就好。」

曾汝還想賴著一會，但表現得太飢渴實在不妥，便牽著于喬來到餐桌，一聲笑配一口甜美的問候：「阿姨早、喬喬早安。」

曾汝坐下前，冷不防被于新拉住，先替她的位子墊上小枕頭，再回去煎魚排。這個無微不至的舉動，讓曾汝這些日子被斷聯所損失的血量和自尊著實補滿八成。

于喬聽見母親碎唸一句：「跟他爸一個樣。」

「爸爸以前怎麼樣？」于喬忍不住追問。

黃母不想說出那個被鄰居揶揄的詞：「妻奴」。在她那個年代還不流行什麼新好男人，那人卻一手包辦所有家計和家務，當她聽見外面的耳語，覺得這樣會讓人看笑話，他只是握住她雙手，半跪下來——秋水，我娶妳是為了讓妳快樂，妳除了幸福，什麼也不用做。

曾汝也豎起耳朵，只要關於于新的任何事，都想鉅細靡遺地掌握住。于新很少提起過世的父親，但不像討厭或感情不好。

「爸爸很愛媽媽。」于新竟然回了話，于喬都快嚇死了，他們家今天是怎麼回事？世界要毀滅了嗎？老爸等一下會顯靈嗎？

黃母眼神複雜地望著大兒子，以前丈夫下廚，于新總是搬來板凳站在一邊看著，不時好奇發問。「爸爸那是什麼？」、「是你媽媽最喜歡吃的魚，香魚、赤鯮、麻虱目仔。」丈夫笑著一一應答。如今于新煮食的身影，宛如當年未病重的丈夫。

于新端著三份和式早點上桌，于喬第一次看到桌上出現那麼多小盤子，每樣菜看起來都好好吃，福興在地的白米飯配上鄰居醃的蘿蔔乾、市場店家送的水豆腐和媽媽賣剩的椒鹽鮭魚，加上熱騰騰的虱目魚湯，真的非常美味。

「哥！」于喬感動不已，時至今日，她才發現大哥是神！

「嗯。」于新捧起碗，正忙著給曾汝餵食，曾汝只負責張嘴。

「大嫂，妳手受傷嗎？我有藥膏喔！」

「沒有啦。」曾汝有些不好意思，指尖攏了攏髮尾。

黃母按了下女兒腦袋，于喬不明所以。

曾汝吃飽後，于新才用同一個碗，盛了剩飯配菜汁。

「哥，我的湯還剩一些薑絲。」

「嗯。」

看大家吃得差不多，曾汝請黃母和于喬留座，于新去洗碗盤。

「阿姨，我們打算明天去戶政事務所登記結婚。」曾汝誠摯地向黃母遞出一紙終身契約，請她把兒子交給自己。

「妳眞正想好了？」

「非君不嫁。」

黃母無力起身：「我去找印章。」

于新年前向家人提過和女友結婚的打算，所以于喬直接刪除他們分手那一段，無縫接合上去，拿過那張紙，看了又看。

「大嫂，妳比我哥大一歲耶！」

「我休學過一年。」

說來話長，曾汝高二那年，和吉他社社長交往，俊男加美女，人人稱羨。

後來她發現前男友劈腿學妹，拿吉他敲破前男友的頭，法官認定她有殺人意圖，被判保護管束一年。期滿父親把她轉到女校，佯稱剛從國外回來。她憑著幫父親做生意養成的交際手腕，在女校混得風生水起，沒人知道她的前科。

她和于新交往後，有次上街，她從試衣間出來，赫然見到臉歪了一邊的前男友，正激動抓著于新說話。

「這女人是瘋子，她總有一天會殺了你！」

于新淡然回道：「沒關係，讓她殺。」

這要曾汝如何不愛死他呢？

黃母拿來印章和印泥，蓋下前，發現紙上已經簽好女方父親的名字，也就是說，曾汝來時已經備妥結婚申請書，就等于新畫押。

「呵呵，我爸爸很喜歡阿新。」曾汝一笑帶過。

這句客套話實際上要打對折再對折，曾汝父親原意是說：「反正我女兒那麼優秀，再嫁也嫁得出去。」曾父完全不看好兩人的前景。

「大嫂，妳怎麼跟我哥和好的？」比起結婚，于喬更好奇這件事，于新看起來軟趴趴的，但個性其實非常固執，才會跟母親冷戰這麼多年。

「我們也不算吵架。」曾汝不知道怎麼跟于喬啓齒。

身爲事主的于新，在女友和母親商量終身大事時，默默提著環保袋到玄關穿鞋。

「媽，我出去買豆漿。」于新頓了下，略帶羞澀地告知兩人的好消息：「小汝有身孕，要吃營養一點。」

見于新身上多了一分屬於人的神采和溫柔，黃母心裡有些忐忑，總覺得像是瀕死之人的迴光返照。

于新提著早點來到城隍廟，有青魂飛撲而來。

「小新，快快，幫我解開密碼！」阿漁捧著筆電小玫瑰，螢幕被女優碩大的乳房給佔滿。

「你用我電腦上色情網站？」

「天可憐見，我死的時候才十八歲啊！」阿漁一臉悲憤，「你不是我最好的朋友嗎？」

于新坐下來，正要解碼，又被阿漁拉住手肘，看他殷切指著燒餅油條，沒肉體不能吃飯。

魚與熊掌不能兼得，早飯和成人圖片也是，阿漁最終捨棄他的精神糧食，霸住于新的身體吃燒餅。

「鬼也有需求嗎？」

「有喏，就是太有需求了，才會在人間徘徊。但鬼看著活蹦亂跳的人久了，總會忍不住想當回人，想活下去倒成了鬼的罪過。殺人者死，而亂度之鬼下十八層地獄，陰律不知道誰編的，超級變態。」

想到自己連跟女生親親也沒有就掛了，阿漁無限憾恨。

于新輕飄飄的魂魄指了指筆電：「有我和小汝的性愛影片，浴室、陽台、書桌，你要看嗎？」

阿漁不願承認他心動了：「眞的嗎？」

「騙你的。」

「臭小子！」

于新抿脣一笑，阿漁看他笑就想起曾汝給他看的錄影，好像石頭終於磨出玉來，讓人忘了呼吸。

「小汝昨晚來找我。」

阿漁知道，就是他替公主小姐帶的路。小倆口久別重逢一定有很多話要說、很多事要做，乾柴烈火，所以于新昨夜沒來他完全不意外。

「她懷孕四個月，我有聽見心跳。」于新向好友重點報備。

「原來是孕婦，難怪脾氣那麼暴躁。」阿漁喃喃一句。因爲他佔著于新的身體，當于新說起孩子，腦中跟著浮現他小心翼翼貼著女人肚皮的畫面。「要當爸爸了，你很高興對不對？」

「嗯！」

阿漁高中三年還沒看過于新像今天一樣有精神，打從靈魂容光煥發，忍不住摸摸他的頭，于新溫順笑著。

「太好了，眞想比照英國王室，鎂光燈、攝影機，叫全國人民來爲你慶祝，咱們福興鎮小王子要有小小寶貝了！」

要是沒橫著一樁命案，阿漁一定會在廟前連放三天鞭炮，吵死所有鎮民。

這時，廟門探入人影：「有人嘸？」

「有、有！」阿漁趕緊應聲，城隍廟睽違良久，終於有信徒上門。他要把于新叫回魂，整夜沒睡的于新卻趴在服務台，電力耗盡，不得已只能由他頂著于新英俊的臉皮，颯爽出面。

來者是個四十來歲的大哥，擺攤賣五金零件，人稱「丁哥」——福興鎮屬高齡化社會，不到五十都算年輕人——想跟廟主商量擺攤的事。

這四年來，原本在城隍廟擺攤的小販在外地總不如意，被趕被欺負是常有的事。最近丁哥和以前賣皮件的阿南碰巧遇見，兩人都有意回福興做生意。

阿漁抓抓頭，他的任期就剩兩個月，這事實在擔保不了。

「以我福興鎮良民的立場，作夢都夢見當年廟集的炒米粉、赤肉羹，你們老商家願意回來，我當然舉雙手贊成。但土地在管委會和鎮長手上，就算是城隍爺也做不了主。」

「這樣啊，我們這種小本生意跟不上時代，還是收收起來好了。」

阿漁以前坐在神壇上，現在是近距離用肉眼看著，丁哥臉上的失落一覽無遺。

他爸說過，福興的人很怕麻煩別人，不像官員自我中心，眞的想不出辦法的時候才會向公家求助，所以每當有鎮民上門請願，王鎮長總是全力以赴。阿漁本來不太明白老爸在想什麼，直到遇見于新並且把人馴服後，才體會到父親那種「捨我其誰」的使命感。

「不能收吶！自從廟集散了，鎮南的老人家都快無聊死了。鎮北街上那種整天開著燈的美妝百貨店不是我們這種人去的地方，各有所好、各取所需，福興不能沒有夜市仔。你留下聯絡方式，我們一定會想到對策。」

丁哥看阿漁不過一個年輕小夥子，沒抱太大希望，但見他眞心想要幫忙，心裡也是感激。

「還有一件怪奇的事，想要拜託城隍爺大人。」

「說吧！」阿漁昂起頭，大人就是他！

丁哥說，他近來載貨到外地擺攤，經過車道，總好像聽見有人在說話。一次兩次，到第三回，他就停下小貨車，下車察看。本來只有水流聲，大概過了半刻，橋下隱隱響起像是蛙類的嘓叫聲，他把耳朵貼在橋面，聽見「一群」人在喋喋討論。

——今年要收多少？

丁哥全身發毛，以爲「它們」口中的多少，指的是人命。

阿漁負手沉吟，在壇前轉了兩圈。

「俗話說，近山澤多妖異。福興依水而興，也免不了招來水鬼和水怪。好家在咱有城隍爺保庇鄉親，一定能化解凶煞於無形。」

「你要怎麼做？」于新浮現在阿漁身旁。

「親愛的你醒啦，先去看看就知道。小新，我們走！……哈哈，我就是小新呀！丁哥，這事我會稟告城隍爺，你免煩惱。」阿漁差點忘了還有第三人在場，沒調適好角色。

「感謝城隍大人。」丁哥合手給壇上神像拜了拜，再向阿漁道聲謝，留下一袋水果離開。

「阿漁，眞的有水怪嗎？」

「眞的，你要是有陰陽眼，颱風前去看，河道擠滿避大風的怪東西。那條溝不大，落水的人卻很少被救回來，你國中那次說不定也是被魔神仔誘拐跳下去。」

「不是。」于新垂下眼說道。

Good，套到話了。

「那你爲什麼要跳？晚上水溝黑不溜丟，就算我死透了，看了也覺得可怕，好像魂魄要被吸到水裡一樣。」阿漁隨手抓起一顆蘋果，一派輕鬆地提起于新的心病。

于新不應聲，這案子也就仍是福興的七大不可思議。阿漁以爲解開謎團的話，于新故障的腦子就有可能好起來。

「好吧，等到你想講的時候再跟我講，不准先跟那女人說，喬喬也不行。」阿漁把失了氣味的蘋果扔上神桌，起身拍拍屁股，吆喝于新跟上。

老樣子，阿漁大爺和跟班小新，要去巡察四方了。

于新沿著水道往北騎，到了丁哥口中怪誕所在的車道，把自行車停在橋旁。

于新撐著黑傘走上橋中央，阿漁掏出一團香火熏黑的紅線，對他諄諄交代：「你拉著紅線這頭，我下去看個詳細，千萬別放手。」

紅線細如髮絲，抓在阿漁手中卻像纜繩堅韌。于新看阿漁帥氣地跳下橋，不一會，紅線抽動，阿漁又爬回橋上。

「我忘了，如果有你魚兄以外的東西順著線頭上來，你就逃回城隍廟。雖然廟中無大神，鬼怪總是忌憚。」

「你怎麼辦？」

阿漁伸手擰了下于新的帥臉：「就醬子！」

于新看阿漁再次一躍而下，他對那個世界一無所知，也只能呆呆站在橋上拉繩子。

過了好一陣子，紅線又有動靜，于新以爲好友調查完回來，卻是一隻黑蟲停在紅線，緩慢地向上蠕動。

于新發現不尋常，黑蟲經過的線段，紅線色澤褪去，變白然後脆化，啪的一聲，垂至河水的紅線應聲斷去，隨水漂流而去。

于新趕緊把紅線殘存的另一段往下拋，就算阿漁說了有異象就別管他，仍執著地不肯放手。紅線一頭黑蟲繼續往上爬，觸及于新指尖，嗅了嗅，開口品評：「死沒多久，很新鮮。」

「爲什麼要殺他？」于新厲聲質問。

「代理的娃兒，嫩得很，嘻！」黑蟲倒是有問必答，「你非鬼，爲何不見生氣？」

于新既已得到殘酷的回答，也就不須理會它的問題，五指捏爆蟲體，冷然看它在手中化成沙土。

黑蟲淒厲大叫，消亡前警醒同伴一聲：「噎，正牌的回來了！」

于新正要往下跳，一隻濕淋淋的鬼手倒是先攀上來，而另一手緊纏著于新扔來的紅線頭，搭上于新肩頭。

「昕宇，你還好嗎？」于新急忙問道。

阿漁累得抬不起頭，但還是給于新比了個Y。

「夭壽喔，今年該不會有水災吧？棺材蟲都聚過來了……」

「什麼意思？」

「就是……算了，你身體借我寄宿，醒來再講……」

「你不是說鬼不睡覺？」

魂魄快散掉的時候會陷入深眠，但阿漁不想讓于新太擔心。

「哎喲，你那麼愛我，身子讓我睡一下不會死啦。你只要知道，你想我的時候，我就在你心裡，晚安了。」

看于新整個人惶然無措，水又離他那麼近，阿漁不得不在昏死前重申一次。

「我都跟你說晚安了！」

「嗯，晚安。」

阿漁這才安心栽倒在于新懷中，化作一縷青煙。

沒有人告訴于新下一步要怎麼走，他只能蹲在橋邊動也不動，直到肩頭被人戳兩下。

「冒犯了，敢問這位兄台有無大礙？」

于新抬起頭，是個穿著和于喬同國中制服的少年，劉海像少女般夾在耳後，手上拿了一支紅墨水筆。

「貧道由鄰鎮詔宛到此，本欲探查異象，不料城隍爺先行一步。大人爲民之心，蒼天可鑒。」少年往于新胸前拱了拱手。

「他就是比較衝。」

「你等會往人煙多的地方繞繞，再到女性多的地方休息，城隍兄會好得較快。」

「嗯。」

于新回頭望向流水，少年卻打斷他的凝望，半強迫地把于新往對面橋頭拉去。

「大哥，別在水邊停留太久。」

「爲什麼？」

「家師道，此水有陰陽兩注，生的往出海口，陰的流向九泉。」

九泉代表著陰世和死亡，常人應該感到害怕和不安，于新卻略略亮起雙眼。

阿漁大概有四年沒在床上清醒過，有種死而復生的錯覺。身上壓著重物，順著手掌柔軟的觸感看去，驚見一名一絲不掛的年輕女性。

「嚇！」

曾汝趴在男友腰間，咂咂嘴，好像抱著的是美味的肉排。

阿漁夾緊大腿，兩手撐著床板移開，習慣性要找輪椅下床，隨後才想起他有于新的長腿，直接跳下地。他在廁所大的房間轉了一圈，東翻西找，總算在木板床下找到這身美男子軀殼的正主。

「小新啊！」

「怎麼了？」于新生魂仍是睡眼惺忪。

「快換回來，那肥婆要醒了。」

「嗯。」

靈魂調換之後，阿漁拎著厚重的官袍要走，于新穿起內褲要送他。

「我現在不用你揹下樓了，去去，快回去！」

「阿漁，昨天那個網站的密碼是8x506yg。」

「知道了，感謝你！」阿漁幾乎是落荒而逃，于新看他這麼有精神，也就放下心來。

于新從浴室端了盆溫水到房間，把曾汝輕手抱起來擦身子，到她突起的小腹不由得停下動作，感受新生命的脈動。

「阿新，我要刷牙……」

于新聽令，低身深吻下去。曾汝睜開眼，如果每天醒來就像在作夢，沒有女人會捨得賴床。

曾汝反手將于新壓到身下，晨光爛漫，該不該吃個開胃菜呢？

房門叩叩兩聲，傳來于喬精神奕奕的嗓音。

「大嫂，我買早餐回來了！」

曾汝不得已放開到口的珍饈，套上于新的襯衫，裸著雙足出來應門。

「哎喲，喬喬真是我們家的寶貝。」

「嘿嘿！」于喬低下頭，順勢讓曾汝摸兩下。

黃母已出門做生意，兩個年輕女孩對坐嚼食早餐店的紅茶、三明治，于新姍姍來遲，她們像餵魚一樣留下幾條吐司邊給他，知道他早飯吃不多。

「哥、嫂子，我給你們看樣東西。」于喬神祕說道，從裙袋掏出一大把花瓣，往兩人撒去：「恭喜你們！」

「謝謝、謝謝，我們一定會幸福的。」曾汝往不存在的群眾揮揮手。

于新去浴室洗把臉，順道把頭上的花瓣拍掉，準備載妹妹去學校，于喬卻把兄長推回去。

「我自己去上學，你們忙。」于喬向餐桌上慵懶曬著太陽的曾汝揮揮手，曾汝回比拇指，好妹子。

在于新腦中，結婚就是從家裡到鎮上戶政事務所的一段路，曾汝勾手指把他叫來，用行動向他解釋明白。

「要穿這件還是這件……褲子怎麼搭才好……西裝外套深藍還是淺灰？」

于新就像尊眞人芭比，任曾汝穿脫，沒有一絲不耐，只是快睡著的樣子。

裝扮完，曾汝要于新跪下來，仔細替他抓好頭髮，端著他的臉左看看右看看，忍不住親吻他的鼻尖。

「我老公眞帥。」

曾汝拉開客廳窗簾，在圓木餐桌放上捧花，從行李箱拿出單眼相機和腳架，取好景，猛然想起自己還穿著襯衫，回頭換上一套白色細肩帶長洋裝，匆匆上了底妝，于新默默爲她拉好後背拉鏈。

曾汝按下快門，快跑過來于新身邊，牽起他的手。

「阿新，笑一個。」

這動作樸實而老派，反映曾汝心頭對舊時代愛情的嚮往，執子之手，一生一世。

曾汝將照片上傳網路：今天，我們要結婚了——覺得幸福。

大功告成，曾汝拿下側耳夾得她頭痛的緞帶簪花，累死了，不想動。于新將資料裝進背包，過來將她橫抱起身。

「走吧。」

說他不懂情調，又每每帶給她驚喜和意外，曾汝用力摟住于新肩頭。

「黃于新，我好愛你喔！」

「嗯，我知道。」

老公寓的樓梯成了城堡的螺旋梯，于新清唱的結婚進行曲加上皮鞋的節拍升級成交響樂，出門的鄰居撞見他們這一對新人都目瞪口呆，無法對他們溢散出的浪漫氛圍評價，只能回頭向老伴抱怨：咱樓頂好像出了兩個痟仔。

沒有禮車，只有淑女車，于新踩著踏板，曾汝側坐在後座，隨車輪漫步在街頭巷尾。

曾汝草帽下雙眼仔細記錄老城鎮的風貌，這裡就是于新長大的地方。常和姊妹淘四處遊玩的她，不難發現福興的確不同於別處鄉下，巷弄沒有臨停的車輛，機車、腳踏車也沒有，社區附近都有合適的停車場和小公園。路樹栽植的方位也很講究，行人不會被烈日直接曝曬，只有樹冠透下的波光像亮片灑在路面，讓曾汝有種受到整座城鎮祝賀的幻覺。

之前那個白目男說她不懂福興，曾汝不得不承認，好吧，是她有眼無珠。

「阿新，這裡無障礙空間做得眞好。」

于新輕聲告訴曾汝只有在地鎮民知道的祕密，福興是一名父親送給孩子的禮物，把衰頹的老鎮改造成他孩子的後花園。

王鎮長的孩子三歲被診斷下肢有問題，那時的醫療技術判定小孩恐怕一輩子不良於行，王鎮長毅然辭去美國建設公司的工作，帶著妻兒回來鄉下老家。他剛回福興，不知道公家的生態，四處投標工程，不管價錢能不能回本，就是想把家鄉改造成適合身障兒子生活的地方，但他的標案被全數退回。經過旁人指點，王鎮長才知道在這裡，得標是看與公家的關係好不好。

一般人通常選擇塞錢了事，但王鎮長有感頭頂管事的人太智障，呈上再好的設計也會變成廢紙，便出來競選鎮長。第一次沒選上、第二次也沒選上，家裡因爲選舉被潑漆、發黑函、流氓上門，連被母親寵成小霸王的小宇弟弟都出面來勸：算了啦，老爸還不如陪我一起玩。但王鎮長仍堅持選下去。

阿漁向于新抱怨，說是爲了小宇寶貝，他爸更像在賭一口氣。跑選舉的時候，他爸看了太多不公不義，要他向那些冀望他改變福興的支持者道歉退出，他做不到。

然而，第三次選舉開票那晚，王鎮長感謝完鄉親，回家把兒子抱上車，三更半夜載他周遊福興鎮一輪，告訴愛睏的小宇弟弟，以後只要在這個鎮上，爸爸都會保護你。

所以阿漁死了之後，王鎮長無法再留在福興一日，到處都是他為孩子付出的心血，觸景就傷情。

曾汝聽了，悵然嘆口長息，可能因為她身在福興，格外感觸。

「阿新，別說鎮長，你逢年過節不回家，不是因為阿姨，而是不敢回到這座小鎮吧？」

「嗯，我以為昕宇不在。」

曾汝有點怕于新接著說：「他去美國了。」傾身把他抱緊。

她往四周看看，想換個喜氣的話題，卻發現暗藏在車輪下的異狀。

「阿新，你的影子好像比我的還淡。」以前在城市生活，沒什麼機會在太陽底下走動，很少注意到這點。

「嗯。」于新快步騎去，影子又沒入建築物的遮蔽。

曾汝覺得這不是「嗯」可以回答過去的問題，但她也說不出一個道理。

他們來到戶政事務所，服務人員笑著向兩人道賀。

辦理資料的同時，服務小姐隨口提了一句：「妳已經在這裡設籍半年了。」

于新看向曾汝，曾汝呵呵笑過。總不能說早在年前于新答應結婚，她第二天就去把戶籍遷來他家，恨不得立刻嫁進門。

「對不起。」于新道歉，他辜負了女友的期待。

曾汝不太想原諒他，但又生氣不起來。

「看在大喜之日的份上，不跟你計較。」說是這麼說，曾汝還是擰住于新的耳朵。

這時，門口鬧烘烘進來一大群人，曾汝看過去，原來是候選人拜票。眞奇怪，她怎麼不記得年中有選舉？

「這次鎭長補選，懇請鄉親支持張仁好候選人，張議員、張女士，拜託、拜託！」

爲首的張議員是名五十來歲的婦女，身邊簇擁著助理和警員，她帶笑走來，一一向在場人們握手。曾汝雖是外地人，但看人們對這位女議員的態度，跟她握手回禮只是客套，並不是眞心想要她來當鎭上的大家長。

前些日子和于新起衝突的派克就跟在議員姑姑身邊，熱情向民眾握手致意，唯獨忽略于新，還壓低嗓門，向他諷刺耳語。

「很愛管閒事嘛你，到處去告小狀。」派克指的是于新去警局報案的事，當晚消息就傳遍福興鎭，不少人都笑話道：秋水伊子又發病了。

「我有要事。」于新對派克的挑釁無動無衷。

「什麼要事？來辦低收入戶證明對不對？」

曾汝挑高眉，往前站了一步，要跟這機八人理論，卻被于新按在身後。

「你要死快去死，我姑姑不差你這廢物一票。」

「是你姑姑派人撞死昕宇嗎?」于新直接開口問道,一時間,戶政事務所只剩下冷氣的運轉聲。

「你在說什麼?神經病,不怕我告死你嗎!」派克拔高音吼道,表情扭曲而猙獰。

「好了、好了,年輕人就是血氣方剛,相罵無好話。」張議員出面緩和氣氛,于新緊盯著這個外表福態而和善的女人,可是張議員從頭到尾都沒有看他一眼。

「這位美女,請支持我張仁好、張阿姨,我一定會讓你們年輕人出頭天!」張議員轉而向曾汝熱情招呼。

「我是黃家新來的媳婦,也請議員多多關照。」曾汝回以笑顏,用力握住張議員的手。等張議員和她的人馬離開,剩下的人連呼吸都不自然,但也沒人敢出聲戳破那層無形的壓力。

曾汝卻笑了起來。

「阿新,鎮長補選登記到什麼時候?」

五、暗潮

年前新修法，除了大總統候選人，被選舉人年齡限制一律下修至二十三歲，曾汝剛好趕上。

曾汝回到家，把從戶政主管要來的鎮里電話簿一字排開，佐以于新這個在地人的觀點，勾選十個鎮上必須拜訪的人物。再點出手機聯絡人，積極調度大學的人脈來爲她助選，頭一個就是擔任大學學生會長的結拜姊妹，么受。

么受聽了曾汝的決定，驚呼連連：「天啊，妳竟然要去選鎮長，人家大人都說政治很骯髒捏！」

「不只骯髒，還有抹黑、黑道、不支持就要你全家死光！」曾汝咧嘴一笑。

「天啊，好刺激喔，我喜歡！」

「知道就好，快派人來支援我，尤其是能在露天辦活動的設備音響。」

「錢呢？」

「我會籌到的，照業界價碼給，一毛錢都不會虧待你們。」

「暑期正缺錢，謝謝曾女神！」

「平身吧！」曾汝手背抵著下巴，昂高美麗的臉孔。

「對了，我看到消息，恭喜妳和黃學長結爲連理，要幸福喔！」么受還記得曾汝的三申五令，只能叫于新的姓，不能直呼她男人名字。

「當然了。」

曾汝和么受學妹閒扯十分鐘後才說了掰掰，掛斷電話，她呼口氣，一口灌下于新端來的茶水。

活動組有了，接著是幕僚團隊，曾汝找上鞋子可以互穿的手帕交。

「汝，恭喜妳和黃同學，我看到都要哭了。」電話傳來女子纖柔的嗓音。

「謝謝，妮妮，我想拜託妳一件事。」

「說吧。」

曾汝要一個能在她背後出謀劃策的謀士，以一支筆翻轉去年學生會選舉的妮妮小姐無疑是首選。而且妮妮剛考上碩班，連指導教授都還沒找，應該閒得可以。

妮妮嬌柔說道：「我只是學生，經驗不足，好怕扯妳後腿喔，嗚。」

「拜託，我們去年怎麼幹掉校長內定的人選？不都靠妳的文宣戰？」

「我也不太確定，可能因爲校長和候選人都是廢物吧？」妮妮用甜美的嗓子說出現實的評價。「妳有妳的優勢，但妳的對手不是吃素的草包，妳眞的要以身試險？」

「只要有成功的可能，我絕不會退讓。」

「汝，我眞的很羨慕妳。」妮妮淡淡慨嘆一聲，「我準備好就過去……對了，我可以帶仙子去嗎？」

「不要，要那個只有一張賤嘴的女人來幹嘛？」曾汝堅決反對。

女生團體中，總會出一、兩個對好事冷嘲熱諷，壞消息落井下石的機八人，曾汝不只一次被長得像大媽的仙子同學咒衰總有一天會和于新分手，恨死她了。

「她都沒朋友，我看她一個人在宿舍看線上盜版影集很可憐。」

「妮妮，同情心是世上最大的亂源。『If there was less sympathy in the world, there would be less trouble in the world.』」

妮妮是個好人，誰都不忍心拒絕，所以她現在有兩個男朋友、五個曖昧對象，把自己搞得焦頭爛額。如果有一天妮妮被情殺掉，曾汝會出庭幫男方作證。

「純潔，妳要跟汝汝聊兩句嗎？」像現在，妮妮又好心地多此一舉，往室友招呼一聲。

「我才不要……喂！」

電話轉接到另一人手上，仙子小姐早在一旁聽見曾汝參選的消息，一拿到手機就發出刺耳的笑聲。

「妳不會上啦，一個剛畢業的死大學生憑什麼跟人家爭權？妳是有背景還是跟大官睡過？早點放棄別浪費力氣。」

「妳閉嘴，我不需要妳任何意見。」

「隨便妳。對了，恭喜妳和黃同學結婚。」

「謝謝。」曾汝勉爲其難回禮。

「想到妳頂著被搞大的肚子、拖著行李去人家家裡逼婚就覺得很丟臉，他不答應也沒辦法，妳也眞厚臉皮。」

「幹恁娘！」

曾汝氣急敗壞掛了電話，回頭看了發呆中的于新，用美色鎮靜一下，才消下火氣。被仙子這麼一鬧，曾汝火熱的興頭也被澆熄大半，覺得有些沮喪。

「阿新，你會支持我吧？」

于新沒說什麼，只是偏頭過來，親了下曾汝的額頭。曾汝怔怔睜大眼，沒想到于新會這麼做，看樣子她親親老公非常贊成她出頭啊！

曾汝撥打下一通電話之前，猶豫良久，還是從GUCCI錢包抽出鈔票，遞給于新。

「阿新，我等會要接洽一名金主，麻煩你離開一陣。五百塊給你，去咖啡店喝杯茶吧？」曾汝雖然很捨不得她的新婚丈夫，但她不得不忍痛支開于新。

「嗯。」

「不可以理會工讀生小妹的搭訕喔！」

「嗯。」

曾汝看著被趕出家門的于新，覺得自己好過分。

她撥下國際電話，聯絡上越南工廠的主任，再轉接到她父親手上。

曾父接到電話，第一件事就是放聲大笑。

「不是說要斷絕父女關係？」

「我怎麼捨得不要爸爸呢？」形勢比人強，曾汝撒嬌討好。

「得了，有什麼事快說。」

「爸，我想選鎮長，保證金要十二萬。」

曾父一口回絕：「我不會給錢讓妳去養小白臉，沒門。」

「不是，我真的要選鎮長！福興鎮，阿新家的鎮長要補選，前任因為貪瀆被抓，民眾普遍對舊勢力不滿。你不是常說人要把握時機？我覺得這是個機會。」

「哈哈，妳說什麼？福興鎮，我要笑死了，找我拉贊助的都是立委、總統等級，一個小鎮還敢來找我？它繁榮、衰敗又與我何關？」

福興對曾汝與眾不同之處，就是這裡是于新成長的地方，但之於她父親，沒有任何值得投資的動力。

曾汝不願意，但這種非常時刻，也只能出賤招了。

「爸，就當作借我，我會還你的，不然我就告訴媽媽你在外面養了多少小白兔。」

「小汝，妳是大人了，爸爸也不能再寵妳下去。」曾父笑了笑，完全不為所動。「妳想想，我和妳媽離婚，她會跑去跟誰住？」

曾汝臉色大變，她爸不愧是奸商，一針見血。

「妳也見識過妳媽討錢的功力吧？她怎麼會放過懷胎十月生下的女兒？妳供得起她那群教友姊妹嗎？更何況她根本看不起妳那個男人。」

曾母篤信宗教，照理說應該比常人寬容，可很奇怪，她媽眼中就只容得下醫生和律師，不時想把曾汝媒合給她的大齡有錢教友，諄諄教誨曾汝別挑長相，但她媽當初卻死活都要嫁給皮相優良的她爸。

曾汝知道自己像母親，只喜歡自己喜歡的，但她不想步上母親的後塵，感情一觸礁就投向宗教懷抱尋求慰藉，催眠自己現在再好不過，不肯辛苦地去改變。

「小汝？」

「沒什麼，只是想到你和媽媽。爸，我被判刑那時候，你願意出面幫我，推掉工作陪我到刑滿，真的很謝謝你。不過你說的對，我已經是大人了。」

「妳明白就好。」曾父笑得很溫柔，但態度仍然堅決。「區區十二萬，妳籌不到，也不用選了。」

「那好，如果我籌到保證金，你也意思意思給一下政治獻金，反正可以節稅。」

「這麼會算？妳這孩子，就像我。」

曾汝知道父親仍在等她回頭，她實在不忍心讓父親失望，但她也必須打拚出自己的人生。

「爸，等我生下可愛的寶寶，可以回去看你嗎？」

「來要紅包嗎？」

曾汝覺得這句話有些傷人，但還是笑著應對，她肚子裡可是曾家第一個孫子，要父親包大包一點。

「好啦，沒錢了，要掛了。」

曾父喚住女兒，語重心長地勸道：「小汝，幸福不是作夢就能得到。」

于新被嬌妻趕去自由活動，沒地方可去，也只能到城隍廟報到。一進門，故友就像隻厲鬼，滿身紅地強抱住他。

「相公，你來啦，我等得你好苦喲～」

于新呆了下，能三八就表示應該好全了。

「對不起，我來晚了，胖妞。」

「討厭！」阿漁嬌嗔一聲。「影片我看完了，原來是那麼一回事，但不知道為什麼，我心裡好空虛！」

「可能是因為你沒有女朋友吧？」于新忠實地提供見解。

「嗚嗚嗚！」

「阿漁，我結婚了。」

阿漁幾乎笑瞇了眼：「知啦，不然我幹嘛穿成這樣？就是為了慶祝你轉大人呀！」

于新喉頭哽了哽：「嗯。」

「不要害羞啦，你就是應該被好好愛著。」

阿漁從高中就覺得于新的條件在福興數一數二，帥、聰明、會唱歌，還有個可愛的妹妹，沒有人喜歡實在不合理。這麼說來，外地的小妞還比鎮上一群勢利眼的女性有眼光。

「我也知道你沒多少老婆本，我把鎮民打給我的金子請人弄成兩只戒指，一個你戴上，一個給肥婆。」

阿漁拉過于新左手無名指指尖，將金戒指套上，他心裡還在向老天爺讚美這手指眞修長，于新冷不防抱住他。

「昕宇，謝謝你。」

「哎喲喲，你高中也這麼坦率有多好？我就不用追得那麼辛苦了。」

想當初，阿漁可是每天扔零食到于新桌上，半個月後才換來于新蚊鳴般的早安問候。

「好了好了，咱來講正經的，你一定很好奇那個蟲子……」

「只要你沒事就好。」

阿漁靜音長達一分鐘，他家小新就是這點招人疼。

于新先說起昨日有個少年出手幫忙，他走前看那個弟弟拿著紅墨筆在橋頭寫數字，被來往的人當作神經病。阿漁聽了于新的描述，只臭臉道：「多管閒事。」

「你認識他？」

「我跟他不熟，都叫他『柯北』，柯南的弟弟，每次鎮上死人他就會出現。是隔壁鎮雜貨店的孫子，爸爸在農會上班，媽媽是五金行員工，喜歡算數和狗。」

「你明明很熟。」

話說從頭，阿漁剛接任城隍爺那時候，「柯北」小弟弟特地從隔壁鎮過來問事——

「請問城隍大人，小人適不適合修道？」

阿漁叫小朋友別想太多，乖乖回去讀書。

過了兩天，小朋友帶著一包零食到廟裡來還願。

「我還是決定入門習道，老師說修道者可以幫助社會。而且城隍大哥是新來的，能力不足，我學道也可以幫您的忙。」

阿漁在壇上大吼：「那你來問屁啊！」

總而言之，阿漁對那些「在修」的怪人沒有好印象，一腳踩在另一個世界，但又不是完全理解。

「他是好孩子。」于新對那個弟弟印象不錯。

「我討厭小孩子，他們會對我的輪椅扔石頭，還笑我是跛腳肥仔，胖子礙著誰了！」

「冤有頭，債有主。」于新必須說句公道話，阿漁因為被小孩子嘲笑過而遷怒所有小孩子太過幼稚。

「我想到了，阿新，身體借我一下。」阿漁打了記響指，發出嗤嗤鬼笑。

于新聽話出讓肉身，看阿漁拿起廟裡的服務台電話，清了清喉嚨。

「紀媽媽妳好，我是一筆的老師，您的孩子又蹺掉暑期輔導，現在在青暝仙家玩狗。」

阿漁掛斷電話，哈哈大笑，典型的恩將仇報。

「你何必欺負他？」

「福興的事不用外人插手，而且他才幾歲啊，弄得不好，要是死在我管區怎麼辦？難道要我把他從陰間撈回來？」

于新心念一動：「阿漁，之前那一位……」

「你說前輩大哥嗎？怎麼？該不會是祂把你打撈上岸？你有沒有謝謝人家，九泉到福興的路遠到靠北你知道嗎？眞是城隍爺保佑。」

「那裡很遠嗎？」

看于新認眞問起陰間的事，阿漁只是捧起他腦袋，用力搖兩下。

「現在福興臭蟲那麼多，你死了一定馬上被吃光，想去也去不了。那些臭蟲以死魂爲食，所以又叫『棺材蟲』，專門等人去死。」

于新沒說他一手就掐死一隻，只是聽阿漁嚴肅向他說明。

「人死後到鬼差收魂會有一段時間落差，守魂的工作通常由在地神祇負責，鎮上就一座城隍廟，作爲守護神的我被關了一年，沒多久也要撤離了。它們想來鑽漏洞的心情我明白，但數量也太多了，不然照理說丁哥一個普通人不該聽見它們的聲音。正所謂『國之將亡，必有妖孽』。」

「爲什麼你說會發生水災？」

「小新新，你問得太好了，這就是城隍廟屹立於福興的緣由。」

阿漁說，很久很久以前，大概三百年前，福興還是個小村子，圳溝卻是條大河，洪水淹過村子，當時村子有個水性奇佳的游泳健將，一個人把村裡的小孩和老人救到高處，被奉爲福興的英雄。

「淹死了？」于新看過的民間故事都這麼寫。

「沒有，他後來參加農民起義，被清廷的狗官抓了凌遲。村裡人想祭拜無妻無子的他，又怕被官府查辦，就以『城隍』的名義爲他建祠。說也奇怪，就此之後，福興上下游都淹過，只有福興不淹水。我想現在既然城隍廟要被狗官拆了，應該紀念性淹一下。」

「你爸整建過，水都退得很快，不太可能。」

「建設都需要後人維持，我也不知道我們王家父子還能保庇福興到幾時？」阿漁向遠方感慨望去，福興一片晴朗。

「小汝要參加補選。」于新告知阿漁結婚外第二件要事。

「啊？你說那女人要參選鎮長？」阿漁初始的震驚過後，不由得大笑出聲。「看不出來她還眞是有種，我喜歡。」

「小汝打算跟她父親借錢，但她爸不會出的。」于新其實知道曾汝支開他的用意，畢竟兩人一起生活三年多，而他也明白曾家父母對他的想法如何。

「找我爸啊，爲了福興，我爸一定會熱情資助。」阿漁自然而然提起福興鎭有史以來最偉大的父母官，王鎭長。「快、快，打電話、打電話！」

于新蹙著眉頭，好一會才猶豫開口：「我大學學費是王伯伯付的。」

「他有說要還嗎？」

于新搖搖頭。

「那就不用還啦！」

「我不能再麻煩他……」

「我要生氣囉，你根本沒把我爸當乾爹嘛！」

「我……」

阿漁強抓著于新的手撥號，于新不得已，顫抖握住話筒。

「阿漁，你不自己說嗎？」于新仍試圖掙扎。

「啊我都死了，人鬼不同界，我爸媽還是要過生活。」

這時，電話接通。

「喂？」

「王伯伯，我是于新。」

阿漁也在一旁熱情問安：「老爸，我是小宇～」

「是阿新啊，好久不見，抱歉我這邊訊號似乎不太好。」

于新認爲應該是阿漁緊貼著電話，另一個世界電磁波干擾的關係。

「死老頭子，你怎麼沒把我骨灰帶走？害我一隻鬼孤單單地吃香火。我不奢求什麼，但你好歹也照三餐拜炸雞，我可是你唯一的獨苗！你就老實講，我不是你親生兒子對吧？」

「伯伯為什麼沒有把昕宇帶走？」

「小新，你還眞的問了啊？」

王鎮長不住詫異：「你去拜過他了？」

「嗯。」

王鎮長嘆道：「我以爲，小宇會想留在福興。」

「對啦，但我還是很生氣！都燒成灰了，又沒多重！反正你就是不愛我啦！」阿漁氣呼呼地回嘴。

等阿漁埋怨完，于新才進入正題：「伯伯，我妻子想參加鎮長補選，需要保證金。」

「妻子？鎮長補選？等等，先讓我釐清重點，你結婚了？是那個『小汝』嗎？」

「小新你聽聽，我爸多驚訝啊！」阿漁又挨著于新臂膀大笑。

「嗯，她是個充滿幹勁的女孩子，沒有人情包袱，我相信她能爲福興帶來新氣象。」

王鎮長很乾脆地答應：「好，我等下請祕書匯到你戶頭，當作祝賀你成家的禮金。」

阿漁幫忙註解：「我爸的意思是，不用還，儘管花。」

「謝謝伯伯。」于新想就此打住，但王家父子雙方都不打算放過他。

「我爸還沒講完，你掛什麼電話？沒禮貌！」阿漁捉住于新的手，兩男隔著話機扭打起來。

「國際電話很貴。」

「反正管委會會出，管委會的錢又是我爸捐的，你在幫他們省什麼？我是城隍爺還是你是？」

王鎮長無感遠端的一團亂，說起信件的事。雖然于新不說，但王鎮長知道這一定傷害他很深。

「阿新，先前退回你的來信，眞正很過意不去，我妻子一直在接受精神治療，好不容易才接受小宇的死亡，但只要讀你的信，就好像小宇還活著，她數度情緒失控，希望你能體諒。」

阿漁安靜下來。王夫人眞傻，被他拖累那麼久，哪裡都不能去，好不容易可以跟他爸兩人世界了，別再掛念胖子好嗎？

「很抱歉，我們作爲長輩卻不夠堅強。我知道昕宇走了你比誰都難受，你總說你畢業後要來找小宇，我一直很擔心你會想不開，但你不肯再和我聯絡。今天聽到你的喜訊，伯伯眞的很開心，相信小宇在天之靈也會爲你高興。」

于新不回話，只有他身旁的亡魂崩潰嚷嚷：「大喜之日，我的新郎官，你別哭啊！」

王鎮長沒有催促，只是等待于新回應。

于新像是嘔血一般，從喉頭強擠出單詞：「伯伯，你忙，再見。」

王鎮長溫柔而哀傷地說：「阿新，要對幸福懷抱希望。」

曾汝提著名酒禮盒走下計程車，單槍匹馬來到福興鎮上頭號凶神惡煞的阿尼哥處所（于新說的），參選之前來給黑道大仔拜一下碼頭。

因爲她是生意人的小孩，自認職業無貴賤、四海皆兄弟，但她有次在夜店海派過頭，被對方小弟誤認喝了交杯酒，是大哥的女人了，人家不肯放她離開。么受急忙打電話報警，但警察遲遲沒來，反倒是搭公車的于新早一步拎著雨傘現身，襯衫半濕。

「誰叫他來的！」曾汝瞪向姊妹淘，除了滑手機置身事外的仙子，一群啜泣的女生都舉起手。平時趕作業、修電腦都習慣叫于新幫忙，這次出事也忍不住召喚她們家的守護男神。

看見于新，曾汝腰桿再硬也軟了下來，低聲下氣向對方請求和解，怕于新那張文弱的俊臉招惹小混混上前圍剿，而她的擔憂也立刻成眞。

「你就是她男朋友喔？我們老大看上你女人，看你今天要爬著回去還是把她讓給我們老大睡一睡？」

于新不理會小弟們的叫囂，往沙發椅上抖腳的黑衣老大走去，然後一把捉住對方老大的頭，往大理石桌面撞下。

音樂還在放送，世界卻安靜下來，么受張大嘴，妮妮停止哭泣，仙子掉了手機。

雖說暴力是不好的、暴力導致英年早逝，但么受事後回想起，還是忍不住讚歎一聲：黃學長真男神！

這也就是曾汝不敢帶老公來助陣的原因，怕于新又爆炸一次。于新如果真是神就算了，那次打架最後可是頭破血流送去急救，她親愛的說到底也只是個血肉做的憂鬱青年。

曾汝深呼吸，阿尼哥的據點橫豎看都像一般民宅，她按下電鈴，一個穿汗衫的平頭大叔來應門。

「您好，我是剛才打過電話的曾汝，秋水伊子的媳婦，過來拜訪阿尼哥大哥。」曾汝堆出小女子的笑容。「這酒是我淡薄的心意。」

「妳先生怎麼沒作伙來？」平頭大叔接過酒，熟絡地問道，「不是還沒去做兵？」

曾汝心頭「嗯」了長長一聲，好奇怪，這氛圍和預想的不一樣，但她又說不上來。

「他身體不舒服，真失禮。」

「有人看到伊像個遊魂在橋邊走動，妳可要看緊一點。」

「好的。」

曾汝隨大叔進屋，內室也像一般人家廳堂，茶桌搭配黑皮沙發，牆面的液晶電視播放著鄉土劇。大叔坐上沙發，示意曾汝也坐。

再也沒有別人了，曾汝在心頭哇靠一聲，大叔原來是本尊！

「阿尼哥大哥，我真是有眼不識泰山。」曾汝低眉笑道，含蓄使著美色。

「『阿尼』就是大哥的意思，妳這樣喊會變成『哥哥哥』。」阿尼哥哈哈笑道，從胸袋抽出一根菸，瞧了瞧曾汝，似乎顧慮到她的身體，沒點上菸。「小妞，妳說妳要出來參選，還要我給妳幫忙，真是天大的膽子。」

對了！這才是曾汝心目中的場景！

「您是福興鎮的大仔，我怎麼敢不來問過您的意思？」曾汝乖巧應著話，眼睫輕搧兩下。「最重要的是，我聽說您和張議員是死對頭。」

阿尼哥咧開一口黃牙，活像食肉的鯊魚。

「很好，不過這事幫不幫，不在我想不想，而是看『她』要不要。」

「她？」曾汝不太明白阿尼哥在繞什麼圈子。

阿尼哥拉開嗓門，往內室喊了聲：「秋水！」

房門開啓，響起珠簾碰撞的細音，曾汝從未見過如此適合濃妝的女人，細肩絲質睡衣覆著若隱若現的胸乳，朱紅的唇瓣、梭狀的白皙小腿都令人想要再深入探索下去，尤其女人那雙哀怨的美目，最是勾魂。

這點還真像于新，也難怪，他們本來就是母子了……

「媽！」曾汝失態大喊，她婆婆竟然是老大的女人！

秋水抿著脣，有些惱火地瞪著曾汝。兒子是惹禍精，果然媳婦也不會好到哪裡去。

曾汝可憐兮兮地望著秋水阿姨，右手不時撫摸微突的小腹，就看在您黃家骨肉的份上，幫幫媳婦兒吧！

有了阿姨這層關係，曾汝順理成章和阿尼哥打成一片，互相交流未來的願景。阿尼哥主要想收回被張議員派系強佔的地盤，曾汝則是想把行政事務公開數位化，改變福興地方豪強專權的傳統。

「改變？妳是有幾條命？」秋水忍不住啐道。

「媽，戶政跟我說，福興已經將近一年沒有新生兒，而我帶著新生命來到這裡，照民間迷信的說法，說不定是冥冥之中註定了什麼。」

秋水無法嗤笑曾汝的自信。好些年前，福興比今日落敗許多，沒有年輕人願意回來，街上看不見小孩子，直到她懷了第一胎，附近人家也跟著有了身孕，還有人從國外大老遠搬回鎮上，丈夫說，這都是孩子帶來的奇蹟。

只要想起伊人溫柔的笑顏，秋水就忍不住閉上雙目。

「妳這個查某囡仔和別人不一樣。」阿尼哥拈菸的手指往曾汝點了點。

曾汝以為阿尼哥在誇她，得意地攏了攏髮尾。

「妳是不是有案底？」

「呃……」曾汝尷尬地看了眼婆婆，坦誠回道：「殺人未遂，前男友。」

「我也是，前妻。」

曾汝和阿尼哥相視而笑，秋水翻了好大一枚白眼。

當曾汝聽完阿尼哥大仔的獄中生活，已是傍晚時分。曾汝向差一步就要認她做乾女兒的阿尼哥道別，與換上套裝的秋水女士一道回家。

曾汝快步追上婆婆悶不吭聲的身影，笑咪咪地挽起秋水女士的手，看她彆扭別過頭。

「媽，妳跟阿尼哥是情人嗎？」

「也不是愛，就是……寂寞。」

可是曾汝看阿尼哥三句話眼神不離秋水小姐，掩不住的含情脈脈。

「妳會不會覺得我很下賤？」

「媽，妳怎麼會這麼想呢？」曾汝雙手搭上秋水肩頭，把嬌小的她半攬在懷裡。

上一代的女性被要求忠孝仁愛信義和平等美德，但現在社會開放了、價值多元化，自由戀愛早就不是學生族群的專利。

「于新爸爸過世那麼久，媽想找個伴也無可厚非，只要那人對妳好就好了。」

「阿新有跟妳講過伊阿爸怎麼往生的？」

秋水冷不防提起家裡不爲人道的祕密，曾汝搖搖頭。

「他十句有一句講喬喬、九句聊昕宇。」

人們大多喜歡談論自己，以爲自己是世界的主角，旁人都該爲自己的喜悲歡笑或落淚；于新卻對「自我」興趣缺缺。

秋水嘆道：「鎮長家的小胖很喜歡阿新，兩人無話不說。以前寒暑假，阿新就去住在他們家不回來。他有次回家拿衣服，問我：『媽，爸爸眞的死了嗎？』他爸爸已經過世好幾年，他始終不肯相信，是他朋友慢慢開導他，他才看開。」

然而，作爲心靈支柱的小胖公子猝然離世。那段時間，于新不吃也不睡，秋水每天提心吊膽，就怕兒子「再來一次」。

「他不肯說，就是不肯放下。」

以曾汝的親身經驗，威逼絕對是最糟的方式，那個死胖子到底怎麼誘拐于新開口的？

秋水悲切地嘆口氣：「人既然不可能死而復生，他一個人又能如何？妳就勸勸他。」

「爲什麼要阿新忍讓？被剝奪幸福的受害者是他啊！我出來參選，就是不想看阿新受委屈，這世上能欺負他的只有我！……哎呀，當然還有媽了。」曾汝不小心說出眞心話，好媳婦面具差點戴不住。

秋水嘆口氣，怎麼都是一群聽不進勸的東西？她解下耳環，拿出皮包內所有鈔票，全都交到曾汝手上。

「給妳資助，一定要打敗張仁好那個賤女人。」

得到婆婆的支持，曾汝感動不已：「遵命！」

她們婆媳倆走到巷口，正好碰上于新載于喬回來。

于喬也聽說了曾汝參選的事，一回到家就拿出她珍藏的小企鵝撲滿，全數捐贈給曾汝候選人。

「嫂子，妳這麼漂亮，一定會選上，fighting！」

曾汝實在忍不住，抱起于喬轉圈圈。

「我們家喬喬怎麼會這麼可愛呢？」

「啊啊，小心寶寶！」

兩個女孩子被秋水斥責一聲，低頭做懺悔貌，又交頭接耳嘀嘀咕咕，然後從房間抱著衣服一起進浴間洗澡。

秋水蹙眉，小女兒已經被媳婦完全籠絡去了。

于新在一旁默默穿起圍裙，煮了飯，熱了油鍋炸魚排，他左手多了枚金戒，但秋水沒看到曾汝手上有婚戒。

「媽，妳還喜歡吃魚嗎？」

秋水慢了半拍，才意識到于新在和她說話。最近幾天，于新變得不太一樣，不只是曾汝的關係，應該在更早之前，被選作城隍廟廟主之後有了變化。

「因爲你阿爸是賣魚的，我才說喜歡吃魚。」曾是少女的她，單純以爲喜歡一個人就是喜歡他的全部，其他的什麼也不用想。

秋水走到老冰箱前，仿著丈夫唸咒語：「呼啦啦，白帶魚！」再打開冷凍庫，卻掉出兩尾秋刀魚。

于新無語看著母親，秋水惱羞成怒。

「以前你爸在的時候，眞的有用！」

「我看到爸爸先把魚放進去，他只是想逗妳開心。」

「騙子！」秋水光是撐起一個家就心力交瘁，不知丈夫怎麼還有力氣寵著她和孩子？

秋水抹了抹眼眶，想回房卸下像是風塵女子的妝容，不想用這張臉面對兒子；于新卻喚住她。

「媽，我沒有恨妳，也不是想報復妳移情別戀，我所做的一切都與妳無關。」

于新只是平鋪直述事實，卻讓秋水感到殘酷。

「爸爸本來要……帶我走。」

「你在胡說什麼？」

于新靜下，他都忘了，母親從來不肯接受會動搖她安穩生活的任何異常，他轉而提起現實生活的意見。

「媽，就看在我拉拔喬喬長大的份上，請妳照顧小汝和孩子。」

秋水背脊發冷，于新這番不知道是存心還是無意的請託，聽來就像是遺言。

晚飯過後，曾汝接到電話，么受學妹已帶著人手下交流道，有請曾女神到路口接風。

「拖拉大王，這眞不像妳。」

「因爲我覺得學姊人在他鄉，格外需要支持。」

於是曾汝有了光明正大的理由，可以帶于新到外頭夜間散步。

福興不像都市有熱島效應，晚上風很涼，于新牽著淑女車沿著圳溝漫步，讓曾汝悠哉坐在後座吹風。

「阿新，你這下午都在幹嘛？」曾汝絕不忘查勤。

「跟王伯伯商量保證金的事，他給了，在我戶頭，另外還有十萬。」

曾汝心中的難題被于新迎刃而解，明知道要好好感謝他特別爲了她去搏人情，卻只是囂張地說：「眞不愧是我老公！」

「妳有身孕，我應該多照顧妳一些。」

雖然房間很小、手頭很緊，但于新這句話，讓曾汝眞想一輩子賴死在他身邊。

于新凝視著曾汝的腹部，又說：「我小時候的衣服有留下來，可以給孩子穿。」

「你小時候一定很可愛。」曾汝光是想像就可以配三碗飯吃。

「夏天太陽很烈，我爸會把我藏進我媽的裙底，說是怕我曬傷。不過三更半夜鬼門關，我爸也是把我藏進裙底，還叫我媽兩腿夾緊一點，別讓鬼差大人給抱走。」

曾汝光聽這幾句，就知道他們一家子感情很好，絕不是現在母子相對無語的情景。

于新望見遠處黑影閃動，突然停下腳步。

「阿新，怎麼了？」

于新抱下曾汝，任腳踏車摔在地上，在她身前半跪下來，握住她雙手。

「親愛的老婆大人，請答應我一個卑微的請求。」

曾汝好久沒看于新開啓「陽光模式」，還笑得那麼深情款款，害她有些受寵若驚。

「什麼事，快說！」

「我們來玩一個遊戲，妳閉上眼睛。」

「做什麼？」

「先閉上眼睛。」

曾汝看于新對她仰頭直笑，實在無法拒絕，高傲地哼了聲，闔上雙目。她感覺于新在她無名指套上冰涼的指環，克制不住地因狂喜而顫抖。

「幹嘛突然在這裡求婚啦……」

「噓，妳數到一百，金戒指的主人就會來找妳了。」

「哦。」曾汝才剛蹲下就想起身，心頭莫名不安，但于新摸摸她的頭，把留有餘溫的夾克蓋在她身上。

「很熱耶。」曾汝小聲抱怨一句，卻也真的依于新請求數起數。「一、二、三……」于新快跑離開，不知道要準備什麼驚喜給她。可能因爲黑暗，曾汝總覺得時間過得很慢，腦子還冒出一個蠢念頭：會不會睜開眼後，再也見不到于新了？

當她數到一百，外套被掀開，曾汝忍不住欣喜喚道：「阿新！」

「肥婆，妳怎麼在這裡？」

阿漁對上曾汝瞪大的雙眼，左手的金戒指在她眼前閃動光芒。

六、洶湧

面對半路冒出的程咬金，曾汝認爲自己沒義務也不須要回答她和親親老公之間的情趣小遊戲，只是臭臉告知對方正在等自己邀請來辦活動的大學學妹。

阿漁鼻子皺了皺，用眼神向曾汝致上十二萬分的鄙視。

「妳一個肥婆出來亂晃有多危險知不知道？要是被呷酒呷毒的垃圾人怎麼了，妳要拿什麼賠給小新一個寶貝？白痴！」

「阿新他……就在忙啊！」曾汝咬牙回應。

「哦～」阿漁露出勝利的笑容。他不時在于新耳邊鼓吹不要對老婆太好，寵兒多不孝、寵妻多婊子，他家小新似乎有聽進去嘛！

「而且我哪裡肥了？我認爲你的不當言論對我造成人身攻擊，請你向我下跪道歉！」曾汝柳眉倒豎，阿漁嘖嘖兩聲。

「忠言逆耳，實話總是不中聽，這社會對男人身材的標準是這樣，」阿漁兩指比出兩條直線，「對女人是這樣。」他又比出兩條內凹線。

「然後呢？」

「由此可證，妳一個橫肉外凸的女人，被叫肥婆有什麼不對？」

「你對孕婦到底有什麼意見！」

曾汝重回于新懷抱後，大概是心寬體胖，這些日子又在黃家吃吃喝喝不運動，肚子明顯圓了一圈，被點破之後，不惱羞也難。

「妳該慶幸，我家小新就是喜歡胖子！」阿漁講這話完全是為了自肥，所以曾汝聽來一點也沒有被安慰的感覺。

事實上，他們高中三年，于新這個專任捐夫不只一次嚴肅要求阿漁胖子：「給我減肥。」但阿漁充耳不聞，也只換來于新越加壯碩的二頭肌。

「對了，聽說妳要參選鎮長？」阿漁咧嘴問道。

「笑吧笑吧。」曾汝纖指往空中擺兩下。

「妳運氣很好，我爸……王鎮長在福興鎮民心中奠定年輕外來者的優良形象，妳有許多現成的優勢可以利用。」

的確，曾汝至今受到的阻力比預想中少了許多，另外還要感謝前任那個與張議員超友好的鎮長做得有夠爛。

「為了贏過對手，我特准妳利用王鎮長的招牌競選。」

「眞是謝謝你啊，不過時代已經不同，我還是希望能走出自己的路。你好像很熟悉前任王鎮長，可以把他的事蹟說給我聽嗎？」曾汝請人幫忙總是理直氣壯，微笑揚起明眸。

阿漁陷入天人交戰，不想幫這女人準備功課，但這是一個可以公然炫耀自家老爸的機會，不說太可惜了。

「他是個好人。像他那麼聰明又得到權勢，有多少機會可以做壞事不被發現，還有現成的藉口說是爲自己殘障的兒子謀後路，但他從來不屑去做那些。我必須說，能得到這麼一個人才，是福興的福氣。」

「他不是爲了兒子才回來？所以福興的福氣是『昕宇』吧？」阿漁訝然望向曾汝：「妳聽小新說的？」

「對。」

「他到底多愛我啊？」

「什麼？」

「沒事。那是官方說法，內情並沒有檯面上的單純，畢竟公眾人物不語怪力亂神，老頭子……王鎭長主要是因爲一封信才回到福興，不然以他的能力，外國也有很多小鎭可以讓他去開發成兒童遊樂園。」

阿漁親眼看過那封被他爸小心翼翼護貝珍藏的信，不過是一張巴掌大信箋，他爸逢人講過幾百遍，阿漁都可以倒背下來。

——聽聞王兄才德過人，福興衰頹，急需能人志士出面。王兄如能歸來再造鄉里，實乃福興之幸。

來信的地址是城隍廟，王鎭長問過所有同鄉會的朋友，沒有第二個人收到，也沒人知道這封信是福興哪個人寫的。

「故鄉有難、全世界只有他能救，被美利堅英雄主義沖昏頭的王智超先生帶著妻兒整家打包回來，然後被現實洗得灰頭土臉。」

阿漁用深夜劇旁白口氣說道：當時，智超到處碰壁，有志難伸，妻子雖然從不怨他一句，但智超看著妻子每天騎小五十載著小胖兒子到三十公里外的市中心醫院做復健，心裡也是難受。

還是回去吧，這種只看關係的人治社會沒有救了，他一個人又能如何？不如顧好自家妻小。

「煩悶的智超三更半暝開車來水邊散心，就是我們旁邊這條溝。他冷不防看見一個白衣人站在橋下，半身泡在水中，和黑漆的流水融爲一體。」

王鎮長當下疾速開去，但學科學的他又倒車回來，不問個詳細，他今晚絕對睡不著覺。

王鎮長下車，在岸邊戰戰兢兢呼喚：

「Excuse me、借問一下，你甘是『那個』？」

白衣人抬起頭，是個相當俊秀的年輕男子，只是他皮膚白得很不尋常，像是長期浸在水中的死白色，慢了不只三拍才回了話。

「我嘸是水鬼，只是欲抓魚給阮妻兒吃。」白衣男子說話有種別於俚俗的文腔，聽來就像教書的老師。

「魚？」

王鎮長以爲聽錯話，這條圳溝自從成爲上游工廠排放廢水的水路，已不復見他們兒時在水邊嬉戲的景象。但他往水中看去，卻有好幾尾活魚在白衣男子腳邊悠游，好像這人的時空還停留在水流清澈的古早歲月，和自己處在不同的世界。

——所謂伊人，在水一方。

王鎮長忍不住和這位神祕的白衣漁夫攀談起來，發現對方對福興種種瞭若指掌，針砭時弊句句中的，讓他這個海歸子弟獲益良多。不知不覺，東方泛起魚肚白，那人說要去賣魚了，轉眼間就消失在晨光中，而王鎮長恍惚回家還被王太太誤以爲跑去喝花酒。

後來王鎮長在一次老人會茶敘聊起那晚奇遇，鎮上耆老告訴王鎮長，他遇到了「黃先生」。

「黃先生？」曾汝忍不住好奇追問。

「城隍——黃先生，咱福興鎮流傳三百年的不思議傳說。就像Wilde的『快樂王子』，貧苦人家總會在日子過不下去的時候收到米、魚，還有小孩註冊的學雜費，然後隔天鎮民就會發現城隍爺身上的金鎖又被拿去典當了。」

「你也喜歡Wilde？」

「肥婆仔不要離題好嗎？這沒什麼好討論的，他當然是十九世紀最偉大的作家！」

「『We are all in the gutter, but some of us are looking at the stars.』」兩人異口同聲

背誦出名句，然後神情複雜地瞪著對方，眞不想跟他/她有一樣的喜好！

「你們城隍爺這麼出名，爲什麼阿新從沒跟我說過？」曾汝對阿漁的話半信半疑，不管東西方，自古以來就喜歡用神蹟渲染政權的正當性。

「妳不能怪他不談，鎭南只有一家姓黃，小新一定常受這個傳說騷擾。福興就城隍爺一尊主神，他爸早死、我又熊熊掛了，他心裡一定很氣城隍爺沒有保庇好人。」

于新總會在某些小地方鬧彆扭，像阿漁以前來城隍廟逛夜市順便拜拜，請城隍爺保佑他這雙廢腿有治好的一天，于新卻死活不肯進廟。但阿漁還是常常拉他過來參拜，他也說不上來當時的「感應」，城隍爺好像想要看看于新。

結果換阿漁當官便直接把于新叫來做廟主，不得不說，他家小新眞有城隍緣。

「你說，你掛了？」曾汝好像聽到奇怪的詞眼。

「口誤，是做仙去了。」

故事又回到智超身上。耆老這麼一說，王鎭長想起那封來自城隍廟的信，他立即意識到這是個良機，便將他的際遇告訴在場老人家，他是城隍爺選來守護福興的代理人。

市面上好人認眞努力就成功的故事經常把過程簡化太多，想要弱贏強，除了等待時運，還須要重重算計，比奸人還奸。

於是乎，第一次選舉只拿到十八票的智超突然紅了，福興鎭老幼婦孺將他和慈悲爲懷的城隍大人連繫在一塊；然而，智超的家也跟著紅了一片，被流氓地痞潑漆警告，因爲他們背後的張議員也自稱是城隍爺的義女。

一神不容兩個代理人，張仁好和王智超公開在城隍廟前擲筊，結果，智超這個外地小子一連拿到三個聖杯，張議員臉色鐵青地離去。

智超依禮俗給城隍爺打了一串金項鍊，當晚又遇見那位白衣男子，頸上的金鍊子閃閃發亮。

「抱歉，我利用了您的名聲。」

「無須道歉，你就是我的選擇。」

人心多變，王鎮長想問祂難道不怕所託非人，白衣男子卻先向他靦腆開了口：

「你獻上的花盆很美，不知可否讓我轉送給內人？」

「啊，那是我太太栽的，當然可以。」

「王兄，你眞是個好人！」白衣男子像個孩子笑開來。

事後王鎭長就像中邪一般，陸續給城隍爺進貢許多精巧的禮品，用心備至，被王太太虧說在包養小白臉。

但智超捐了那麼多錢、打了那麼多金牌，卻連一次手也沒牽過。好在阿漁這個孝順的好兒子，在前輩大哥走前幫智超好人補告白：「黃先生，我爸喜歡你耶。」反正就算他爸人間有知，也不可能揍到他了。

這就是智超的好人好事，阿漁自認這版本比于新說的更具藝術價値。

曾汝聽完，打了記響指，不過她興起的想法和老男人的黃昏之戀完全沒有關係。

「所以，在地老一輩的信仰是城隍爺對吧？」這也是曾汝最難爭取的族群。「我要怎麼做才能讓老人家認爲，我是城隍爺欽點的代理人？」

「誰欽點妳了？別往臉上貼金好嗎？」

曾汝沒理會阿漁的抗議，指節抵著雙唇思索。

「廟不是都有廟埕？在那邊開講，背景就是城隍廟不是嗎？置入式行銷。」

「白天很熱喔，兩邊垂榕都爛根被砍了。」

「那就晚上吧？不知道有什麼法子可以吸引人潮？」

阿漁想起丁哥的陳情，啊哈一聲，兩手擊掌。

「妳的宣傳活動可以跟我們在地的攤商結合，這樣不管妳有沒有選上，他們都有一個正當的名目回來做生意。」

「這個好！」

阿漁報出丁哥的電話，曾汝立刻聯絡上對方。她再拜託阿尼哥大哥喬地盤，保證攤商不會像之前被不明人士砸場。

曾汝收線呼了口氣，總覺得越來越有意思了。

「你幫了大忙，謝啦！」

「妳也不簡單，竟敢對上張仁好那女人。也是，能看上我們家小新，素質不會差到哪裡去。」

「阿新帥、聰明、會唱歌，還有個可愛的妹妹，條件那麼優，我怎麼捨得錯過？」曾汝每每提起于新的好，男性同胞聽了總直覺否定，說于新虛偽假仙；這個黑框眼鏡的白目仔聽了，卻溫柔地笑了笑。

「是啊，可惜那孩子命途有點坎坷，妳要對他好一點，不然我做鬼也不會放過妳。」阿漁咧開一口白牙。

「你也常常來找他玩吧，不然阿新朋友眞的很少。」

他們大學時在外人眼中好像形影不離，但曾汝常跑外務，三天兩頭不在家，和于新在一起的時間其實不多。可能是她限制于新交友的關係，才會讓于新一個說心裡話的朋友也沒有，曾汝想來覺得很愧疚。

阿漁撇了下嘴角：「沒辦法啊，小新就長了一張會讓男人敵視的臉。」

有的人生來就不適合交朋友，再努力也努力不過本性，阿漁早看穿于新出世的遊魂性格，高中都把他緊緊帶在身邊當腳佚。

「你爲什麼感覺很懂他？」曾汝有點生氣。

「這就是有雞雞和沒雞雞的差別，妳不用妄想超越我了。」阿漁昂高臉，得意之情溢於言表。他知道于新許多小習慣，像是談心一定要帶他來水邊，他壓抑的感情會跟著水流波動，下雨天也是好日子。

「那阿新有跟你說過他父親的事嗎？」

阿漁收起笑，莫名被踩到痛處。于新自幼喪父，而他是一個沒有老爸倚靠會死的孽子，自知沒有能力處理那塊傷，只是跟于新說要把智超先生分給他一半。

「小新他爸生了很重的病，投水自殺，是我爸收的屍。可能因爲這樣，小新一直以爲死是解決問題的方法。」

曾汝怔怔地睜大眼，發出哽咽的細音。

阿漁不覺得悲傷，有時候人就是運氣不好，只覺得很傷腦筋。

他本來設想，如果他能證明活著是更好的選擇，說不定就能改變于新的傻念頭，但他卻死了。

「小新和一般人不一樣，他是人魚王子，光是活下去就得用盡全力呼吸。我看妳是小孩的媽才告訴妳這個祕密，能嫁給王子妳就該偷笑了，別用世俗的標準苛求他。」

曾汝收起哭喪的表情，撥開髮尾。

「不用你廢話，他就算是外星人，也還是我老公。」

阿漁看她堅定的神情，抽起左手的金戒，本來不想給的，還是遞給了曾汝。

「爲什麼對戒會在你手上……」

「妳老公前男友顯靈不行嗎？」

雨點淅瀝落下，曾汝忍不住望向于新跑開的方向，視線卻被夾克蓋住。

「孕婦別淋到雨。」阿漁為她仔細拉好外套。

曾汝不知道是天太黑還是犯相思病，竟然覺得這男人有點像于新。

「阿新怎麼還不回來……」曾汝又看了一次錶。

「妳說什麼？他沒有待在家嗎？」阿漁變了臉色，曾汝跟著打了記冷顫。

這時，休旅車的車燈往曾汝照來，短髮戴帽的年輕女子在副座向曾汝熱情揮手。

「學姊！」

曾汝再回頭，那名陪她長談的白衣青年竟又像上次一樣，消失不見。

休旅車停下，穿著拼布裙的么受下車給了曾汝一個大大的擁抱，曾汝強擠出笑容。

「黃學長呢？」

「走吧，我先帶妳們去借宿的地方。」

□

于新在工業區穿梭奔跑，一群黑衣人張牙舞爪追逐著他。

近年工廠多數已外移，只剩下廢棄的機具堆積在廠區，沒有人也沒有煩人的監視器，可說是殺人棄屍的好地點。

「別跑！不然下次就是你老婆、你妹妹，還有你那個欠人幹的媽媽！」帶頭的人蒙著臉，發出于新熟悉的尖銳笑聲。

于新沒有理會，只是往位在工業區聯外道路盡頭的木材工廠跑去。

等黑衣流氓過彎來到充滿焦油氣味的木材廠，卻不見于新的蹤影。

「人呢？還不快點找出來！」

黑衣人分散在寬闊的木材加工廠，黑漆的廠房突然亮起大燈，照得人眼一陣不適，老舊機具也依電力運轉起來，發出年久失修的雜音，以致於他們好一會才聽見頭頭的呼救聲。

于新雙手勒住蒙面頭子的脖頸，要把人拖進設備室裡。

「黃于新，你在做什麼……你們發什麼怔，救我、快救我啊！」

「張克群，要不要幫你打一一〇？」于新微笑問道，派克雙眼大睜。

于新報案時，有警員私下告訴他，看不慣前任鎮長惡行的警官都被調走了，換上和張議員派系有關係的長官，他這麼做只是徒勞無功。

沒關係，于新報警只是一種引起凶手注意的手段，他還擔心他們怕事不來。

黑衣人趕來，起手就給于新背上一刀，于新冷冷看了對方一眼，另一人又往他側頭轟下一棍，他卻只是歪了歪脖子。

「是你們殺的嗎？」于新沉聲問道。

兩個黑衣人嚇得退開半步，于新拖著掙扎的派克走向另一個拿蝴蝶刀的黑衣少年。

「還是你殺的？」

喉。

「瘋子……」

對方被于新的異樣嚇壞了，扔了蝴蝶刀就跑，于新用流滿血的手撿起刀子，抵上派克咽

「張克群，還是你殺的？」

「我不想死，不要殺我，不然我姑姑會讓你死！」

于新笑了聲，隨即放聲大笑，派克驚恐地看著血淋淋的于新，胯下濕了一片。人說，不要命的人，最可怕。

「是誰殺了昕宇？」于新拉下派克的面罩，雙目近距離逼視著他，「張克群，講、實、話！」

「我不知道……我只聽見姑姑叫人把王昕宇輾成稀巴爛，讓他父母再也認不出來……」

于新閉了閉眼，所有人都知道福興是王鎮長全心爲兒子打造的城鎮，沒了孩子就沒有了意義，利用父親的愛去做政治鬥爭的犧牲品，不可原諒。

于新那身白襯衫被鮮血完全染紅，像是索命的厲鬼，含怨向派克吐出冰冷的口息。

「回去告訴你姑姑，我死也不會放過任何人。」

大雨滂沱，阿漁循著橋下竄出的大片黑蟲，風風火火趕往工業區。

他和于新以前常打著城隍大人的名號，奉天承運來巡廠，監督工廠老闆們有無依法給

工仔薪水和休假。于新在那時展現修理儀器的天分，一改在男校的低迷人氣，很受老闆們歡迎，一看就是只做事不抗議的小綿羊，大家都叫于新畢業之後來上班。

然而那些誇口要給于新飯票的老闆們都不知道去哪裡跑路了，只留給福興薪水欠條和一棟棟大型廢棄物，于新又少了能安身的位子。

福興明明是于新長大的地方，卻沒有讓他留下的空間，阿漁雖然念舊，一條小被被可以從小蓋到大，但他必須拿出僅存的時間和力量，去改變這座死氣沉沉的城鎮。

阿漁趕到木材廠的時候，以派克為首的黑衣流氓和他撞個正著。別人不知道這個半路冒出的白衣人是誰，但派克可是認得這張臉，前陣子才被同一對象鬼壓床。

「王、王昕宇……不是我，我說了不是我殺的……」派克好不容易才撐起的雙腿又癱軟在地。

阿漁全身因為憤怒而顫抖著，因為他們身上沾滿于新的血。

「張克群，你把我家小新怎麼了——！」

隨著這聲怒吼，廠區玻璃全數炸了開來。

冤魂親自來索命，派克除了伏在地上哭求，再也無法思及其他。

「哇啊啊，不是我殺的、不是我殺的，是他自己找死……他本來就不想活了……」

「住口！」

阿漁放開派克，像陣風衝入廠中，只希望一切來得及。

于新記得，他扣著派克的咽喉，直到他失血過多，失去意識。

醒來時，他赤足踩在水中，水下不是砂石，而是重重堆疊的屍骨，他每踩一步，腳下就溢出濁黑的臭水。放眼盡是斷垣殘壁，看膩的藍天變得灰濛一片，分不出黑夜白晝。

雖然與記憶所認知的環境截然不同，但于新認得出這裡就是福興。他兒時聽父親說過，這片坐擁青山綠水的美麗土地，別名「埋冤」。

活物會流通，死物只會積累發臭。在這裡，所有景物都靜止不動，只有水在流動。

溯水望去，有名白衣男子臨水而坐，褲管挽到白皙的小腿上，手中捧著一本小書，怡然處在這片荒城中。

「爸爸。」于新輕聲喚道。

伊人往他望來，露出淺笑。

「我的心肝子，來、過來。」

于新記得小時候，父親總是把他抱在懷裡，出門隨時隨地把他牽得牢緊，不敢放開手，連母親也看不下去，說孩子再寶貝也不是金子做的。父親只是摸摸母親的頭，要她別吃醋，把媽媽氣得俏臉發紅。

父親病後，母親到工廠上夜班，由他照顧父親。他睡在父親身邊，就像肉做的心電圖，隨時探查父親的生機。

「爸爸，你身上有一種味道，和別人不同款。」
「是什麼？說說看。」父親蒼白笑道，仍是溫柔似水。
「不知道……」
父親攬住他的後腦，輕撫兩下。
「我想，你聞見的應該是死物。」

所以，對他而言，死亡是父親的氣味，熟悉不過，無須恐懼。
于新正要邁開腳步，卻聽見身後一聲疾呼。
「小新，不要過去，快回來！」
于新回頭，看見披頭散髮的阿漁，彼方的景色是廢棄的木材工廠。
阿漁看著于新站在棺材蟲匯集成的黑口前，就等著把這縷俊美而纖細的孤魂吞噬殆盡。
「阿漁，我爸來接我了……」
「清醒點，我要是你爸，看你這樣爛糊糊，一定打斷你的腿！」
「你等一下，我再去看一眼就好……」
「小新啊！」
「他沒有拋下我，沒有人相信我……」
「我相信你啊，你說你爸只是返去陰間報到，新官上任總是工作繁忙，沒時間照顧他最最寶貝的小新心肝才把你留在人世。就算我覺得那只是你爸安撫你的漂亮話，拋下孩子和帶孩子去死都一樣垃圾，但我有說過你爸半句不是嗎！」

「沒有。」于新定定望著阿漁。

「你也是！枉費我以爲你這些年到外面磨練有些長進，結果個性還是那麼極端。有我和我爸這麼正面的例子不學，偏要學你家那個被全福興笑話的老廢男人！」

「不准說我阿爸壞話！」于新惱火地向前一步。

「喬喬生來就沒了爹，你媽也跟了別的男人，你也不想想你死了，還會有誰記得他？更別說像現在跟我大小聲！」阿漁嘴上忙著刺激于新，心想帥哥你再過來一點，到他能抓住的範圍內。于新站的那地方是純然的死界，他過不去。

于新卻在半途熄火，目光呆滯。

完了，他完全回歸現實了。

人常把尋死說成「做傻事」，以阿漁當城隍帶過的亡魂來看，的確有幾分道理，一時衝動而尋短見的蠢人多到滿出河來；但于新不是，他可是南區高校智力測驗的榜首，找死也經過密密算計。

現在全鎮都知道他在查王小胖的命案，他死了，又死在張仁好手下，曾汝的選情會瞬間大漲。這下不僅爲福興換到身家清白的年輕鎮長，人家還會告訴他小孩，你老杯可是不畏強權的英雄。

他不管他媽、他妹、他老婆會流多少眼淚，這社會教導他結果才是一切。于新很確定這件事不會被張議員隻手遮天，因爲現任城隍是王家公子，代替上天看著眞相。

「阿漁，錄音檔在電箱下面……」

「你過來，趁還來得及，不然我就要跟你絕交了。你不是想要幫我出氣讓我誇你好棒棒嗎？絕交了，我跟你就什麼都不是了，你所作所爲全部白搭！」

于新無動於衷，只是說：「我有聽你的話保意外死亡險，受益人是我媽。」

「你果然有預謀！」

阿漁和于新僵持不下，夾在他們之間的于新肉身輕微抽搐著，就要宣告不治。反倒是餓壞的黑蟲子再也等不及，成群撲向美味的魂魄。

「等等，爲什麼是吃我？你們這些不長眼的臭蟲！」四年鬼官資歷完全不被放在眼裡，阿漁抱頭逃竄。之前和術士符法鬥了一年，道行耗盡，他之於陰間就是枚肉腳。

好在于新還算朋友，走來幫他趕蟲，就像以前幫他在洗澡的時候趕小強一樣。

「滾。」于新不過一揮手、一個字，蟲子就往外頭飛竄，阿漁看得嘖嘖稱奇。

「小新新，你眞是我的白馬王子！」阿漁撲抱住于新，然後趁他一時不察，一把將于新的魂壓回他肉身裡。「你哪咪咧，幹這一票竟然沒找我商量，不是兄弟！」

于新魂魄在身軀浮浮沉沉，怎麼也無法密合。

阿漁認眞做著回魂ＣＰＲ，一長一短壓壓壓。

「拜託你拿一點求生意志出來！一丁點就好！多少人死賴著健保，你這個學有專才的年輕勞動力也振作一下！」

「阿漁……這四年我只能騙自己活著……我實在……撐不下去……」

「你不是答應要幫我到任期結束？我現在可以在福興到處跑，還不是有你在的緣故？阿漁和小新，咱福興最佳拍檔，你捨得讓它解散嗎？」

阿漁說破脣舌，好不容易才說動于新，讓他憶起幾分對生的留戀。

于新微仰起頭，拉長呼吸開口。

「昕宇，那你也不要死，好不好……」

阿漁早就不存在的心口聽得抽痛起來，看于新惶然掉著淚，那麼悲傷、那麼絕望。

阿漁本來想先哄個兩聲，再把暫時止住血的于新丟去急診室門口，卻聽見不同於雨聲、叮叮咚咚，屬於金屬的敲擊聲響。

明明平時都拖到五更天，爲什麼這次效率那麼好啊！

「來，小新，給哥哥抱好，我們要逃跑了。」

「跑？」

「鬼差大人來啦！」

阿漁試了幾個姿勢，都不順手，乾脆潛入于新快斷氣的身子，扛起那身魂魄，直往鎮南城隍廟衝刺。

沒想到鐵鍊聲緊跟在後，這次的鬼差竟是長跑好手。

「交出、交出、交出——黃于新、新、新——」鬼差爺的呼喊在黑夜中迴響不止，連帶嚇得福興鎮鬼怪四處逃竄。

「我可是這裡的地主，你說交就交嗎？那我多沒尊嚴？」阿漁逃跑中不忘撂話，請中央官員不要隨意干涉地方政府自治權好嗎？

「吾乃陰曹判官、官、官——」

阿漁就勝在地主優勢，福興的每條暗道他再清楚不過，他繞了一個彎，往車道跑去，跨上橋，趁落雨水漲，往圳溝一躍而下。

水很臭、背很痛、頭也很痛，但他游泳比跑步快多了，從國中就是校隊選手，也挑戰過海泳。高中于新都會請假陪他去比賽，只有那種時候，講話像幽靈似的小王子才會拉開嗓門大喊：「胖魚、胖魚，加油！」

雖然美人魚一到陸地就得變回殘廢的原形，但岸上有他的王子在，爲他引頸盼望。

「小新吶，抱緊一點，別被水流走了！」

「嗯。」

阿漁想，看在胖魚這麼努力的份上，于新要死也不會選現在。

在圳溝彎道處，阿漁任由水流將自己沖向堤防，攀住邊坡蛇籠的鐵網，而他頭頂就是通向城隍廟後方的便道。

他濕淋淋地拖著腳步，喘息走過白石廟埕，顫抖爬上城隍廟石階。出來混的總是要還，于新過去揹著他走過千百萬個階梯，老天可能不讓小新新吃這個虧，要他還盡才能投胎。

「小新，你看，我們就快到了……」

阿漁吃力關上廟門，搖搖晃晃走向休息室床被，腳一軟，癱倒在床。

他魂身抽離出來，看著于新昏睡的睡臉，手指撥了撥他劉海。

突然，門板砰砰作響，阿漁嚇得跳起身，鬼差大爺竟然追到家門口了。

「關門了啦，謝絕訪客！」

「混帳，你難道不知道我是誰？」

大概是他們所處空間同頻了，鬼差爺發出清晰可聞的男聲。

阿漁怎麼會不知道？對方都報出官銜了，全陰曹只有一位判官，一鬼之下、萬鬼之上，前輩大哥還帶他拜過碼頭：「請陸判大人照看我們家小胖。」

「您老人家公務繁忙，爲什麼特地來福興這種小地方勾魂？」阿漁出來抵著門栓，對方還不停用皮鞋跟用力踹門。

「那個人，鬼氣所育，屬於陰世所有。」

阿漁轉頭看向內室裡的于新，無禮反問：「然後咧？」

對方強忍怒氣回答：「陽世沒有他的歸屬，他天生註定與人們有緣無分。」

——阿漁，我覺得自己沒有可以留下來的地方。

阿漁過去以爲于新那些文藝少年悲春傷秋的傻話，其實是眞的嗎？

「您別開玩笑了，他才新婚耶，孩子四個月了。」

「我不是開玩笑。」

「他是我結拜兄弟，能不能通融一下？」

「不能。」

「好吧、好吧，給我看名牒。」面對銅牆鐵壁，阿漁只能在公家程序上動手腳，把公文扣押住，靜靜等待太陽公公的微笑。

「沒有名牒，生死簿沒有他的名字。」

「意思是，他隨時都可以死去？」

「對，陰曹必須撥亂反正。」

Bingo！

「換句話說，他任何時候都能活著，陰間沒有記載他眞正的歲數。」阿漁找到法律漏洞鑽了。

「是，但我來了，同時也代表他陽壽盡了。」

「可是我呢，偏不讓你動手。你一個大忙人能排到這個時候出城很不容易吧？判官葛格，咱下次見面不知道是什麼時候？」

「蓄意抗令，臭小子，你不想投胎了嗎？」

「沒聽見、沒聽見！」

「王昕宇！」陸判大喝，逼得阿漁應聲跪下。

阿漁強撐著膝頭，對門外比了比中指。

「判官大人，很抱歉，可是我眞的很討厭『命運』這個爛詞，死透了也一樣。」

「違法亂紀的後果，你一介孤魂，承擔得了嗎？」

陸判吐出的每一個字，就像千斤重壓在阿漁肩上。

「好笑，我王阿漁可不是被嚇大的，大不了下十八層地獄，火烤兩吃。」阿漁七竅淌出血來，咬牙緊笑道，「只要我還是福興的城隍，我不讓這個人死，他就得活下去！」

如果說他死而未逝是爲了還報福興這塊土地的願望，當然也包括于新的，和他自己。

「昕宇……」

阿漁聽見一聲細音，電光落下，照在于新蒼白的臉上。

「你出來幹嘛？回去躺著。」阿漁用氣音揮斥于新，他正爲了于新那條小命和鬼差爺搏命周旋。

一直到大雨停歇，不知時辰到了還是什麼的，門外再也沒有動靜。阿漁從門縫看去，沒看到黑西裝的鬼差爺，只塞了一張紙。他抽來看，是一張墨跡工整的申誡紅單。

加上這張，從他就任以來，累積一紅二黃三白，人鬼神三界得罪光光，不知道他下輩子會不會投胎做豬？

「不值得……」于新沙啞地說。

「這種事哪能說值不值得？」阿漁一時半刻站不起來，也只能爬過去，摸摸于新半趴著的腦袋。「唉喲，都腫成這樣，不知道有沒有被打成白痴？」

「背很痛……」

阿漁用法力為于新揉兩下，好像因為他借用身體的關係，傷口從致命傷變成小刀傷，而且他揉完才意會到小新新在跟他撒嬌。

「我剛才說的那些，黃小新，你聽到了沒？」

「嗯。」

「只要我在，你就得留在我身邊，知道嗎？」

「好。」

七、故人

一夜雨後，晨光籠罩福興，加上昨晚衣服濕了全脫，真正太陽曬屁屁。

阿漁腰痠背痛醒來，當鬼那麼多年，許久沒有運動過度的後遺症，全身充滿未代謝的乳酸。他睜開眼，于新也很乖地在睡覺，睫毛長長的、臉也帥帥的，但就是透明了點……

阿漁用于新的身體坐起身，看了自己雙手，又看向原主人的于新。

「你怎麼又掉出來了？」

于新沒有回應，只是輕聲呼喚：「小汝……」

「你終於想起你老婆啦，可喜可賀。」

才說到那肥婆，門板隨之響起潑婦的敲門聲。

「開門！裡面的混蛋給我開門！黃于新！」

「真恐怖，你怎麼會看上這種歇斯底里的瘋婆子？」阿漁調笑道，但更靈異的是，于新竟然能在這種帶著殺意的怒吼聲中安然睡死過去。「喂，小新、小新啊——！」

不得已，阿漁只能抓著于新之前過夜打包帶來的牛仔褲，穿跳著來到門口。打開門，是個荷葉袖黑長裙、來尋仇和尋夫的黑寡婦。好在曾汝只是眼睛紅了點，沒有攜帶刀槍。

「抱歉，我……」阿漁還沒說完，曾汝就截斷他的話頭。

「你的衣服呢？昨晚跑到哪裡去了？跟什麼女人在一起！」

拜託，于新的生活雖然夢幻，圍繞著美人和美少女，但現實來說那是他媽和妹妹。

「對不起，我……」

「你整晚不在，昨晚么受一直問我是不是跟你吵架了，她們借宿的地方又沒有電梯，一群女孩子搬著重物上上下下，你這樣害我很沒有面子！」

阿漁神情冷下，感覺身體的血液往腦門衝。

「小新……妳難道沒想過我出了什麼事？妳就只想著妳自己！」

曾汝怔怔看著從來沒對她說過一句重話的丈夫，隨即放聲大哭。

「嗚……嗚嗚……」

「妳哭……什麼啊？」阿漁覺得他的鐵石意志被曾汝眼角的水珠擊潰大半，女人真是太卑鄙了。

「我很擔心你耶……」曾汝淚眼婆娑。

「一開始老實講不就好了？矜什麼矜？」

曾汝安置好學妹後，回家枯等到三更半夜也不見于新蹤影。她不知道該怎麼辦，直到秋水起來盥洗，曾汝才跟婆婆啜泣說起于新失蹤的事。

秋水一語不發，騎機車載她到警局，想請警察協尋。正巧有人到警局報案，說是好像看到一個白衣男子在橋上跳河。

曾汝腦袋霎時空白一片，任秋水把她拖拉回家。一關上家門，曾汝再也忍受不住，嚎啕大哭。

「阿新死了，我也不想活了！」

「妳別說這種憨話！」

婆媳倆抱著哭成一團。

到了早上，黃家還是沒接到任何打撈到屍體的通知，倒是于喬砰地打開房門，神清氣爽走出來，無感家中沉重的氣氛。

「媽、嫂子，早啊，今天老師請假，學校沒課，我要去同學家看狗狗……哥咧？他又睡在城隍廟囉，哈哈，大概我們三個女人太像菜市場，他比較喜歡清靜的地方。」

「城隍廟？」曾汝不解。

「啊，阿新去做廟主……」秋水才想起有這回事。

「媽媽～我要零用錢～」于喬過來拉拉母親的裙角。

秋水面無表情地掏出兩百塊，於是于喬晃著藍緞帶馬尾，蹦蹦跳跳出門了。

「媽，喬喬……」曾汝從茶几抬起熊貓眼。

「阿新飼大的。」秋水早一步回答曾汝心頭的疑問。

爲什麼兄妹完全不像！

於是曾汝來到城隍廟，看到廟門由內鎖住就知道裡頭有人，當她見到于新「本人」衣衫不整地來應門，擔憂霎時化成熊熊怒火。

「你昨晚到底去哪裡了！」

「一言難盡。」阿漁抓了抓脖子，該不該說實話？

曾汝用力撲抱住他，害阿漁腦子和手腳一時間停止運轉。

「喂喂，光天化日、大庭廣眾、神明面前……」

「我不管！」

阿漁想著于新會怎麼做，但這對一個光棍而死的男鬼有些困難，到頭來只能摸摸曾汝的頭。

「我發現有人想對我不利，怕波及到妳和孩子，出面把那群流氓引開。昨晚那個跳水的人也是我，我實在是體力透支才睡在這裡。」

雖然阿漁盡量輕描淡寫，曾汝還是聽出過程有多凶險，仰頭看著丈夫。

「阿新，你還好嗎？」

「嗯，妳抱得我背痛。」

曾汝立刻放手，阿漁暗暗鬆口大氣。

「話說，今天不是那個補選登記？」

「資料我已經準備好了，就剩下錢。」

「哦，那個小新……我已經把錢轉過去了。」阿漁要于新留一點給自己花用，于新也真的留了兩千塊，其他連同積蓄都給妻子雙手奉上。阿漁氣得大罵于新「妻奴」，于新也不否認。

「這樣啊……那你休息，我去辦手續。」

阿漁沒瞎，看得出曾汝的真心話是「老公陪我」，不住嘆氣。

「妳這個異教徒在外頭等一等，我先去穿上衣服。」

阿漁回到內室，于新還是叫不醒。保險起見，他將小新哥哥藏進神像中，防惡蟲也防鬼差。

「小新，要乖乖顧廟喔！」

「嗯……」

阿漁深吸口氣，出來面對美好的早晨。他先向曾汝聲明，昨晚腦子進水，他今天有些怪怪的也是正常。

「不會啊，以前你在外面的時候，言行總是很誇張，還會跟我鬥嘴。我早就習慣你的雙重人格。」曾汝不動聲色地湊近丈夫身旁，右手在他面前晃了晃。

「真的嗎？」

「像是你會突然衝到店家櫥窗，大喊：『這什麼？超棒的！妳快來看，是不是？』像小孩子一樣。」

——這什麼?超棒的!小新你快來看!

「這麼說來，『我』也真傻。」阿漁喃喃一聲。「這些年來，真的很謝謝妳。」

「說什麼?」」曾汝害羞地拈了下髮尾。

「要走了嗎?」

「要!」曾汝右手又用力在丈夫面前揮了揮。

這女人的提示真是好懂，也或許是和于新長年相處磨出來的習慣。阿漁牽起曾汝的手，頓時了悟到古人所謂的溫香軟玉，女生的手好小。

阿漁抓著樓梯旁的欄杆下樓，要身後曾汝也小心扶著，千萬顧好她肚子裡那團肉。

「這樣好怪喔!」曾汝嬌嗔一聲。

其實是阿漁還不習慣下樓梯，不知道怎麼保持平衡，以前都讓于新揹上來拜拜，有腿也是煩惱。

他正戰戰兢兢，衣角被拉了拉，轉頭望見曾汝的笑顏，白天看起來比晚上更是明媚。

「阿新，我好愛你喔!」

夭壽喔，這時候該說什麼?阿漁大腦一片空白。

曾汝叫了計程車來到鎮公所。人家司機賢哥最近都給她包車，熟了之後，賢哥便把曾汝喊作「大小姐」，曾汝也雍容受下。

阿漁很想對這虛榮的女人說上幾句，看在于新的份上強忍下來。

「大小姐、大姑爺，到位啊。」

「賢哥，免恁提醒，我都在福興度幾年了？」阿漁不想配合演出。

「阿新，車門。」曾汝往阿漁呶呶嘴。

剛才依偎在他懷中的小兒女情態不復存在，取而代之的是高傲的女王態勢，阿漁深深看了曾汝一眼，才打開車門下車。

「等一下，手。」曾汝又命令道。

阿漁實在忍不住，從車外拉過曾汝，往她額際彈上一記。本以為她會生氣跟他吵，她卻笑了出來，靠在他懷裡嗤嗤笑著。

等等，這該不會是傳說中小倆口的情趣吧？

「免找，賢哥，我們再聯絡喔！」曾汝從副駕駛座車門遞上車資。

「喔喔，祝妳當選，大小姐！」

「喔呵呵！」曾汝愉悅目送賢哥離去，轉身回來，又換上另一種幹練的面目，站在公所門前，一一向上班的所員和來辦事的民眾問好。「早、早安，今天眞是風和日麗的好日子，是不是？」

阿漁在一旁環胸陪演，直覺這女人不單純。

黑頭轎車來到公所前，張仁好在人群的簇擁中走下車，臉上帶著從容的微笑，似乎認定福興鎮已是她的囊中物，而她的笑容在對上曾汝這對年輕夫妻時戛然而止。

「張議員，眞巧啊！」曾汝邁步走上前，親切打了招呼，伸出右手等著回應，「妳也是來登記補選的嗎？接下來我們一起加油喔！」

隨行來採訪張議員的報社記者見到這場景，不禁連拍幾張合照。「世代對決」，應該可以放地方新聞半版。

「美女，妳可眞想清楚了？選舉可不是兒戲。」

「當然，我可是奉冥冥之中的旨意來挑戰妳。」曾汝低聲地說，張仁好臉色微變。「這樣吧，不如我們再到城隍廟博杯，讓神明大人作個見證？」

曾汝感到一股眞切的殺意，看來這事眞的踩到張議員的痛處，非常好。雖然她算是異教徒，但民間信仰的行話她也能說上幾句。

「議員，人在做，天在看，莫不信邪。」

曾汝在張議員後頭登記完成，沒多久，手機傳來七、八個邀約，看來是沒時間和親親老公在鎮中心的老街小逛一下了。

「阿新，我和么受去談案子喔！」曾汝依依不捨說道。

「妳們兩個女孩子沒問題吧？」

「這裡的人不會看我們是外地人而另眼相待，我也會拿出誠意好好表現！」曾汝右手握拳，幹勁十足，沒有徹夜未眠的疲態。

「是沒錯，但世上總不缺機八人，妳小心點。」

「你好少這樣直白地關心我。」曾汝過去拉好丈夫的衣領，抓了抓他劉海，弄個好看的型出來，賞心悅目。

阿漁立刻閉上嘴，以免露餡。

「但你沉靜那面少少的情話，每一句都讓我好感動。」曾汝垂著眼，懷念起他們的學生時代，好像才是昨天的事。

「是嗎？」阿漁好難想像于新談戀愛的樣子，好奇不已。

「我們同居後，你說我是你第一個女人，我問你難道不好奇別的風景，你就說：『不了，我已經遇見最好的一個。』」

曾汝和阿漁都知道，于新幾乎不說謊，這也是他話語珍貴之處。

「人家都說我大學過太爽，我也這麼覺得，你總是包容我的壞脾氣，用心打理我們的家，讓我盡情去做想做的事。當你說你不能再照顧我的時候，我眞以爲天要塌下來了，但世間感情怎麼可能不變？不是越愛就是淡了，我們只是結束了。」

阿漁心想：別講這些抬升自己層級的漂亮話，老實說吧，妳哭掉幾盒面紙？

「所以說，這段感情得利的人是我，你不用說謝謝。」

就阿漁對于新的認識，沒有這女人、這段情，于新早就不知道死在哪條溝了，默默成爲外地冷凍櫃的無名屍，光是這點就值得感謝上蒼。

曾汝握住阿漁雙手，讓他不得不凝視她脈脈雙眼。

「阿新，請你明白，跟你在一起，我眞的很幸福。」

阿漁送走曾汝後，不免懊喪，剛才那番告白應該讓于新親耳聽見，就算于新目前像灘死水，也會因爲那女人的深情激起幾圈漣漪。

現在是他的自由活動時間，阿漁想去一個地方看看，但顧慮到于新，一直沒去。他先去河堤找回腳踏車，知道于新心裡很掛念那台車，因爲車子是黃家爸爸的遺物。

好在福興在王鎭長的治理下，夜不閉戶、路不拾遺，淑女車還安在，阿漁牽起車，身後傳來少年人青澀的笑聲和汪汪狗叫。

「啊，哥哥！」

于喬穿著水藍色的吊帶短褲，小跑步過來，一把撲抱住她親愛的大哥。

阿漁今日已經被兩名女性投懷送抱，超過他爲人十八年、爲鬼四年的總和，這約莫就是帥哥的福利。

「我們喬喬好可愛喔！」阿漁情不自禁把人家小妹抱起來轉圈。

「咦咦？」于喬驚叫連連，竟然這麼熱情地回應她，大哥被換魂了嗎？

等于喬重新踩上土地，趕緊向兄長介紹她的同班同學。

「哥，這是阿筆，紀一筆。筆筆，這是我大哥，于新，大學畢業等做兵。」

阿漁這才往下三十度看去，于喬的玩伴是個該死的男孩子，大熱天套著長袖運動外套，戴著很挫的大眼鏡，牽著一隻精壯的黑狗。他那頭劉海依然用髮夾很娘地夾到耳後，和于喬站在一塊，身高只到她的耳際。

「小鬼，怎麼是你？」

「哥，你認識阿筆嗎？」

「對，『阿筆』，妳上次來廟接送，提過的自閉怪小孩……這世界還眞小啊。」阿漁幽幽說道。

「我是說他很像你，哪有說他自閉怪？」于喬覺得很冤枉，雖然她哥說的也沒錯。

紀一筆拿下厚重的眼鏡，比常人黑沉的雙眼直直瞅著阿漁。

「怪了，你不是城隍大哥……嗚嗚！」

阿漁一把捂住這小子的嘴。

于喬看看她大哥，又看向靈異體質的同學。雖然阿漁努力想封口，可一筆同學也很努力想要講出來。

「阿筆，難道我哥身上有髒東西？」于喬雙眼閃閃發亮，一副很期待兄長被附身的樣子。

「哈哈，怎麼會呢？」阿漁好不容易瞞過曾汝那肥婆，怎料半路殺出鄰鎮的死小鬼。

「他……原本是個胖子……」紀一筆氣喘吁吁，極力想要揭穿眞相。

「該不會……」聽到關鍵字，于喬立刻想起兄長的亡友。「是你吧，小宇哥哥！」

阿漁眞想一口答應，順便問于喬還記不記得以前說要嫁給小胖哥哥的約定，只可惜晴朗無雲的天空開始雷聲轟隆。自古以來，民間故事中僞裝成人的鬼魂和道士相遇，不是你死，就是我亡。

「你是想害死我嗎？」阿漁低聲警告鄰鎮的小鬼頭。

「沒有啊，這位大哥是喬喬的大哥，那麼喬喬有權利知道大哥不是她的大哥。」紀一筆嚴肅回應，修道士有修道士的堅持。

「閉嘴，在喬喬面前別亂講話！」

于喬眼見兄長快把同學抓起來扔圳溝，過去一人拉一手，握在手中晃兩下。

「好了好了，不要爲了我吵架。」

以前阿漁和于新爭執，被于喬看到，年幼的她也是拉著兩個哥哥的手居中協調。阿漁還記得那雙很小很小的手，是男人都捨不得放開，于喬大概一輩子都不會知道她把于新從鬼門關拉回來多少次。

紀一筆瞪大眼盯著于喬握住他的手，好像那裡冒出一隻大蟑螂一樣。

「喂喂，在大哥面前，禁止不純潔男女交往。」阿漁出手將兩個半大不小的孩子拉開。

「哥，你太誇張了啦，阿筆和我就只是朋友。」

「喬喬，妳要記得一點，俊男美女身邊，沒有純友誼。」

「是的，我以結婚為前提，欲向喬喬提出交往的請求！」紀一筆立正站好，一旁的黑狗跟著「汪」了聲。

「呀？」于喬好不訝異。

阿漁身為鎮長公子，什麼牛鬼蛇神都見過，也不得不承認這小鬼真是個奇葩。

他才想教訓這不長眼的小鬼，眼前一黑，差點腳軟撲倒在地，幸虧左右兩個小的及時扶住他，才沒跌個狗吃屎。

阿漁頭昏眼花，大概是天氣太好，曬太多太陽了。

阿漁被于喬和鄰鎮的臭小子合力扶到榕樹下的長凳。這比國中那次電動車雨天卡在水溝蓋，他只能哭著在泥濘小路爬了三百公尺叫人打電話找爸爸還丟臉，死了算了。

可是當于喬讓他靠在自己大腿上休息，阿漁又覺得死而無憾。

「哥，我就說要吃早餐嘛！」

「我不是貧血……」

「總之，大哥你先不要動，讓魂身穩定些。」紀一筆交代下去。雖然這孩子看起來呆了點，但說起話來頗能讓人信任。

「哦。」阿漁和于喬同時應了聲。

紀一筆拿起帆布背包，阿漁以為他要拿出什麼厲害的法器，趁自己虛弱把過去被陰的仇一筆結清，但一筆同學只是倒出零食和鋁箔包飲料。

「哇，是ＱＱ糖！」于喬忍不住歡呼一聲，「不愧是雜貨店的金孫！」

阿漁動手拿了一包乖乖，負氣地大口吃著。

「哥，阿筆知道很多事，也很會說故事喔！」

阿漁不想聽見任何關於鄰鎮小鬼頭的美言，但于喬就是這麼善良。

「只是一些稗官野史。」紀一筆耳朵略略紅起。

「我最喜歡聽他說城隍大人的故事了，以前媽媽晚上都會去拜城隍爺，把生活上遇到的困難哭給祂聽，有時候靈驗，有時候沒用。你上大學之後，媽媽就沒再去了。」

阿漁長吁口氣，鎮民多少也感覺得到，從前那位大人已經不在福興。

于喬央著一筆同學再說一次，紀一筆看向阿漁。阿漁也想聽鄰鎮的小老百姓怎麼看待福興，就讓他去講。

「我師父說，福興的城隍爺是厲鬼，很厲的鬼——」

地方誌記載，當時臺員不滿清廷官員暴斂橫徵，起義反抗，官員上報朝廷，把臺人安上「前朝餘孽」的罪名，請求派兵鎮壓。

民不敵兵，軍隊一路屠到現在的福興才踢到鐵板。有一個人，就一個，連夜殺光前哨軍，把屍首一顆顆排在河邊展示，任誰看了都會心膽寒。

那人說：「你們的刀沾了我們的血，我要你們再也回不了唐山的土地。」

但人不是神，終究無法萬夫莫敵，他在眾軍圍攻下受盡千刀萬剮而死。

即使被刀槍捅破心窩，流下的鮮血染紅溪水，他仍直挺挺站在河中。

而他只是死了，並沒有放下。

紀一筆沉靜說道：「他殺了人，又被人所殺，死不瞑目。三百年來，多少人世的法師、陰間的差爺想收了『祂』，全都鎩羽而歸。」

阿漁嘖嘖兩聲，他「見到」前輩大哥的時候，已是一抹虛弱不過的幽魂，沒想到他曾經那麼剽悍。

「他明知道會死還是站出來，好了不起喔！」于喬爲幾百年前的無名英雄鼓掌致意。

「我倒是覺得有些可怕。」紀一筆頂了下眼鏡，「不管是愛或責任，人死後只會剩下執念，要是這分執念經年累月變質扭曲了，反而會傷害到土地上的生人。」

「你不是福興人，你不懂。」阿漁叼著果菜汁吸管說道。

阿漁小時候曾頑皮爬出家門，差點被車輾過，但等他回神，已安然躺在家門口。諸如此類的事不算少，他也沒多放在心上，直到死後要上路，前輩大哥隨手將他抱上轎，剎那間，記憶全數湧上——原來是你，長腿叔叔。

聽說福興人幾乎都有過這種超自然接觸，但都藏在心裡不對外公開。阿漁聽過最有趣的一件事，曾有好幾個人同時夢見城隍爺娶老婆，隔天醒來門口眞的放著一顆喜糖。

「拜託，在文明禁錮人心之前，大家都穿草裙的原民時代，人與祖靈共存可是常態，是你們外人太過大驚小怪。」

「哥，你竟然會聊這種事？」于喬驚訝的點在於她大哥，于新明明就是個鐵齒王。「你眞的見到鬼了，是不是？」

「一言難盡。」

紀一筆似乎想說點什麼，阿漁拿腳踢他屁股才強忍著沒說。

「啊，時間也差不多了，我和朋友約好去她們家看電影、吹冷氣，有免費的午飯喔！」

于喬睜大眼看著兄長。

「去吧，我沒事，免費就多吃點。」阿漁正坐起身，于喬像小狗在他懷抱蹭了下才走。

紀一筆目送于喬離開，而于喬跑沒幾步，又蹦跳著回來。

「筆筆，你要來學校喔，明天見！」

「明天見。」

等于喬眞正離開，阿漁終於可以動手把這個白目小道士扔圳溝。

「城隍大哥！」紀一筆大喊一聲。

「幹嘛？」

「喬喬……眞是個好女孩。」

「醒醒吧，她只是博愛眾生，對你沒意思。你看她爲了吃飯跑得有多快？」才幾句話的時間，于喬已經從他們的視野裡消失了。

「她對人好，不是爲了受歡迎，而是眞正關心人，我很喜歡她這一點。」

「而且長得可愛又會撒嬌，不知道五年後會生成怎麼一個美人兒？你想及早預約的心情我理解，但你也照照鏡子好嗎？」

「我知道自己有所不足，但只要我喜歡她，我就會努力去追求。」紀一筆挺起乾癟的胸膛。

「算了算了，反正你這小子從來不理會我的開示。」

「城隍大哥。」

「又怎麼了？」

「你怎麼會在這個大哥身上？」

雷聲轟隆，阿漁從腳底涼了一陣。記得他上任之前努力惡補了陰律，從及格邊緣擦過才拿到令牌，現在早忘得差不多了。不過隨便把生人的身體當路邊機車騎走，怎麼想都不會是合法事項。

「小子，跟我去一個地方。」阿漁牽起車，紀一筆有些猶豫。阿漁不耐煩，過去一把扒開他袖子，手臂上全是瘀青和紅痕。

阿漁會發現，主要是因爲以前于新如果大熱天穿外套，就是被高年級學長叫去揍或是被他母親的男朋友打。于新有一種吸引垃圾人的體質，使得阿漁不免懷疑曾汝也是，幸好那女人除了番癲，心意和智商都是眞的。

紀一筆垂下頭，阿漁知道，比起痛，丟臉更是折磨少男纖細的心靈。

「謝謝城隍大哥關心，可是我還要還師父狗狗，也得回家讀書。」

「青瞑仙養了四隻狗，不差這一隻。少囉嗦，走了。」

阿漁等了一會，小朋友才挪動腳步，牽著狗過來。

他載著不可愛的少年往鎮北騎去，黑狗有精神地跟著淑女車奔跑，來到一棟獨棟白色雙層樓房。阿漁在木籬笆外停好車，郵箱下有個內嵌的密碼箱，打開來，食指拎起一串備用鑰匙。

「這房子好漂亮。」

「我爸建的，狗放在院子裡。」

少年眼中的讚歎和當年的于新一樣，不是「你家好有錢，在國外賺很多吼？」而是「你爸好厲害，超厲害的！」，阿漁以此粗分出交人和交心的朋友。

阿漁回到分別四年的老家，終於不用再擔心被雷劈，他家避雷系統直比軍事防護。

他開燈、開水，都能用，可見他爸媽比起于新沒好到哪裡去，自我欺騙這個家還在。

「小筆，外套掛木架，廁所在盡頭。」

紀一筆應聲照做，脫完外套就迫不及待想見識著名建築師設計的洗手間，卻被阿漁一把拉住。

「你也被打得太慘了吧？是幾個人圍毆你？不會跑嗎？」

臉部以下體無完膚，如果不是怕敗壞于新名聲，阿漁眞想連褲子脫下來檢查。

紀一筆侷促地說：「實不相瞞，是家父打的。我這次期末考，只考到全校第二名。」

「只考到第二名？」阿漁聽不懂這什麼鬼話？

「父親希望我當醫生，但我想要去修行，所以我想讓成績差一點，兩題數學沒寫。」

「你故意的喔？」

紀一筆點點頭。

阿漁不懂天才的心態，像于新考試也會故意放水，說是不想被老師注意。

「我沒關係，可是我害阿公被罵，實在很過意不去。」

「你爸罵你爸的老爸？爲何？」

「阿公和師父是老交情，我爸說就是因爲阿公有這種沒水準的朋友，我才會學壞。阿公聽了很難過，都是我害的。」

「該感到抱歉的是你爸那個不肖子，竟然說自己老爸沒知識，也不想想他那個農會主任是你爺爺做人太好才撈到的。」阿漁去櫃子拿醫藥箱，揀了一瓶未開封的蒸餾水，加入他有跟沒有一樣的法力，聊勝於無，用力給小朋友塗塗抹抹。

「師父說，我不可以批評自己的父母，父母都是愛子女的。」紀一筆沮喪說道，似乎在長輩那邊得不到心靈支持。平輩就更不用說了，阿漁清楚明白他沒朋友。

「你有跟你爸大小聲嗎？」

「沒有。」

「你沒有頂撞他都被打成這樣，你批評他還得了？我告訴你，歷史是活人寫的，你媽又盲目維護你爸，你只能保護好你自己。」

「我知道只要順從就可以得到疼愛，可是我……還是想要走自己的路。」

阿漁從這小子冬瓜大就認識他，從來沒看他聽取過旁人的意見，他父母以為可以趁小拿捏孩子的志向，實在太不了解他了。

「算了，你要當道士喝西北風也是你的事。這個拿去。」

紀一筆接過阿漁拋來的鑰匙，不明所以。

「被欺負被打就躲來這裡，狡兔三窟。如果這個家的主人問起，你老實跟他們說，他們很明理，會接受你這個笨蛋。」阿漁回頭再叫于新打電話說一聲。

「阿宇哥哥……」

「你至少還得跟你爸僵持到高中畢業，以後那間廟沒有了，你也有地方可以去。」

一個小孩子三不五時跑來鄰鎮的廟找神明說話，最愛玩的年紀卻寧願跟著一個瞎眼老頭子學道超渡死人，可見他有多寂寞。

「我身體這個朋友，從七歲就被迫扛起一個家，弄到自己憂鬱症，有誰去想他的苦，只覺得他有病而已。所以你也不要太勉強了。」阿漁一邊包紮，一邊叨叨唸唸。

紀一筆握著鑰匙，輕微顫動著。

「萍水相逢……我……我不知道該做什麼……」

「說謝謝就好。」阿漁低身摸摸他的頭。

「謝謝大哥，我會幫你唸水懺送你上路！」紀一筆仰頭說道，阿漁不難發現這小子神經線有點粗，蠢是蠢了點，不過應該比較不會想不開。

「免了，我又不是孤魂野鬼。」

這個中二卻像小六的男孩子靦腆笑了笑，阿漁忍不住想起于新那孩子。果然人還是不要長得太好，省得太薄命。

「城隍大哥，你在福興是否有仇家？」

「太多了，問這做啥？」

「廟門那道符下得滿懷惡意，可嘆我修行不足，實在無能爲力。」

阿漁才知道這小子曾試圖想放他出來，但弄斷所有筆也沒能破咒，還被反噬一年的衰運，現在就體現在滿身皮肉傷上。

「這麼厲害啊？」

「那惡咒會耗損你的靈氣，恐怕必須連門一起燒燬才得以解除。」

「哦，它被擦掉了。」

「擦掉？」

于新被徵召來的第一天，就用肥皂水把那道符擦去大半，知道那是關他朋友的鬼東西之後，接下來幾天，他拿出理科生的研究精神，去五金行買了各種清潔劑來試，總算把那道符全部擦乾淨，一點痕跡也不留。

「不可能，那位大哥還好嗎？」

「差點死了。」阿漁據實以告。

「還是不可能啊，除非他們詛咒的主體被更換，或是他們並不真的清楚對象是誰，沒有完全鎖定……」

「你不要在那邊碎碎唸，有話就大聲說。」

「城隍大哥，爲什麼你說你是代理職？前任不是解任了嗎？」

「好像是眞正的沒來，不過兩個月後，他來不來都沒差了。」

做官聽起來很威風，但當陰官多半代表小命沒了，阿漁聊勝於無撐著這位子，說不定對方因此就度過命中註定的劫數。

□

「叩」的一聲，像是暮鼓，于新醒轉過來。

他坐在高堂上，香煙裊裊，彷彿置身於雲霧，花了一會了解眼下狀況——阿漁把他扔在廟裡睡大覺。了解完，也只是坐著不動。

壇前站著一名富態的香客，吵醒于新的聲響，就是她鞋跟走過廟中青石地板發出的噪音。她不拿香、不祝禱，只是對壇上的神像露出一抹蔑笑。于新可以確定，找術士禁錮阿漁的凶手，就是張議員。

「先生，這次您看上的是那個乳臭未乾的小女生嗎？」張仁好發出不同於公眾場合的柔媚嗓音，就像曾汝私下向于新撒嬌的情態。

福興的人們總是喚著「城隍大人」、「黃先生」，她喊的卻是「先生」，比鎮民多了一分親暱。

「您明明說過，福興的主人是我啊。『阿好，妳著好好守護這塊土地。』」

從她還是個小女孩，就在雨中結識了只存在於福興的白衣仙靈，她不和同齡的小孩遊戲，只想坐在河石上，聽他諄諄教導君子的道理。家中長輩為此對她寄予厚望，說她是城隍爺認定的代理人。

「您怎麼可以變了心？是因為您美麗的妻子，還是您奇蹟擁有的孩子？」

此時此刻，于新清醒得不能再清醒。

「不准妨礙我，不然，就別怪我再殺您一次。」

等阿漁回到城隍廟，天已經黑了半邊。他從淑女車拿下三個大袋子，加上背後塞得鼓鼓的蝙蝠背包，全是從自家搜刮來的寶物。

「小新！」

聽見呼喚，于新從神座翩然走下，可能是透明度加成氣質，阿漁不禁讚歎這是哪來的天仙子？

「阿漁，今日有三名香客，他們請託的事我已經寫在本子上。」

「幹得好，小祕書，沒別的事嗎？」

「沒有。」

這時，廟門外響起腳步聲，阿漁無法解釋身上這些遊戲、音響怎麼來的，趕忙帶著于新往神壇下躲去。他們在底下看見一雙美腿，半跪下來向神明祝禱。

等了許久，那位美人也不說話，只是發出低低的啜泣聲。

「我很想念他，這麼多年，卻怎麼也夢不見……」

阿漁碰了下于新，于新大概早在看到腿時就認出他母親了。高中那三年，阿漁從來沒看過于新跟他媽講過一句話，不過于新本來就不太跟人類交流。

「我知道我不是好妻子、好母親，伊就算恨我，也不要狠心把阿新帶走……咱也只有這一個孩子了……」

「爸爸從來沒恨過妳。」

秋水噎住聲，只餘淚珠啪答落下。過了一會，于新才像隻冤鬼從神桌下爬出。秋水一個激動，趁于新還沒能站起身，爬上前猛揍他的背。

「昨晚去叨位？三更半暝不見人也不會打電話回來！討債貨、死囡仔！」

「媽。」于新捂著背坐起，秋水那幾下正好打中痛處。

秋水憤恨瞪著兒子，臉上的妝全哭花了。

于新用袖口擦拭母親的臉，露出她眼角折皺的風霜。

「媽媽，這些日子我想了很多。我一個人沒辦法，但現在有小汝在我身邊，我們或許能重新來過。」

于新握住秋水雙手，秋水還以為自己在作夢，眼角頻頻望向壇上的神像。

阿漁揮著手，不是他做的，他沒有本事控制人心，不過退三百步來說，可能是因為他在鬼差面前叫囂那分煞氣的愛感動了小新新吧？

阿漁坐在壇桌歡送黃家母子相偎離開，于新能想開，再好不過。

不一會，于新又跑回廟裡，微微喘著氣。

「阿漁，我明天再過來。」

看于新一臉認眞向他報備，特地回頭就為了說這句話，阿漁湊上去，笑著抱住他。

「抱歉吶，碰上一些粉味就昏頭，怎麼看還是我家小新最可愛了。」

「嗯。」于新靜靜挨在他肩頭。

于新走後，天色全黑了，阿漁打響指，點起一盞白燭，從包袱拿出相框和相簿。他在家裡已經看過一次，看第二次應該不會再哭了。

相片後寫著他和于新的青春留言，這些祝福原本要帶上飛機飄洋過海，結果卻在白布覆蓋的書架塵封四年。

——希望昕宇能好起來，變成長腿大帥哥。

——希望小新能幸福，比誰都幸福。

唉唉，都怪他許了這麼艱難的心願，才會至今死不瞑目。

八、傳奇

曾汝和學妹忙著與鎮上大頭們交涉，連帶聽了不少奇聞。

古早時代，農曆七月是福興的大月，城隍廟夜開鬼門，家家戶戶連醮一月，除了款待四方孤魂野鬼，也爲了招待那一位大人，慰勞祂整年照看鎮上的辛勞。

聽說祂生前捕魚維生，有錢人家就把金子打成小魚形狀，魚身裡又嵌著小鈴鐺，用釣魚線把金魚垂吊在供桌邊上。當一家子假裝拜拜完，回去屋裡用飯，聽見外頭叮叮咚咚，所有人立刻快步衝出家門。

——啊哈，抓到祢了，城隍大人！

曾汝有些納悶：「爲什麼要這麼做？直接掛在神像上不就得了？」

坐擁福興半邊土地的大地主，人稱「香媽」的老婦人，含羞一笑。

「沒什麼，就是想調戲祂。」

公然褻玩神明，么受表示，異教徒的她眞是開了眼界！

香媽又說，這遊戲……不，這習俗流行過一陣，大概是把祂老人家嚇壞了，再也不肯白日露面。後來大家說要爲祂相一個鄰鎮新死的漂亮小姑娘賠罪，也是博無杯。

香媽懷念笑道：「很純情的一個少年郎，要是我卡早死一定嫁給他。」

么受深深被福興的傳奇打動了，她打定主意接下來陰七月要留在這裡全力為曾女神輔選，看看能不能有機會一睹「黃先生」的仙容。

曾汝也受到一定的影響，她本來不信這些小仙小靈，但每個人都言之鑿鑿，說他們是愚信、迷信，談起合作的利益分配卻個個精明。加上先前白目男說的故事，她腦中幾乎能拼湊出那位先生的風貌。

曾汝吃飽飯躺上床，還在想著這件事，但她說不出福興和那位城隍爺哪裡不尋常。

「阿新。」

「嗯。」

于新關了吹風機，改用人力幫曾汝擦頭髮，這樣才能清楚聽她說話。力道很適中，曾汝舒服得差點睡過去，努力從溫柔鄉振作起來。

「你小時候有沒有靈異體驗？尤其是關於你們那位城隍大人，聽說祂特別照顧小孩子。」

「沒有，都是父親在照顧我。」

啊，就是這個，曾汝總覺得于新被排除在外，原來是他沒有福興人的共同信仰。

「阿姨是鄰鎮的美少女，十八歲嫁來福興……那你爸呢？你爸是在地人嗎？」

「他是。」

「他有跟你提過城隍爺的事嗎？」

于新低眸懷想父親說過的一字一句，曾汝瞅著丈夫，覺得自己好壞，她這麼問有一部分也是想看于新因爲思念爸爸而哭泣的樣子。

可惜，于新只是平鋪直敘實情。

「他說了百來次媽媽到廟裡躲雨而相識的情節，除此之外，沒有。」于新還記得他爸每說完一次，夫妻倆一定會隔著他脈脈相望，家裡只剩魚乾也不減情趣，使得年幼的他無法理解書上寫的「變心」是什麼意思。

「你爸眞是浪漫的好男人。」

「他是。」

曾汝伸手捧住于新雙頰：「有其父，必有其子。」

于新淡淡一笑。

曾汝認識他這麼多年才知道，于新還眞的很喜歡他爸爸，即使他爸因爲結局被人視作失敗者也一樣。

「小汝，如果我不能像過去只爲妳而活，有時候會爲了母親、喬喬和自尊跟妳爭吵，妳還會愛我嗎？」

曾汝整個人停頓好一會，這是分手前他們冷戰到今夜時分，于新第一次開口跟她談心事，難不成早上那番眞情告白觸動他心房？——宣布戀愛結束，開啓柴米油鹽的婚姻關係。

「由奢入儉難啊，不過結婚前我已經有當長嫂的心理準備，你們黃家的美人們，全部由我接收吧！」曾汝枕在于新膝上，環住他的後腰。

于新張開好看的雙脣：「謝謝妳。」

雖然大話和漂亮話說了一堆，但曾汝說穿了只想和于新在一起，打死、不管，就是要在一起。與其說是愛，更像是執念，所以她才會跟這座小鎮這麼合拍。

于新把她抱在懷裡，哼歌哄她入睡。

曾汝心想，天堂也不過如此。

大概是日有所思，曾汝迷迷糊糊作了一個夢。她聽見水聲，滴滴答答，從外頭往房裡接近，滴答、滴答，清楚得令她頭皮發麻，皮膚也感受到凝結的濕氣。

她努力睜開眼，驚見一個面容模糊的白衣男人，濕淋淋靠在于新身上，死白的臉龐幾乎覆上他脣鼻，悲戚低語。

——我的心肝寶貝……

曾汝驚醒過來，趕緊打開床頭燈，探察于新的狀況。于新仍睡著，曾汝才鬆口氣，仔細看卻又不對勁，她十指撫上于新臉龐，兩頰都是淚痕。

曾汝把于新搖醒，緊張問他怎麼了？是不是哪裡痛？

「沒事，我只是夢見……我爸爸。」

夜半被怪夢折騰，曾汝這覺睡得很晚，等她清醒已經快到正午。于喬去學校，于新也出門了，只留一桌愛妻早飯。

她打著哈欠套上于新的襯衫，挺著肚子刷牙，赤腳在家裡走動，最後停在廳堂外的小陽台。她看著九重葛花盆，盆底似乎刻著一行字。

曾汝伸頸望去，上頭寫著「王智超　贈」。王智超不就是鎮民口中的大善人王鎮長？大門傳來人聲，秋水從市場回來，進門就看到頂著一頭亂髮對她笑的曾汝。

「媽，我正盼著妳呢，這花怎麼來的？」

「阿新伊爸有天興匆匆抱回家，我說浪費錢，他說是好心的大哥哥送給他。結果他一碰花就萎去，都是我在照顧。」

「有男人送花給他爸啊？」曾汝從于新身上就能揣測一二，黃家先君是何等美色？

「不只花，他自小嘸父母，靠著福興人接濟他生活長大。他常常會拿著拜完的供品回家，又會把東西分送給更困苦的人家。」

「原來如此，有次阿新拿到競賽獎金，整包拿去給學弟墊房租，我還以為他中邪。」

當時社團為了于新競賽拿大獎聚餐慶祝，忙著錦上添花，至於誰的爸爸突然過世這種衰事，只會在餐桌閃過兩句話，沒有人想聽。曾汝還為餐後于新只付自己那杯飲料錢就走，不理會大家鼓譟請客的聲浪而生氣。

仙子刺耳笑道，這男人小氣巴啦，妳以後要吃苦了。

後來學弟的室友跟人說了這件事，么受知道後大聲公放送，曾汝反倒是最後一個得知于新的義行。曾汝一直以爲于新是外熱內冷的男子，和誰都好，但和誰都不親，不免有些恍然。她枕邊的大帥哥眞的是她所認識的大帥哥嗎？

秋水聽見這事，也是一臉不可思議。

「阿新會這樣做？」

「嘿啊，後來他狂接打工，要給妹妹攢畫畫的學費。只因爲學弟的房租早一個月，他就先給學弟。後來學弟因爲跟學生會起衝突被學校退學，我們的人就跳下去選會長。結果選贏了，學弟第一個哭著抱住阿新，再來才是他女朋友么受。」

秋水怔怔聽著曾汝說起大學生活，曾汝微笑望來，秋水才斂起多餘的好奇心。

「查某囡仔睏到今嘛才起來，早飯都冷了，中午想吃什麼？」

「被發現啦！媽，我好餓，要吃魚片酥！」

曾汝竊喜自己掌握住婆婆的口味，她還有很多關於于新的大學趣事可以救援，不怕相處冷場。

婆婆煮飯，她這個新婦又回頭對著花盆刷牙，從另一個角度好像看到幾個字，她乾脆動手把整盆花轉過來——「王智超　贈　城隍爺」。

曾汝手一抖，差點把花盆摔了。

于新這個道地的福興人自稱從來沒遇見任何怪誕，或許正是因爲他身在颱風眼中，最是風平浪靜。

于新一早載著于喬上學，順便帶走埋伏在他們家樓下的眼線。

于喬坐在兄長高速狂飆的淑女車後座，咯咯笑個不停，于新在疾風中交代妹妹，以後上下學都不要落單，他們家已經正式和張議員的人馬撕破臉。

「啊，我想到了，可以叫阿筆陪我回家，這樣他至少會來上第七節的課。他跟班上一直處不來，我很擔心他。」于喬怕紀一筆在國中脫離團體生活，一不小心就會脫離一輩子。

「阿筆是妳說的那個自閉怪小孩嗎？」于新還有印象。

「眞是的，你們昨天才遇見耶！我看你們處得不錯啊，你們兩個可以結拜，這樣獨子的他多了一個哥哥，沒有朋友的你也多了一個弟弟。」

「我認爲他需要正常人陪伴。」于新反駁于喬自以爲的好主意，他不是後輩學習的好對象，不過換作阿漁就很適合跟年紀小的朋友玩鬧，雖然也很容易打起來。

「什麼嘛，你大部分時候也很正常啊！」

「在妳面前，必須正常。」

于喬不太能理解，只勉強從大腦歸結出重點：「哥，你眞的對我好好喔！」

于喬記得她還在吃奶的時候，媽媽和她某任男朋友吵架，于新就會抱著她躲進衣櫃裡，唸故事書給她聽。當她上小學，學校傳聞有色狼出沒，她哥和小宇哥哥就跑來校門口巡邏巡到抓住色狼爲止，小宇哥哥還會買洋芋片給她吃。

身邊的人都待她溫柔，雖然生來死了老爸，于喬卻覺得自己眞是幸福的小孩。

有些人的愛是長在嘴上，有些人是以行動表示，像于新大清早提著一大袋炸雞和奶茶上門，阿漁不得不說，這就是眞愛。

胖子總有一個循環公式，減肥、倦怠、復胖，阿漁死前正處在減肥期，早知道會死就吃到血管爆開再說，一整個悔不當初。

「我那時候爲了復健餐餐健康飲食，眞是生不如死……小新，這些都是要給我嗎？」

「都給你。」

「這會不會太不好意思了？」阿漁雙手在胸前握拳，作少女貌。

「吃吧，也沒剩多少機會。」

「說的也是，那麼我就……」

于新閉上眼，從容就義。

阿漁十指搭上于新溫熱的頸子，一時有些猶疑，陰律到現在他還是沒補上，整晚都在打遊戲，不知道這樣隨便給人奪舍會有什麼後遺症。

通常應該會有點事，但于新卻完全沒事，活蹦亂跳。小筆同學建議阿漁要不要讓于喬大哥跟他一起去修行，能徒手清掉死咒，那方面一定很有天分；阿漁則叫死中二生滾邊去。

阿漁最後還是把帥哥拿下，爲了吃炸雞。

于新生魂安靜地飄在一旁，等阿漁吃到打了飽嗝，才慢條斯理說起正事。

「他們只是暫時退了，你的冤情還未明。」

「這個喔，人證不出面，物證不夠力，最重要的是檢警不敢辦，畢竟張系是老政治世家，養了不少司法人員。大概要等你家肥婆選上，大家看到福興這塊張議員最大地盤鬆動了，大咖們才會出手幫忙。」

「小汝落選……」

「那就天意如此，我去陰曹覆命等投胎。」阿漁嘆口氣，以後沒了神明保佑，福興自己選出的首長，好壞也只能自個擔起來。「我就怕你綁炸彈去找張仁好，好在你不是唸化學，不會做炸藥。」

「我會做。」

阿漁嚇得跳起：「NO，不行，用火可是會破壞福興風水！」

于新面無表情：「開玩笑的。」

阿漁油膩膩的雙手用力扣住于新腦門，不好笑！

「不過說實在，我還是想不透仁好阿姨爲什麼要這麼做？派克是個蠢人，但他姑姑不是，她那女人可說是張系最優秀的才俊，以後要接棒立委的位子，殺我幹嘛？」

「她恨你爸。」

「很奇怪啊，我爸心裡有他私藏的小美人，我保證絕對不是張仁好。她二十來歲就出來選，一直都是第二選區的高票議員，並沒有和我爸正面對決過。」

于新說：「城隍爺代理人。」

「你知道這件事？」真稀奇，于新總像飄在福興的小白雲，不沾紅塵事。

「嗯，她有去我家理論。」

「她去你家？」

「她一直跳針問我爸她哪裡不如你爸，我爸建議她辭官，說她已經不適任。」

「你爸不要命啦？張家可是有黑金背景。」

「他不會說謊。」

阿漁唉唉兩聲：「有其父必有其子。後來呢？」

「後來我爸生病。」

阿漁咬住翅膀，在這轉折點陷入兩難。于新喜歡他爸，應該讓他多講點，但可能就是太喜歡了，理智搭起的壁壘壓不住情緒，一不小心就會失控。

「他很痛苦，可是他是孤子，不知道痛該怎麼說。」

阿漁在家是當病人的那個，不是很明白家屬的心情，更何況當時的于新還那麼小，父親倏然倒下，就像天塌了大半。

「小新，過去了，都過去了。」

「沒有過去，我們約好了！媽媽懷了別人的孩子，他只有我了，只剩我了！」于新冷不防激動大吼，但他現在僅有魂體，只引得窗台玻璃一陣嗡鳴。

要知道于新起痟的時候，千萬不要跟他一起痟，要表現得比南極冰原鎮靜，阿漁繼續啃翅膀。

阿漁等于新自己平靜下來，于新像是剛劇烈運動完，看起來有些虛脫，拉住他左手臂支撐。

「阿漁，會不會是我太心急，我爸只是晚一點來接我？」

阿漁看于新期盼地望著他，嚥了下唾沫。

死掉的人來接送，也就是一起去死的意思，正常人嚇都嚇死了，找師公嘛哩叭哩勸說亡者，田無溝，水無流，請對方好生上路；但于新不是正常人，年復一年等著。

都怪他沒有及時在聊天的止血點煞車，智超先生always警告他不要弄巧成拙，阿漁從不聽勸，只是說大不了搞砸了他娶小新新負責，所以接下來也只能冥婚了。

「小新，你也成年了，為人夫、為人父，不再是天地只有父母的小孩子，你心裡一定也明白，你阿爸死後再孤單寂寞，也不可能帶你去死，就因為他深愛著你。」

于新那雙幽深的眼睛盯著阿漁好一會，當他眼中情緒波動消失，也就回到現實裡來。

「對不起，我離題了。」于新鬆開手，退開半步。

「唉，你也只是想爸爸而已，誰不想爸爸？」

于新動也不動，活像片魚乾。在家要當好哥哥、好兒子、好丈夫，他本來就不堅強的精神大概累壞了。

「你可是爲了我深入討論命案才會腦筋短路，精神可嘉。這事你的確說到點上，張仁好因爲我爸失去城隍爺信眾的支持；得不到，只能毀了它。」

像他們王家父子身爲城隍大人忠實信徒，最後落得兒子慘死的下場，人們看在眼中，總會以爲城隍爺沒有保佑。王鎮長走後，有官職的張議員想拆廟更是容易得多。

「那老查某廢了城隍廟，也不打算引進別的信仰，佛寺教堂的建案一律擋下。人家亨利八世好歹創了英國國教攏絡百姓，咱福興人民空虛的心靈又該何去何從？」

「爲什麼非要有神？」

阿漁可以聽出于新平板聲音流露出來的怨懟。

「小新，理想中，移除掉迷信，人就會去追求知識和眞理，但從社會經驗來看，人通常轉而信奉錢財這種簡單又明確的無神之神。像你綜合一身才子佳人的特質，卻在社會評價輸給坐輪椅的胖子，就因爲我老爸有錢。」

「阿漁，你本來就比我優秀得多，除了蠢人和壞人，沒有人不喜歡你。」

阿漁一時忘記他要說什麼，換句話說，于新就是喜歡他對吧？

「你這個孤高的星星小王子，當然不懂俗人的想法，人心軟弱，不能沒有精神依靠。張仁好抽掉福興信仰的基石，沒有補東西進去，福興會散掉的。」

「小汝要推公共參與，她說信仰弱化正是百姓轉公民的好時機。不再仰望神，而是看著人們。」

「那肥婆就是要跟我對著幹嗎？」阿漁咬牙說道。

「小汝說這是延續你爸的政策，你爸好像知道，城隍廟的香火總有一天會黯淡消失。」

阿漁聽到是自家老爸的意見，態度截然不同，雙手支持。果然王鎮長才是城隍爺代理人，張議員處心積慮，以爲自己戰勝神明，卻也只是提早那個時間的到來。

「其實我爸本來第二次選輸想放棄，後來發生一件事，他帶著鎮上的壯丁沿著河道搜索，照明燈的亮光照進圳溝底，好像整條河變成金色一樣，快要天亮才找到。」

「找到什麼？」

「我只是突然想到這件事，沒什麼。」阿漁喃喃著，沉默地掃光剩下的炸物。

當時年幼的阿漁在後車座睡覺，聽見哭號才醒來，大人們圍著白布覆蓋的屍首低聲說話。

——眞的有屍體……眞實存在……

——要帶回去嗎？

——不，就地葬了。

死也不肯死在故土，可見那個人對福興有多絕望。

他從車窗看他爸對白布拜了又拜，好像在咒誓什麼。人說王智超三選鎮長是爲了他，或是爲了弱勢的公義心，眾說紛紜，但阿漁知道，最後一次，是爲了讓那個死者瞑目。

如果阿漁還活著，他應該會向于新問出口，但現在磁場不對，不知會引發什麼後果。

——小新，你爸走的那一天，是不是全城結滿白霜？

鬼門開前，鎮民往往有種存事等過節的心態，城隍廟格外清閒。

阿漁因爲憂慮于新不穩定的身心、擔心于新生活壓力太大，天天把人找來打遊戲，絕不是因爲他太無聊想要跟小新新一起玩。

于新一開始還有些抗拒，掛念家裡三個女人。阿漁調侃說道，不是成天想要去另一個世界闖闖？先讓你習慣拋家棄子的滋味。

可惜阿漁的蠱惑沒能成功，天一黑曾汝就打電話過來，于新接過服務台的電話嗯嗯兩聲，就穿起外套回家，不管遊戲有沒有破關。

阿漁像隻厲鬼抓著于新不放：「親愛的，那個肥婆和我，誰比較重要！」

于新很無奈，回到家，換作曾汝用偵測儀的眼神把他從頭到腳掃視一遍。

「阿新，你是跟你那個很聒噪的朋友在一起對吧？」曾汝低低笑著，要知道于新沒在家迎接她，她這個孕婦就得自己用腳爬樓梯，每爬一階，心裡就哀怨一聲。

「嗯。」于新平靜接收妻子的怨念。

「哥有朋友？」于喬好不驚訝。

一向不予置評的秋水，這時卻出聲幫于新緩頰。

「厝內沒冷氣，他出去也是透透氣，省電錢。」

「不過只要哥在家，家裡都會涼涼的，很舒服。」于喬記得于新唸大學四年，家裡變得特別悶熱，連跟母親蹭床都提不起勁。

曾汝頓下筷子，于喬這麼一說，她才想到兩人同居那時候也只開過電風扇，周遭似乎被維持在一定的溫濕度，連她長年困擾的面皰粉刺都不藥而癒。結果于新一走，連空氣也變得又熱又悶，她還以爲是鬱熱攻心。

「媽，要不要請人來裝冷氣？」于新順著母親的話提議，秋水臉色一變。「小孩子晚上比較好睡。」

「啊，小寶寶！」于喬非常期待。

「我生的，我出錢。」曾汝知道不可能只裝一間房，她點點三根手指，示意全包。

但曾汝財大氣粗的發言並沒有安撫到秋水，反讓秋水砲火刷刷對向于新。

「我和你爸結婚那時候，一無所有，還不是這樣過來了？」

「媽，我不是爸爸。」

這一刻，曾汝體會了何謂無聲地雷爆炸，于喬顫抖著往大嫂靠去。

秋水摔下碗筷，于新垂著臉，看不出表情。

「小汝/喬喬，回房間。」

于喬趕緊拿來托盤把桌上的飯菜全收走，也把還端著魚湯的曾汝一道帶回自己房裡。門一關上，客廳就響起高分貝的爭吵聲，不過與其說是爭吵，更像秋水一個人的獨角戲，于新只是站著當立牌。

「我媽抓狂起來很可怕吧？」于喬從氣窗偷看戰況，曾汝靠在于喬背上。

「還好，我媽更可怕。她有一次假裝燒炭，燒掉我家一棟海濱別墅。」曾汝記憶猶新，因爲她媽燒好炭就出去打電話鬧她爸爸，把她忘在屋子裡，讓她差點爲父母早就腦死的愛情陪葬。

「哇，別墅！」

「有機會，姊姊帶妳去玩。」

「謝謝嫂子！」

這邊和樂融融，那頭正是水深火熱，秋水想要整理碗盤，煩躁的心緒卻改而摔下一只蒸菜用的鐵盤。

「我知道，你就是看不起我！」

「我沒有。」

「我辛苦把你和于喬兩個孩子養大，你有沒有爲我想過？」

「沒有。」

曾汝嘆口氣，于喬捂住臉不敢再看，于新那張嘴實在壞事。

「你有什麼不滿，你就走啊！出去！」

于新抓住母親揮舞的手臂，雙方力量差距懸殊，秋水怎麼也掙脫不開。

「媽，我一直不太清楚，妳到底恨我什麼──拖油瓶讓妳無法順利再婚、不得已的扶養義務，還是怪我清楚記得妳種種被男人欺騙的愚行？」

曾汝只是稍微嚇到，而長年看著母兄相處的于喬完全僵化。

「哥、哥、哥……他是被下降頭嗎？怎麼辦？媽媽現在離菜刀好近……」

曾汝不太確定，于新似乎是想趕在入伍前把這個家的傷口清創。母親都說愛孩子，小孩通常也信以爲眞，只是她家母親嘴上的愛是假的，而于新母親的恨是眞的，愛恨加交，最是難解。

秋水一雙眼都紅了，死死瞪著于新。

「妳在恨我，沒能像爸爸那樣愛妳，不是嗎？」

「你在講什麼痟話！」秋水幾乎要被于新給逼瘋。

于新再開口，換上一口溫潤的家鄉話。

「秋水。」

秋水整個人呆站在地，于新把嬌小的她深擁入懷，就像當年父親用自己的身軀爲妻子遮風蔽雨。

「媽媽。」

秋水驚醒，用力拍打于新背脊。

「我不是爸爸，將一生的感情投注在妳身上，不求回報。我也希望，妳能像對喬喬那樣愛我。妳待我的標準，實在太嚴苛了。」

夜半，城隍廟來了香客，阿漁還以爲是哪個貧苦人家上門哭窮，原來是于新。于新在門外呆呆抱著一隻大烏龜布偶，削弱他幾分陰沉，多了幾絲憨氣。

「被我媽趕出來。」

阿漁聽了大概，嘆口大氣。女人最不待聽的就是實話，連他爸那種正直的男人都會昧著良心誇讚沒胸沒屁股的王夫人是世界第一大美人，就知道男女感情有多險惡。

「你還好吧？」

「小汝有給我零用錢。」于新臨走前，曾汝塞了千元鈔到他口袋裡，而妹妹忍痛割愛她的大烏龜。

「喜歡你就不讓你餓到」這點，阿漁和曾汝的感情觀所見略同。

「唉唉，革命這種事，自古以來敗多成少，至少你勇氣可嘉。」

阿漁嘴上爲于新惋惜，卻趕緊翻出軌道車、積木盒和英雄影集，興匆匆要于新陪他玩。

「白天都在打電動，晚上換換口味怎麼樣？你要看書，我這邊也有陰曹法典喔，你順便幫我畫重點。」阿漁轉頭招來于新，于新卻悲傷地望著他。「哎喲，我只是很高興你來，又沒有因為你走而偷哭，我一隻鬼也是自得其樂。你不要這樣子，我生平最討厭被人同情。」

「對不起。」

「不玩了！」阿漁一把拋下手上的物質娛樂。「這樣吧，小新，說說你大學的事。」

「沒什麼。」于新不太願意分享。

「嗚嗚，我都沒上過大學，我這個胖肚短命鬼，好可憐喔……」阿漁趴在神壇假哭，不時回頭看看于新，快，同情心就該用在這裡才對。

于新和對方白爛的演技僵持些會，才勉強答應，打開小玫瑰筆電。他點開資料夾，略過親密情侶照，找一些女孩子比較多的合照來安撫吵鬧的亡靈。

阿漁嘴上說本少爺哪在乎女色，眼神卻直直往螢幕鎖定。曾汝那肥婆總是站在照片中央，雙馬尾的大眼美少女是「妮妮」、剪成小男生短髮造型的女生叫「么受」，還有一個總是充當背景、嘴臉跩個七八百萬的高胖女人，也就是曾汝的死對頭，仙子小姐。

另外就是曾汝吃吃喝喝的獨照，于新可以倒背每一個鏡頭下的情境，挾雜一、兩句「她很可愛」；但阿漁不是很想知道那肥婆的事，以及她各種龜毛的小習慣。已經認識了本人，就沒了幻想距離美。

終於，阿漁看到一張曾汝以外的女子獨照，長髮白裙，好像是話劇劇照，「她」拿著一支星星仙女棒，微笑的眼睛很漂亮。

于新眼神微變，立刻要點下一張，卻被阿漁抓住滑鼠阻止。

「這個好正，有沒有照片，燒給我！」

于新側臉望來，和電腦上的照片同個唯美角度。

「是我。」

「你穿什麼女裝啊？」阿漁覺得心頭有什麼碎裂開來，好像是社會良俗一類的東西。

「小汝和她朋友回女校表演，欠人手。」

「太糟糕了，還有別張嗎？讓我鑑定一下。」

于新只得翻出一些社團活動照，阿漁搶過電腦控制權，從于新大一慢慢看到大四，見證青澀的美少年蛻變成閃閃發亮的大帥哥。

明明是他熟悉不過的人兒，阿漁卻覺得有些陌生。每一張照片裡，于新都是對鏡頭笑著，像日頭一樣明媚燦爛，他身邊那個眞人卻是一副要死不活的樣子。

「小汝、學弟妹都喜歡我，我過得很開心。」于新垂眸說道，像是懺悔告解。

「很好啊！」

「那不是眞的，我只是假裝成你活著，我在人前想著你會怎麼做，就怎麼做。」

「拜託，那也是你的選擇，我只是你參考與思慕的對象。所以說你大學四年，完全是你自己的人生。」

「可是你死了，我卻在笑。」

「唉唉，你怎麼就是想不開？就當作我成了小天使，守護在你身旁。」

「阿漁，世上沒有天使。」

「幹嘛在無謂的地方現實！」

于新像是當機的電腦頓了下，阿漁等他整理好心情，但他再抬起頭，卻是恍惚而驚喜的神情。

「昕宇，你從美國回來了嗎？」

壞掉了，如字面意義。

阿漁生前總想著怎麼治好小王子的心病，卻在事故死亡後，擠下小新爸、小新媽和這冷暖社會，一舉成爲于新最大的病因。

阿漁有些自暴自棄：「回來了、回來了，sweat heart，有沒有想我啊？來來，抱一個先。」

「嗯，你沒有死。」

阿漁幾乎要哭了出來。

「沒死沒死，一直在這裡等我的小新回來。」

要是前輩大哥在，一定把整治福興吏治列作優先事項，打倒邪惡勢力，創造光明未來。

但比起找張仁好那個老女人算總帳，阿漁還是覺得于新比較重要。

就算把整個福興放上天平，對他來說，還是于新比較重要。

隔天下午，阿漁被電話聲吵醒，拖著于新的身體去接聽。

「喂？」

「阿新，妮妮和那賤人過來了，你找一下合適的場所，等一下我和么受從活動中心過去跟你們會合。」

阿漁還沒來得及回應，曾汝就掛了電話。

他回頭轉述大小姐的命令，于新的生魂一臉迷濛。

「幾點了？」

「一點半。你昨晚歡喜地拉著我的鬼魂笑一笑，又抱著我的骨灰哭一哭，就倒下去睡，不記得了？」

于新閉上眼，腦袋撞了撞床頭。阿漁說，清醒了就好。

于新換回身體，洗漱完，穿上接待貴賓用的西裝褲和黑襯衫，阿漁直誇他這身裝扮很像鬼差制服，手腳再加上鐵鍊就完美了。

「你在名單上，下次再看到，千萬跑快點。」阿漁殷殷囑咐。

于新騎著淑女車來到公車站，停好車，走向兩名等待的年輕女性。

妮妮穿著一套像學生服的藍白水手服，百褶裙下露出纖細的小腿。仙子則一貫是團服T恤加牛仔褲，不在乎突出的大肚和小腹。

新。

「黃同學！」妮妮揮揮手。

「好久不見。」仙子冷淡地招呼。

「妳們好。」

仙子毫不猶豫把褪色的大背包扔給于新，妮妮則是客客氣氣地把名牌行李箱把手遞給于新。

「要走一段路。」

「煩咧，你不會借台車來嗎？」仙子臭臉抱怨。

「我不會開車。」于新直白回道。

妮妮連忙出聲打圓場：「沒關係，運動有益健康。」

仙子也只是嘴上嫌棄，一邊叨唸一邊快步跟上于新快速的步伐。

「你們鄉下人真沒水準，來這裡都聞到燒金紙的氣味。」仙子抱怨不停，她在社團自我介紹的時候就說過，以言語戳穿和諧的假象，就是她人生的意義。

「福興不燒金紙，我們不拜天神。」

仙子臉皮掛不住，又嗅了嗅，真的有紙灰餘燼的怪味。

「只有人死了，才會燒銀紙。」于新補充一句。

仙子竄起一身雞皮疙瘩，路上再也不說任何酸話。

妮妮悠閒欣賞城鎮風光，快到目的地前，才後知後覺于新和仙子的對話有玄機。沒等她細想，另一組人馬熱情與他們會合。

「黃學長！」

有學妹飛撲而來，無視於遠道而來的學姊們，勾上于新的臂膀。

「恩潔，妳好。」

「學長～好好好～」么受嬌笑不止，她的手就勾到曾汝氣喘吁吁、挺著肚子，衝過來用力分開他們。

「這是我的，我的！已經在神聖契約上蓋了章的！」曾汝拉過于新，咧開白牙對上她的姊妹淘們。

「白痴。」仙子找回水準，冷哼一聲。

「汝，好久不見了。」妮妮又揮揮手。

「學長，你們這邊有什麼風味小吃？好期待喔！」

于新領著她們，從路口彎進一家傳統茶館。中午賣便當，兩點之後開放午茶。

「怎麼這裡的店家都沒有門檻，不怕淹水嗎？」仙子跨進店裡，立刻提出她的觀察意見。

「不淹水。」于新隨口回話。

燙著短鬈髮的老闆娘從內部廚房揉著圍裙出來，好聲好氣地反駁于新。他今年夏天才畢業回鄉，不知道鎮上的變化。

「去年才淹過，今年再淹，就要裝了。」

于新怔怔地停下腳步，許久沒有動作。

「阿新，怎麼了？」

「沒什麼。」

她們入座，于新搬了椅子坐在外側。菜單比想像中豐盛許多，除了冰品，還有各種果汁茶飲，熱食也不少，四個女人點好飲料點心，開始閒話家常。

「汝，妳好像不太一樣了。」

「可能是當媽媽的關係吧？」曾汝摸摸肚皮。

「眞的！以前沒達到她的要求，她一定把人訓到趴地才甘心，但她現在講話變得好柔，做事也好商量。」么受全力幫腔。

「我哪有那樣？」曾汝不住喊冤。

「學長，曾汝學姊以前是不是很要強，什麼都要聽她的話？」么受故意拉于新下水，大家都看向這位賞心悅目的立牌。

于新想了想，然後說：「在我眼中，小汝什麼都好。」

三女微呆，曾汝揚起明眸。

「老公~最愛你了~」

「嗯。」

老闆娘搖鈴，于新起身去櫃台端盤子，安靜地上飲料和拼盤。

「好喝！不愧是學長選的名店！」

這家便當兼冰菓室是阿漁的愛店，老闆娘都會免費幫鎮長公子的珍奶升級成特大杯，炸物也是加倍給，只是他們兩個男高中生對坐著實很像約會，常被客人和路人指指點點，阿漁還是比較喜歡可以帶著走的手搖杯。

飲料一會就沒了，盤子也空了，于新過去向老闆娘姚姊加點。

「炸水雞大份，一杯仙草紅茶少冰微糖加煉乳，一杯奶茶多冰無糖加仙草、一杯仙草紅茶加鮮奶不要冰，一杯仙草奶茶少糖正常冰。」

「哦哦。」姚姊記下四杯仙草奶茶，叫住要回座的于新。「你之前有來應徵，我眞該錄用你。」

這般模特兒的身板和清晰的口齒與頭腦，實在很不錯，姚姊當時卻莫名感到排斥，現在再見于新，已經沒有那種死氣沉沉的不適感。

「謝謝，我現在有事要做。」

于新端回餐點，他們餐桌原本的下午茶氛圍變得肅殺起來。

「我預估投票前半月，敵方陣營就會攻擊妳傷害罪的案底，妳那時候就要全力爆出前任鎮長兒子車禍死亡的內情，最好能取得海外王鎮長夫婦的血淚控訴，鬧得全鎮夜半都睡不著覺。」

「不行，在有確切證據能翻案前，我不想把喪子的夫妻倆牽扯進來。」曾汝光是從退回于新卡片這件事，就知道夫妻倆有多辛苦地活下去。

么受也反對妮妮的提案。

「純信學姊，妳對這裡還不熟。鎮上很多老人家，和我們死大學生不一樣，我覺得他們可能負荷不了這麼激烈的心理戰。總不能一選完，結果鎮上的人死一半、被廢鎮降級吧？」

仙子自顧自滑手機，以為這小鎮的興亡與她無關。

當于新端上飲料，氣氛又活絡起來。在男人面前藏起心機，是女子間的共識。

「阿新，這炸物好好吃，是什麼肉？」

「水雞。」于新看四個女孩子睜大眼，於是補充一句：「青蛙肉。」

四個女人同時噗了一聲，都市仕女的內心受到強烈衝擊。

「學長，你竟敢吃青蛙？」

于新說：「我不敢吃。」

哇啊啊——！

「對不起，學長，過去三年我不該跟著曾汝學姊欺壓妳，也不該以曾汝學姊為榜樣欺負呆頭陽！」呆頭陽是么受男友，于新學弟。

「么受！」曾汝大吼回去。

「黃同學，我也對不起你，你在忙畢專的時候，我不應該央著你幫我整理研究所推甄資料，原諒我、原諒我！」妮妮十指交扣，梨花帶淚。

「妮妮！」

「黃同學，對不起，沒能阻止你跟曾汝結婚。」仙子由衷抱歉。

「許純潔，妳去死！」

于新半抱著曾汝安撫，曾汝深呼吸，為了胎教而忍耐不已。

「我沒有捉弄妳們的意思，妳們說想吃風味小吃……」

「么受！」罪魁禍首又回到學妹身上，么受吐了下舌頭。

于新把剩下的水雞肉請老闆娘打包，順便結帳。

曾汝候選人團隊討論到幕僚們的起居安排，沒能在她們來之前解決問題，曾汝向好友致歉。

「我得罪了在地勢力，現在沒有人敢把房子租給我，得麻煩妳們住鄰鎮的旅舍。」

「可是學妹說的對，我應該多了解福興鎮民情，最好住在能接觸當地人的地方。」妮妮還是希望能長住在福興，雖然仙子老大不願意。

「阿新。」曾汝望向老公求助。

「我去問問看。」

當晚，女孩們搬進城隍廟，阿漁遠遠就能聽見她們高分貝的叫聲。

他爲了這群女人收拾所有玩具，浴廁還噴上玫瑰精油，連于新都寧可回家吃飯面對老母，太可恨了。

么受不在借住名單裡，但也跟著學姊們來城隍廟湊熱鬧，一來就撲上休息室的單人床，把臉埋進被子裡，深深呼吸。

「男神睡過的被單！」

于新在她們大學女生中的地位非比尋常，像夜空的明星，愛不到的最閃亮。

「妳們說，曾汝那女人是不是偷偷刺破保險套？」仙子陰陰一笑。

妮妮和仙子見證了曾汝對于新死纏爛打的過程，社團佔住于新隔壁位子就不說了，還每天去男宿設計偶遇，約吃早飯、吃中飯、吃晚飯，大一下學期他們倆就搬出宿舍同居。更賤的是，曾汝還營造出是于新追求她的假象，建粉絲團大肆放閃，藉此驅離大半愛慕于新的小學妹。

這女人好恐怖，心機好重，但她就是得到了夢寐以求的寶物，所有對她人格的批判都像是輸家的嫉恨。

「有可能喔！」么受贊同。

「不致於吧？」妮妮爲難笑著。

「其實我發現一個祕密，黃于新有個早逝的前女友。前女友在他高中畢業前意外身亡，曾汝才能這麼容易趁虛而入。」

誰啊？阿漁眞想吐槽女人的妄想力。

「叫什麼？怎麼沒聽黃同學說過？」

「『小雨』。」仙子篤定非常。

「眞的假的？」

仙子指向床頭的骨灰罈，它的存在，證實她多年來的臆測。

「天啊，學長抱著骨灰睡覺！」

「他只是睡在邊上，沒有抱著……好吧，只抱著一晚。」阿漁急忙解釋，但那群瘋女人只顧著尖叫。他也忘了她們聽不見，說了也是白說。

幸好有別的東西轉移她們的注意，阿漁趕緊膽顫心驚地把自己的骨灰藏進床底。

「這不是學長的筆電嗎？他怎麼會忘在這裡？」

「打開來看看。」

「不好吧？」妮妮說，但也只說了這麼一聲，沒眞的阻止么受和仙子動手。

「妳們這群女人，怎麼可以隨便動人家的東西？隱私權知不知道？」阿漁忘了把小玫瑰收好，就這麼落入狼女手上。

「不知道有沒有性愛影片？」

「以曾汝那女人誇耀的天性，一定有！」

阿漁碰掉了水杯，她們不理他；他又吹掉她們衣架的外套，她們只是說了句「風好大」，完全不把靈異現象放在眼裡，心中只有對性愛影片的狂熱。

這時，于新像是救世主般降臨。他一來，所有瘋女人瞬間變回淑女，仙子也把褲腰露出的內褲給拉好。

「打擾了，我帶了宵夜，妳們有欠什麼，我去買過來。」

「學長！」么受作勢撲抱上去，于新機警地閃退兩步，這回沒讓她得手。

由於于新忠誠遵守曾汝的三從四德，么受只能站在三步外跟男神聊聊天，妮妮和仙子不時插上兩句。

于新把她們需要的東西一一記下，禮貌地告別，也在某鬼的堅持下取回筆電，並且把廟裡的主神一併帶走。

「阿漁，你不要緊張，她們不會傷害你。」

「我哪裡怕跟女生相處了！」

阿漁含恨跟上于新，于新載著他上車，迎風駛向河堤。

「怪了，你不是要去買東西？」

「來的路上，我已經設想過她們需要的日用品。」于新看向淑女車車籃，籃裡還有一袋雜物，他卻只拿了宵夜上去給那群女人。

「三八，幹嘛要這種小聰明？」阿漁笑著推了于新一下。

「沒什麼，只是想跟你多待一陣子。」

水聲潺潺，像是夜曲的前奏，阿漁剛這麼想，于新就輕輕唱起歌來。他的嗓子自然而然和流水、夜色融爲一體，會讓聽者誤以爲這不是人間的歌聲。

「昕宇，你眞不記得死前的事？」于新問，阿漁回過神來。

「只是一小段……怎麼？你想到什麼關鍵證據？」

「沒什麼，我也不記得了。」

阿漁迷迷糊糊，好像聽見有人叫他老公，但他生來缺了一雙好腿，老早就放棄與眞愛結婚的鴻願——一定要眞愛，同情他殘疾的聖母、看上他家財產的婊子都不要。

對方又撒嬌央求：「你看一下，好像是漲奶，幫我揉一揉。」

等等，漲奶？阿漁驚醒，曾汝的臉在眼前放大，嚇得跌下床來。

「阿新，怎麼了？」

阿漁強作鎭定，借于新的大腦疾速轉。嗯嗯，昨晚聽從于新的建議跟他回家，回來時房子暗地一片，所有女人都去睡了。他就和于新在客廳開小燈玩抽鬼牌，只玩牌太無聊，于新又煮了蘑菇魚肉濃湯當宵夜。他吵著要喝，於是兩人換了身體，他吃飽喝足眼皮特別沉重，就不省人事。以上。

阿漁爬起來前，特地往床底瞄了眼，沒有，跑哪去了？

他正煩惱不已，曾汝也不會看臉色，兩手環住他的後頸。

「老公。」

「嗯？」

「我想要啾啾。」

阿漁深吸口氣，啾什麼鬼？

曾汝遲遲等不到早安吻，睜開眼卻看到丈夫糾結的臉，好像是被逼賣身的良家少女。

「我嘴很臭嗎？」曾汝對著手心哈氣兩下，「對不起喔，我去刷牙。」

曾汝進浴廁後，阿漁提上喉嚨的心膽才落回原位。好在這次比起上次，他身上還有衣褲。

「小新！」

阿漁趁曾汝在大便還是什麼的，翻遍黃家可能藏人的地方，最後就剩兩處淨土——他媽房間、他妹房間。

阿漁戰戰兢兢打開別人家老母的門鎖，鬆口大氣。于新抱著大烏龜，整個「人」蜷縮得像小孩，睡在他媽腳邊。

阿漁認識于新那麼久，只聽他說過一次「討厭」。于新討厭別人說他母親壞話，也就是說，他心裡還是喜歡著母親，如同全國九成的男性同胞。

「你進來做啥！」秋水醒來，看見兒子站在房門口，心裡一急就出聲大罵。

「媽媽，妳別緊張，我只是想到最近跟妳吵太凶，想跟妳賠罪。」

「你也知道自己不對？」

「是啊，我是大笨蛋。媽媽，妳能不能摸摸那隻烏龜？」阿漁好聲好氣拜託著。

于新不是會撒嬌的孩子，使得他童年過得比別人吃虧。雖說黃家媽媽沒有餓過于新一餐，但她有什麼好的，全都給于喬。

秋水疑惑，但還是給烏龜布偶輕拍兩下。阿漁看于新微微抽動，似乎醒了。

「哥？媽？你們怎麼了？還好嗎？」于喬從兄長臂彎鑽過一顆腦袋，阿漁順手把于喬的頭毛揉一揉。

「沒事，我在跟秋水美人眞情告白。」阿漁咧開一口白牙。

「講啥憨話？」秋水披著外衣起身。

「媽媽，我餓了。」于喬順著本性來找母親討飯吃。

「餓了。」阿漁附和一聲。

秋水去開伙，于喬像條小尾巴跟上去，阿漁得空把于新拖回他房間。

「我差點被你害死，陰間公務員破色戒，一律地獄起跳。像你主動討抱抱就算了，你老婆可是不知道老公換了人。」

于新「嗯」了聲，不甚清醒。

「好啦，快起來吃早餐。」

「阿新，你在跟誰說話？」

曾汝的聲音從背後傳來，阿漁嚇得雙手一鬆，于新又倒回被窩裡去。

「秋水快煮好了，來吃。」曾汝拉住丈夫右手，不容他拒絕母親的飯菜，一把往外拖去。

「妳怎麼直呼我媽的名字？」

「你的革命行動讓我發覺到，秋水心裡還是個小女人，她只是佯裝堅強而已，用平輩的身分攻略她才是上策。」曾汝眼中閃過精光。

這女人好恐怖，到底想對自己婆婆做什麼？

阿漁掙扎到廳堂，一看到熱騰騰的飯菜，手腳便自動坐上餐桌。

清粥小菜配魚乾，家常便飯，他已經四年沒吃過，太感動了。

「媽媽，再來一碗！」

餐桌很靜，阿漁忘了，這裡不是他家，不是小宇吃飽皇帝大。

「呃，眞好吃，再來一碗。」

秋水面無表情地接過，阿漁在眾女的目光下，就算處境艱難，仍不肯放棄挾食面前那盤炒小魚乾。

「哥，你今天胃口眞好！」

「是啊……」

「你跌下床是因爲血糖太低吧？」

「是啊……」

「昨晚半暝仔不是煮了一鍋湯喝？」秋水美目半眠。

「是啊……」

「哥，你最近長了不少肉呢！」于喬戳了戳兄長的手臂。

曾汝笑著附和：「抱著手感很好。」

雖然她們沒有惡意，但被圍觀著吃飯，阿漁還是覺得壓力很大。

「我以前怎麼煮，你都不吃。」秋水埋怨一句，阿漁嘿嘿陪笑。

阿漁認識于新那時候，于新已經有輕微的厭食症，後來在他和王太太努力不懈地餵食下，才好轉一些。

「對不起，青春期常常心情不好，吃不太下。認識小汝之後，知道媽媽的好了。」

「喂！」曾汝故意氣鼓鼓地配合演出。

阿漁給了婉轉的解釋，秋水抑鬱的眉頭這才開展一些。

阿漁自己也有老母，知道不吃完飯，母親就會有被拒絕的失落感。秋水和于新一樣不會溝通，阿漁可以想見她一邊收拾剩菜，一邊掉淚的畫面。

「你喜歡吃，我以後多煮一點。」秋水垂眼說道，間接釋放出母子和解的善意。

「嗯！」

阿漁不知道這算不算他越俎代庖去解于新的心結？

飯後趁女人們著裝的空檔，阿漁終於把身體物歸原主。于新一路送他到樓下去，還想跟著他一起走。

阿漁溫聲把于新哄回頭：「本座去鎮上巡一下。小乖乖，回家去。」

城隍廟被外來的邪惡異教徒佔據，好在狡兔三窟，阿漁還有王家老巢，只是沒辦法帶于新來玩，怕他觸景傷情，一來就哭昏在門口。

可當阿漁來到老家，木籬笆貼滿黃符，石灰灑滿地，本來作爲福興三景之一的美麗建築散發出詭譎的氣場。

阿漁氣急敗壞，用力按下門鈴，髮夾男孩從屋裡蹦跳出場，一出家門就被阿漁用力扭住太陽穴。

「你這小子，把我家搞成凶宅是什麼意思？啊？」

紀一筆扶著嗡嗡耳鳴的腦袋，向阿漁認眞說明。

「城隍大哥，這屋宅格局極佳，不只人，連鬼也想住。大哥你上次進屋晃了那麼一下，陰氣盤據，引來不少好兄弟覬覦。貧道既然爲看守者，怎麼說都要維持貴府的整潔！」

紀一筆仰起頭，一臉等阿漁誇獎的樣子。很棒吧？我很乖吧？

阿漁雙手握拳，如果這是他親小弟，他一定會掐下去。

「低調點！」

「是！」

阿漁振著衣袖進屋，紀一筆跟上。

一進屋，阿漁又差點吐出血來。地板、牆上掛滿白布條，白布還用紅硃砂寫著不明的符文，別人看了還以爲這戶人家被滅門。

「紀小筆，你在幹嘛！」

紀一筆推了推眼鏡。

「我在準備公會道生外部遴選資格考試，這些是今年的試題。幸好大哥借我房子，不然被我爸看到一定打斷我的腿。」

「什麼公會？什麼考試？」阿漁對異能者一無所知，才會被一道爛符困了整年。

「道教公會，已經成立三百多年，是修道士心目中的矽谷。我師父不是公會領牌的法師，所以資歷淺薄的我算是外生。考上就能申請實習，可以去各大道門學法術，還有道藏館的專屬圖書證。」

「你是認眞的嗎？」

「我一直很認眞啊！」

阿漁看紀一筆從青袍袖口抽起一支白玉小楷，在白布上圈點符文，原來家裡這堆布不是拿來招魂，而是古字解碼的試卷。

「我考的是卜算科，我靈感的天賦稍弱，但我對數字的敏感度和解題技巧可以補足我的弱處。像這一題表面問卦象，實際上考的是甲骨文與自然現象的相對性，有無相生、難易相成，代入二進位，有是一、無是零，一零零、零一零，雷水解。」

「這有趣嗎？」阿漁不喜歡數學，不管西方東方都一樣。眞應該叫拿過數奧的于新來看一下這小子的腦袋，是不是眞的優秀到能讓他走上不同於常人的道路。

「很有意思，我要贏過陸家風水師，成爲道界第一神算！」

阿漁已經對這個中二生絕望了。

「你要想想，算命能吃嗎？」

「下士算運、中人算命、上人算天，我想去學如何算天。」

「哦。」

「我師父說，曾有仙士算過福興的運途，已然驗證大半——」

大概四十年前，還沒有開放鄉鎮長民選的窮苦時代，福興的長官對城隍爺這個地下父母官很不滿，每次想徵地蓋點什麼，機具就壞給他看。於是長官出了高價的懸賞，請各方高人來收服城隍廟那隻「邪魔」。來的勇士不少，然而一個接著一個，撲通撲通，被扔進圳溝裡，大師們都狼狽逃離福興。

一天，來了個自稱陸家道士的年輕人，旁邊還有個幫忙撐傘的光頭小廝，向長官拍胸脯保證沒有他陸家收不了的鬼魅。

道士在廟前設壇擺陣，吟哦唱法，不一會，晴朗的天空烏雲密布，下起泠涼小雨，白衣的幽魂在雨絲中現身。

——哇哈哈，妳逃不了了，來做我陸家的小老婆……等等，男的！

——是的，少爺，男的。

好在城隍大人人美心慈，不計較小伙子的唐突，以東道主的身分爲遠道而來的兩光道長招待水酒，還勸他不要四處強搶女鬼，早一點成家定下來比較好。

大概這番感性勸導說動陸家道士，道士決定投桃報李。

——相見即是有緣，不如我爲黃兄卜一卦吧？

——我是鬼，如何算命？

——你是地方官，地運即是你命；萬物皆芻狗，天道即是你命。

道士說，大人如果不動心，能保香火不絕。再美麗的少女，不甘貧賤變心，拋棄便是；再可愛的孩童，大了權勢熏心，殺了便是。只可惜，自古英雄難過情關。

又笑道，你靠著一分純然的執著守著福興三百餘年，而最終你只能在水中痛苦看著你對於這塊土地僅有的美好念想，在大火中毀滅殆盡。

「——我師父的筆記就寫到這裡。」

阿漁顫抖氣道：「這算什麼？神棍，只會危言聳聽。」

「不是神棍，陸家道士有天眼，是神算，可以算出神的命運。你聽不進去，是因爲你對那位大人有感情在。你們福興人嘴上不提，但心裡都喜歡著那位大人。」

其實阿漁早該發現，前輩大哥曾說過一句：「你和我孩子平大。」口吻帶著深深憐惜。

就在阿漁新死那一年，他除夕夜特別踞在車站等于新回鄉，前輩大哥陪他等著，但最後一班車開走，于新終是沒有回來。那一晚民家不熄的燈光，從雨中看去就像燃燒的火爐，照得他兩眼發疼。等阿漁失望地回過神來，前輩大哥就從福興消失了。

陰差說福興的城隍早該退位，要不是陰曹挪了個守河的位子給祂，祂早就魂飛魄散了。但祂還是日日夜夜拖著殘破的靈魂從九泉千里跋涉往返福興，像擱淺的魚，痛苦殘喘也放不下心。直到阿漁死了、于新走了。

阿漁不敢想，城隍大人對他那聲「對不起」和最後輕喃「別回來」，是如何地絕望？

而他要怎麼告訴于新實情？小王子眞的是小王子、你爸拿命換我爸留下來、你爸其實比你以爲的還要在乎你——眞要說了，于新八成會再跳一次河。

阿漁喃喃：「祂不管是生前還是死後，爲福興付出所有，卻是這麼一個悲慘結局，你要我怎麼接受？」

「不是有一種說法叫『受上蒼眷顧的子民』？凡事一體兩面，不會只有正極，也就是說，在天眷另一端，也有『被上蒼厭憎的衰鬼』。我想，前任城隍大人的命應該是後者。」

「也就是說，祂下賤活該嗎？」

紀一筆搖搖頭。

「在這世間，不論是皇帝還是乞兒，都只是天道的傀儡。可我覺得，作為衰鬼，跟命運拚搏到最後的前任大人，真是一名英雄。」

紀一筆以澄澈的嗓音為伊人蓋棺論定，阿漁看了看他，動手揉住小朋友的腦袋瓜。

「城隍大哥，貧道有一事冒昧請求。」

「我聽了你的英雄故事，心情很不好，你最好不要討我打。」

「可不可以給我你的生辰八字？」

陸家道士算過前任城隍，金句成史，紀一筆也想為現役城隍算一次。

阿漁不耐煩地晃到家裡書房。他爸把他的出生證明收在工作桌上層抽屜，累趴之前看幾眼，又能提起精神趕案子。

阿漁把東西拿給紀一筆，紀一筆睜大眼望向他。

「寶寶好可愛！」

「你也有這種正常人的反應？快算吧，看我沒死的話，能不能當福興鎮長？」阿漁心底非常羨慕曾汝，最年輕的鎮長候選人，要是他沒死的話，那會是他歸國後最想爭取的位子。

紀一筆提著白玉小楷在日曆紙上塗塗寫寫，好一會，起身歡呼：「大哥，我算出來了！」

「說來聽聽。」

「你的確有官運，官夫人命。」

「啥小夫人？」阿漁覺得差幾個字，差很多。

「以前只有男子能出仕當官，所以這種憑依伴侶而富貴的命格才會被認爲是女子專屬，但現代也有很多女性官員。你的另一半比你聰慧，才華得天獨厚。雖然命盤好像是女主外男主內，但你在家裡也只是閒閒耍廢被服侍，也就是說，你很適合吃軟飯。」

「哇靠！」

「感情上，你勝在包容心強，正向又善良，不管你說什麼她都順從，雙方好像是你在主導關係，但只要對方一掉淚你就投降，換句話說，你完全被吃得死死的。」

阿漁抖了兩抖，說是胡說八道又好像有一些道理在。

「可是你已經死了，這些全是空談。你的命和福興的運聯結在一塊，我算不清你會不會重蹈前任城隍的下場。」紀一筆嚴肅說道。

以阿漁新死的資歷能撈到福興城隍的位子，就因爲它是個屎缺，沒有老鬼願意上任，除了前輩大哥對人們太好，壓力很大之外，祂沒得善終也是主因。陰鬼比人更相信宿命，有了一輩子教訓，由不得不信。

只是，阿漁從來聽不進教訓。

「你好像有點多管閒事吼？」

「我說過，我要幫大哥的忙。」

「不用了，我有自己的萬能小幫手。」阿漁拿起電視櫃上的合照，他和于新兩個死小孩擠眉弄眼，每次看都很好笑。

「于喬大哥是阿宇大哥生前的朋友？」紀一筆踮腳看了看相片。

「不是朋友，是至交。我高中三年都是他揹著我進教室。」

「平時沒有同輩會跟我說話，更何況是知交，所以我不太明白大哥的心情。」

「你不用說了，聽了我都覺得可悲。」

「我和大哥是死後才認識，大哥待我好而壁壘分明，希望我及早自立自強。但是你對于喬大哥，太過親近了。」

阿漁抓著相框不說話，最後只是「嗯」了一聲。

「死生不同界，阿宇大哥，你切莫明知故犯。」

九、慶典

曾汝的仕女幕僚團在城隍廟休息室擺了一桌麻將，籌碼是信用卡的紅利點數。嬌美的「碰碰」聲中，不忘口頭核對後天晚會的流程。

這個舉辦於七月一日鬼門開的「福興新心」晚會由曾汝提案，么受負責寫成活動企劃，給妮妮修改過後，再由仙子挑剔毛病。相信敵對陣營再卑劣，也比不過仙子這個機掰自己人。

活動主要目標是將曾汝推銷給資訊較不流通的鎮南老人家，讓大家知道這次鎮長補選有個年輕貌美的候選人。進階來看，如果這活動能辦出佳評，即能從候選人知名度一舉轉換成支持度。

么受一邊摸牌一邊接電話，她臉色一變，大家還以為她胡了。

「學姊們，不好了，我們約好的歌星不能來了！」

「該死，目前預算也不夠加請大咖，只能考慮非職業性的校園歌手，但太年輕又無法引起鎮民的共鳴……啊！」曾汝突然打了記響指，眾女順著她目光望向倚窗發呆的于新。

黃于新，大學人稱「白雪王子」、「星帥」，雖然作品不多，但曲風清新雋永，療癒人心，與黑之帝王林今夕並稱素人界兩大歌神。

更重要的是，他是土生土長的福興人，候選人之老公，立場無比正確。

「阿新。」

于新回過神來，曾汝微笑告知他有個唱歌的缺，以為于新會開心接受這個發光發熱的機會，于新卻還是呆呆望著她。

曾汝才知道，喜歡上台表演的是「昕宇」，于新本人並不喜歡出風頭，但好友和學妹不了解于新和過去的差別。

「學長，唱嘛唱嘛！自從你離開社團，我就沒聽過你唱歌了。」么受撒嬌央求。

「我吉他已經還給社團。」

「沒問題的，我叫呆頭陽拿來。」

「可是這裡的人，不太喜歡我。」

「沒問題的，只要學長開口唱歌，誰都會愛上你！」

「我……」于新婉拒的說詞告罄，平時做人太成功就是遇事推不了。

「阿新，你唱晚會壓軸可以嗎？」曾汝雙手合十請求，老公拜託！

「嗯。」

鬼門開前夕，霸佔城隍廟的那群女人相約到飯店密談，整晚都不會回來，阿漁終於含淚取回領地主權。

他用服務台電話撥了黃家的號碼，第一次于喬接到，喂喂兩聲只聽見沙沙怪音，很有禮貌地說了掰掰才掛掉；第二次是秋水接的，以為是騷擾電話，罵他變態再掛掉；第三次終於輪到于新接聽，阿漁咻咻叫他快來，于新嗯了聲。大概跟鬼混久了，聽得懂鬼話。

五分鐘後，淑女車來到廟埕，于新環視四周，已經搭起攤商和活動舞台的遮雨棚。和一般園遊會不同的是，每個攤區都擺了一張板凳，塑膠紅椅或是傳統木凳，凳上又排好三種水果：香蕉、李子、梨子。

把別人禁忌當作傳統習俗來拜，即使被鄰鎮斜眼：「你們福興人早晚乎鬼牽去。」福興鎮民依然故我。仙子在鎮南晃了幾圈，點評道：這裡的人看來愚善，但骨子底都有點神經神經，不知道在想什麼。

于新走上台階，正要推開門，卻被裡頭的阿漁喊住。

「你等一下，我還在換衣服，接下來整個月都是我阿漁大爺的場子，我要帥氣地出場，讓眾鬼明白福興的城隍不是吃素的……這一條要怎麼綁……媽媽啊……」

于新到頭來還是推開半邊門板，廟裡漆黑一片。

「阿漁？」于新察覺一絲不尋常。

「沒事沒事，你先去休息室看看書、吃吃供品。」神壇下傳來回應，笑聲非常勉強。

于新也就先進房間，打開燈，打開他帶來的筆記電腦，安靜地做工。

一會，阿漁貼在房門外，可憐兮兮地求救。

「小新新，help……」

于新這才起身，出來看著把紫金長袍穿得一團亂的阿漁。阿漁先前爲追求流行，換上于新燒給他的襯衫到處跑，現在鬼門要開了，他必須穿回城隍官袍來管理孤魂野鬼，卻穿不回去。

「明明前輩大哥兩、三下就幫我套上去，怎麼會那麼難用？小新，你會穿古衣嗎？」

「不會。」

「嗚嗚，我完蛋了，我要成爲眾鬼眼中的笑柄了！」

于新略過崩潰的阿漁，摸黑踩上神壇，拿下被香火熏成木炭一樣的神像。他記得神像的服裝和阿漁身上那件同個款式，或許可以參考。

「你怎麼就把它拿下來了？」

「不就是土偶？」于新把神像當蘿蔔，將頭部單手抓在手上。

福興城隍廟原本只是一塊臨水的石碑，因爲逆賊的身分無法公開祭祀，直到二十多年前，政府開放了，鎮民集資爲城隍爺建大廟，供人祭拜的神像卻一直刻不出來。後來有個嫁去外地的老婦人，突然有所感應，和著圳溝水和福興的田土，捏成她夢中所見的城隍大人，遠道徒步把泥像送來，才成了于新手上的神尊。

「說來你別不信，我上任當天，你說的土偶因爲地震滾下來，摔殘一雙腿，前輩大哥試了五種黏膠才把腿重新黏上去。」

「我不信這個。」

「好啊，你現在拿火燒燒看，看我會不會變烤魚。」

于新沒有動作。依他的性子，如果實驗對象不是阿漁，一定會拿打火機來試。

「會怕就是信了，我都在你面前，還鐵齒什麼？你以前就是太鐵齒，不跟我進來拜，不知道前輩大哥有多失望……啊啊，沒事沒事。」阿漁幾乎說溜嘴，好在于新忙著研究神像上的金織神明衣。

于新把神像拿到房間桌燈下，解開金帶，輕手脫下神明衣。他本想了解衣服樣式和穿法，沒想到掀起華裳，裸身的神像上布滿針孔痕跡，胸前與後背無一倖免，腳踝兩個大洞特別深。

他父親當年罹患不明原因的怪病，全身上下刺痛難耐，到最後甚至無法行走，只能倒臥在床。

于新不想相信、不願相信，腦中卻清楚浮現管委會請他落款簽下的名冊——他父親離世那一年，負責管理城隍廟的廟主，是張仁好議員。

「小新，你在偷看有沒有雞雞對不對？」阿漁打趣問道，從房門口探頭進來。于新才按捺住所有情緒，把金裳穿回神像身上。

「我大概知道怎麼穿了。」

「那你過來。」阿漁硬是要待在光影交界處，增加小幫手于新的困擾。

于新先把阿漁纏成粽子的長袍脫下來，從內衫開始穿起。阿漁戰戰兢兢縮小腹，看于新的長指繞著玉飾的紅繩打結。

「好了。」

阿漁鬆口氣，好在沒露餡。

「謝謝你啦，那個鞋子我自己來。」

竹編的箱籠躺著一雙長靴，阿漁向來敵視這種專給高挑帥哥的鞋款，他可以預見自己等下在廟堂滿地打滾的醜態，就只是爲了套上它們。

「爲什麼?」

于新問得很輕，阿漁卻感到一股罩頂的壓力。雖然平時說什麼他都懂，相處起來輕鬆快活，「小新，幫我拿那個」、「小新，幫我開這個」、「小新，嗯啊你知道的」；但聰明人就是這點不好，半點小事也瞞不住。

「以前動不動使喚你幫我穿襪穿鞋是我不對，但我現在天然游泳圈已經消除了，應該要自立自強。」

「阿漁，脂肪會消滅，但懶廢的本性不會變的。」于新深邃的雙眼嚴肅注視著對方。

阿漁深吸一口用不到的空氣。

于新搬來木椅，阿漁不甘不願地坐下，讓于新低身脫下紙製的名牌球鞋。

阿漁頓時有些明白灰姑娘的心情，他的鬼術瞞得過王子一時，瞞不過王子一世，午夜過後，美人就變回在家掃地的胖妞。

褲管下不見腳掌，只有一截削尖的木頭，于新顫抖著撫上木腳，他直到現在才發現阿漁的下肢和名牌牛仔褲一體成形，都是紙紮作品。

「唉喲，就是這樣啦。」阿漁攬過下襬遮醜，「車禍腿被輾斷了，只能裝義肢。以前去醫院檢查，就怕醫生叫我截肢；真的截了，倒也還好。」

于新把臉伏在阿漁雙膝間，低低哭了起來。阿漁努力裝傻，就是怕他哭。

「你別哭啦，你也知道我以前那雙爛腿動不動就半夜抽筋，要吃止痛藥才能入睡。至少現在不會痛了。」

阿漁輕聲哄著，但他這番話不知又刺痛于新哪道傷口，于新哭得更是聲嘶力竭。

「不要哭啦，你明天不是還要唱歌？哭到倒嗓怎麼辦？」

「昕宇……」

「好了好了，絳珠草新。你爸死了一世人沒哭，卻爲了一雙腿哭成這樣，老實說，你到底多愛我啊？」

午夜將至，阿漁顧不得他的華麗出場。他也明白黃泉兩隔，他跟于新已經不是過去的他們，但他就是推不開也放不下。

黃家一家四口聚在一起吃中飯，于喬特地從學校溜回來，就是要跟嫂子打探消息，同學們都很好奇今晚城隍廟的活動。

秋水工作的市場也提早休息，大家都說要回去準備一下，穿水水去看戲，興致勃勃卻不知道那是選舉造勢活動。

曾汝不停微笑，嘴角都要彎到耳後了，宣傳得很成功嘛！

于新從浴廁出來，家裡女人們的目光不由得往他聚焦。

「哥，你眼皮有點腫。」

「嗯。」

「你是哭了整晚？」秋水皺眉問道。

「沒事。」于新用沙啞的嗓子回應。

中午才回家蹭飯的曾汝不知道于新怎麼回事，擔心地望著丈夫，可于新看起來都快倒下去了，還是拖著一口氣幫孕婦挑去菜裡刺激性的辛香料，還把這些蔥末蒜泥配飯吃掉，真賢慧。

飯還沒吃完，秋水的手機就響了起來，她用一種哽到魚刺的臭臉接起男朋友的電話，阿尼哥洪亮的笑聲頓時佔領餐桌。

「我要穿什麼，關你啥誌代？」秋水拿著手機氣呼呼進了房間，不久，穿了曾汝送她的紫羅蘭套裝出來，假睫毛也裝上了。

「媽，等一下！」曾汝從包裡拿出一只鑲鑽的水藍髮圈，過去給散著長髮的秋水戴上。

于喬直說媽媽好漂亮，福興第一美人。

「不用，都幾歲人了？」

曾汝溫柔地搭住秋水的肩頭，悄聲耳語：「水水，請幫我多討一點贊助。」

秋水無語望著奸巧過人的兒媳婦。

「阿新，媽要出門了。」曾汝往後呼叫一聲，要于新來送母親。

「妳免叫……」

「碗我收。」于新低頭應道。

秋水停頓許久才道：「好，要洗乾淨。」

媽咪走後，換上于喬的電話響不停。曾汝不難認出于喬的手機是之前于新停話那一支，「我用不到了，喬喬，這支給妳」，用膝蓋想也知道是這樣。

「哥、嫂子，我要回去上課了，筆筆在樓下等我。」

「妳回來吃飯，把人家丟在樓下等？」于新問，于喬用力敲了下自己的腦袋。「不能用交情去佔人便宜，要人喜歡妳就得容忍妳。」

「他說沒關係，我也只是上來半小時……」

于新沉默地看著于喬，于喬縮起腦袋。

「我知道錯了，馬上下去道歉。」于喬拎起松鼠提袋，穿鞋時眼巴巴地回頭，可惜她大哥還是很冷淡，只得哭喪著臉赴約。

曾汝第一次看到于新教訓人，算是開了眼界。

「沒想到你還滿嚴格的。」

「我妹妹從小比別的孩子漂亮討喜，生在我們這種人家，不是好事。」于新收了碗盤到水槽，挽起衣袖洗碗。曾汝作勢要幫忙，理所當然，于新要她坐下休息。

曾汝把于新的話想了兩圈，黃家比國內平均經濟水準窮，而于喬比平均少女水準可愛許多，以後于喬長大，姣好的外貌勢必給弱勢背景的她帶來許多人性的考驗。

把小妹當女兒細心教養，不得不說，眞是個好哥哥。

「聽說喬喬是你帶大的，小爸爸啊，不過說眞的，喬喬跟你不像。」

于新手一滑，差點摔破碗，幸好及時撈起。

「我們髮色很像。」

曾汝噗嗤一聲，也眞的瞇起眼，細細打量于新那頭水亮黑髮。

「不像，本小姐閱歷時裝男模無數，你這個一定有混到血。」

「我爸是平埔族，永社人。」

「什麼社？」

「Tayoan，好像滅絕了。」

「是啊，眞意外……」曾汝本來只是隨口說說，沒想到于新就是能給她不一樣的驚奇。

有人的神祕感是裝來釣妹的，而她老公的神祕與生俱來、貨眞價實。

于新低眸懷想：「我父親說，他們族人和漢人信仰不同，死後不投胎，留在土地上與生人共存。人和鬼是平等的存在，不須渡化，祭拜也不叫施食，而是盛宴款待。」

曾汝拉過椅子，往于新屁股邊湊去。

「好難得聽你說這些，看你從來不進廟寺教堂，我以為你很討厭神神鬼鬼的東西。」

「我也以爲如此，後來才發現，我只是討厭那間廟。」

「你是說城隍廟？爲什麼？」

于新沒有回答，突然想到什麼，露出一抹淺笑。

「現在不討厭了。」

曾汝不滿地掐住于新的腰肉，想到這男人哭泣和微笑都不是爲了她，她就是心理不平衡。

于新一踏進城隍廟，就看到阿漁坐擁滿山供品，在神桌上大快朵頤。

「小新！你看看、你看看，睽違十五年的盛況啊，打著『福興最後祭典』的名號，飢餓行銷果然有效。」

于新稍微整理一下門口擋路的花籃，過去和阿漁並坐在神桌上。

「你啊你，竟敢跟城隍大人同座，沒大沒小。」阿漁咧嘴笑道，用肩頭撞了下于新，于新也沒有下桌的打算。「外面很熱鬧嗎？」

「很熱鬧，估計來了鎮上一半的人。」

天色還沒完全黑，活動也尚未開場，可于新來時已沒地方能停腳踏車，本來清冷的廟埕，瀰漫著食物香氣和人們的笑語，他說了十來聲借過才成功穿越人群走上來。

阿漁聽于新這麼說，一度想跳下桌，跟著去湊熱鬧，卻又嘆氣縮回原位。

「眞懷念吶，以前我們都會一起逛市集。不過我現在身負官職，要鎮守在廟堂才行。」

「我可以幫你代班。」

「嘎？」于新說得太自然，阿漁一時沒能接頻。

「有事可以自尋合適的對象代班，人鬼不限，你們法條有寫。」

「你把陰律背起來了嗎？」

「沒有以爲的複雜。」

阿漁含恨瞪過一眼，腦子好了不起啊？

「怎麼說這也太出格了，而且你不是還要表演？」

「你只是到廟前走走，我也只是坐在這裡。我是壓軸，表演前十分鐘到後台預備就好。」于新簡單分析情況，阿漁不由得更加心動。

「不要啦，你不一起來就不好玩了。」

外頭響起歡呼聲，音響放送開場音樂，主持人宣布慶典開始，恭請城隍大人一道與民同樂。

外面的喧鬧完全吸引住阿漁的注意，人家都說邀請他去玩了，他不去吃碗肉羹、套個圈圈，似乎說不過去。

于新又在一旁火上加油：「不借拉倒，我去找小汝，胖魚掰掰。」

「你囂張什麼？明明昨天才哭倒在我牛仔褲底下。」

于新一雙漂亮眸子似笑非笑，很是勾魂，阿漁投降，一把將這傾城美男子撲倒在壇上。

他再起身，拍拍結實的屁股和大腿，雙腳在青石地板踢踏兩下。

「小新，那我走了，吃飽就回來！」臨走前，阿漁找了頂鴨舌帽戴上，低調為上。

「嗯。」

于新目送阿漁蹦跳離開，心中的計時器倒數半分鐘，就在阿漁沒入人群的同時，張仁好也正好從人潮走出，高跟鞋戈登踏入廟堂。

今日鬼門開，自認福興父母官的張仁好不可能不來參拜，于新等的就是這個機會，在黑頭車來到廟埕時，先進廟把阿漁哄走。

于新隱身於壇後，張仁好拈起香，身後站著一名清服男人。

「先生，我來看您啊。」

「阿好，妳可來了。」于新沙啞說道，仿著那人溫軟的語調。

得到「城隍爺」回應，張仁好不驚不懼，反而綻開少女一般的燦爛笑靨。

「先生，我就知道，最後一年，您一定會返來。看看福興，看看您深愛的妻兒。」

于新握緊雙拳，張仁好刻意揚起的尾音就像諷刺那人擁有一個家是天大的罪過與不幸。

「我再給您一次機會，到我這邊來，受我供養，您甘想好了？」

「張仁好，這一場，妳會輸得一無所有，淒慘落魄。」

「是嗎？可我從小聽您的故事長大，您似乎從未贏過命運吶。」張仁好向身後的古袍男人示意，男人從腰間抽出一把七星劍。「這次，我不會再讓您逃了。」

「議員，請妳迴避，屠鬼的過程可能不太好看。」男人持劍向張仁好抱拳行禮。

「你也小心點，他不是普通的鬼，他是咱福興的英雄。」張仁好說起那兩個字，仍帶著小兒女的崇拜情愫。

男人卻不以爲意，重申與張仁好合作的條件。

「我們鏟除這邪魔，也請妳遵守約定，在這塊土地興建寶殿供奉大聖。」

張仁好沒回答，只是輕笑一聲，踩著高跟鞋雍容離去。

「出來，魔鬼！」古袍男人喊道，于新幽幽從神壇後走出。「貧道乃金斗子，妖孽，納命來吧！」

比起金斗子戲劇性的放話，于新打量完對方，只是淡淡地說：「你不是福興人。」

金斗子不知道，這句話等同判他死刑。

「一介亡魂能得祭拜，不遵從天道，還逆天用番術重鑄肉身，罪該萬死！」

于新頓了下，無視對方畢露的殺意，懇請賜教。

「你口中能死而復生的番術，哪裡有得學？」

「執迷不悟！」

「原來你們也不知道。」于新明白了。

金斗子聽得惱羞，一劍刺去，撲了空，轉眼間，于新安然佇立於神桌，由上而下睥睨著術士。

「回到正題，我學的是理工，不太了解民俗，想請教一二，你說的天，是誰的天？」

「昊天罔極，普天之下，莫非王土，所有人都是天的子民。」

于新以愛睏的神情回應：「可是這裡是福興，福興人都是城隍爺的孩子，而『他』，從未臣服於你所謂的天。也就是說，福興如何，關天屁事。」

「你好大的膽子！」

「你們嘴上替天行道，實則劫民掠地。福興出身的政商名士無數，卻不曾投入他派宗教信仰，你們垂涎這塊豐沃之地而伸來黑手，眞是好大的膽子。」于新沉著聲音，一字一句回敬回去。

「你一邪魅，據地爲王，滅亡是遲早的事！」

神桌太高，跳不上桌的金斗子沿著桌緣砍殺，供品被長劍斬出一片狼藉。

冷不防，一顆富士蘋果往金斗子迎面飛來，金斗子偏身避開，沒想到又遭到第二顆加拉蘋果追擊，正中他持劍的右手。七星劍從他手中飛落，在空中劃出一道弧，筆直插入紅木神桌。

于新拔起劍，這把來自「正道」的法器並未給他任何排拒感。

「陰律所載，修道士可因自保、除亂、防害，殺鬼而免責。圖謀私利不在其中，你可清楚？」

金斗子殺紅了眼，拿出符咒要燒了啓動，火星卻一而再因空氣中盈滿的水氣熄滅。

于新一抬手，廟門齊掩，瞬間隔絕外界的光亮與喧鬧，廟中陷入黑暗與死寂。

「而在一定條件成立下，鬼也可以殺道，無罪。」

金斗子被重拳擊中胸口，連退三步，他眼中閃過銀光，隨即左肩傳來劇痛，他被自己的劍釘死在廟門上。

金斗子聽著那道流水似的嗓音，慢慢往自己靠近。

「鬼持官印、失德之道者，還有『福興的土地上』，恭喜了，你是開門的頭香。」

金斗子搖首不止，眼神哀求，可惜于新對生人的求生意志沒有絲毫同理心，從胸口抓出男人的魂魄。

金斗子的身軀癱倒在地，兩眼痴傻看著上天。

于新拖著金斗子來到後堂亭台，引來滿天黑蟲，但蟲子又礙於于新散發的戾氣不敢靠近。

于新先拋下金斗子的身軀，再捉著魂身從二樓高的亭台往下跳，把金斗子當作大型垃圾，一拐一拐拖著腳步，走向水邊。

城隍廟後方對外的木便道，兩邊沒有加堤防，適合棄屍滅證，然而黑漆的便道卻站著一名眼鏡男子，西裝筆挺，手中抓著一把收攏的黑雨傘，全身上下純黑一色，看不出眞實年紀。

黑西裝男子碎碎唸道：「當初眞不應該招安，答應法外租界，傾陰曹之力把這座城一舉打爆下來，今日就不會有那麼多問題。」

于新認出這是阿漁說的鬼差爺，很可能就是上回那一位大人。

「上次那個死胖子抵死維護你，這次可是你自個兒出的城，怨不得誰。」黑雨傘頭往便橋點了點，挾帶幾聲金屬鍊條相觸的清音。

于新計算他要在廟裡殺人，陰曹判官大人也預估到他會來水邊棄屍。地府經手的謀殺案樣本已經足夠跑統計，人自以爲聰明，其實都一個蠢樣。

「黃于新，得年二十二，我來帶你走了。」

「由衷感謝，可是我現在還不想死。」

下一刻，雙方在僅容兩人通過的便橋上大打出手。

「跟我走，省得你一錯再錯！」

「錯？請先定義是非的標準。」

「你他媽的不知道陰律就是我寫的嗎？把私怨凌駕於公務，就是失職，就是該死！」

自父親走後，于新終於有一個可以具體怨恨的對象。

「什麼賞善罰惡，爲什麼他這麼溫柔善良的一個人死了，那群害死他的垃圾卻還活著！他就要治好那雙腿，他才十八歲啊！」

于新勒住對方西裝領口，對方只是平靜地看著他。

「很遺憾，我能給的公道，只在死後。」

「那有何用？不是眞正的公平，我一概不信！」

「小子，你能任性地固執己見，也不過因爲你年輕、你還活著！」

他們扭打在一塊，難分難解，一方不愼失衡，雙雙落水。黑沉的水面只興起一圈漣漪，如魚的吐息。

慶典正是歡騰。

要是以前，阿漁那台電動車絕對開不進來，好在他現在有于新的腿，沿路吃吃喝喝。雖然人擠人，但動線規劃得宜，不至於走不動，每攤都能逛到。

阿漁用眼睛和胃袋驗收完畢，叼著一串花枝丸，手腕掛著一杯奶茶，來到城隍廟石階底下的舊書攤。比起外邊吃喝玩樂的一級戰區，這裡呈現某種養老退休的寧靜氛圍。

阿漁隨手拿起一本泛黃的漫畫書，一邊翻著一邊抱怨。

「周伯，這些書你都賣幾年了，怎麼不進點新貨？」

書商老伯伯像具骷髏，瞇瞇眼，說話也氣若游絲。

「今嘛人誰會看書？進了也沒人買。」

「那你何必在這裡佔位子？我們七月祭場地可是很熱門的，詢問度爆表，不做生意就把舊冊連著自己一起送去回收場啊！」

「活著無聊，隨在賣隨在賺。」

阿漁揀了兩本漫畫完結篇結帳，周伯意興闌珊地接過二十塊。

「小胖，王鎮長過得好嘸？」

阿漁嘴張了一半，花枝丸差點掉出來。

「小胖死囉，這是秋水伊子。」一旁擺涼水的婦人好心糾正。

周伯「哦」了兩聲，仍不認爲自己認錯人。

「獨子嘸去，王鎮長彼個人太認眞，怕他想不開。」

「不會啦，智超他胸懷世界，不會倒下的。」

當官眞要說有什麼好處，就是經常會被人們當自家人關心，阿漁生前才能在福興橫行霸道，不過他堅持自己和派克那種靠勢的廢物不一樣。

阿漁不敢再待在書攤敘舊，七月可是人們平均靈感衝高的時節，福興鎮多得是把見鬼當喝水的隱士，他只能把帽子再壓低一點。

他本想到前台去看人家變魔術，半途聽見一群年輕人聲音高亢，笑福興都是老弱婦孺，招搖著說這個月要來大幹一票。

阿漁聽了就不能裝作沒聽到，排開人潮追去，叫住那些毋成子。

「喂喂，以為這裡沒大人嗎？不要亂來啊！」

那些人回過頭，都是無臉的黑影，像是說好似的，一個一個咧開嘴角，沒等阿漁反應，就消失在人群中。

「我靠，要是咱前輩大哥在，哪容得你們來撒野！」阿漁氣道，這裡招待孤魂野鬼吃喝不代表可以讓它們騎到頭上去，世風日下，連鬼也沒了以前的厚道。

阿漁沒注意後方，冷不防被一團肉抵住，隨之而來的是另外兩團軟肉，完全覆在他的背和屁股，熱氣瞬間抵過陰氣。

「阿新！」曾汝伸手捧住丈夫轉來的俊容，今夜熱情全開。

「這樣妳也認得出來？」阿漁認栽摘下帽子。

「當然了，你的衣服都是我配的。」曾汝拎起她的藍格子長布裙，與親親老公那身藍格子襯衫儼然是一套情侶裝。

「都出汗了，頭別吹到風。」大概不爽曾汝笑得太幸福，阿漁把帽子往她臉上罩，掩蓋她朝他放射的明媚笑容。

曾汝不只一個人，身後還帶著一票小嘍囉，其中三個恐怖女子，阿漁這些日子已經有深刻的認識，此外還多一個背後插著候選人大旗、眼神熱切的捲毛大男孩。

「于新學長，我好想你！」大男孩撲抱上來，被阿漁一把推開。

「你誰啊？」

「我是昭陽，陽陽啊，你已經忘記我了嗎？」

「很抱歉，我剛才撞到頭，除了家裡這口子，誰也不認識。」阿漁胡謅個藉口，以免被發現內容物不實。

么受捧腹大笑：「黃學長，你還是一樣風趣！」

「你突然走了，我都沒有機會還你錢。我阿嬤說，做人什麼都可以欠，就是不能欠人情。」昭陽學弟拿出一枚紅包，阿漁被紅包的喜氣扎了下眼。「對不起，裡面沒多少錢。因爲跟女朋友出去很花錢，只能先還你零頭。」

「哪有？再亂說話，我回去殺了你喔！」么受張開一口白牙，昭陽瑟縮兩下。

「喏。」阿漁拿得燙手，轉身就把紅包遞給曾汝。眾目睽睽，曾汝想要裝賢婦都不行，只能訥訥收下。

「學長，你眞的會讓我們男性同胞活不下去啊！」

「不會的，接下來的日子，我會努力把親愛的教成賢妻良母。」阿漁兩手搭上曾汝肩膀，趁機壓過這肥婆一頭。

「哦，走著瞧啊！」曾汝不甘示弱。

「好羨慕！」妮妮就算手機躺了七個男朋友，還是憧憬曾汝和于新這般的神仙眷侶。

「不用羨慕，這男人整天遊手好閒向老婆伸手要錢、這女人嘴上說著愛情心裡都在盤算自己的前程，他們很快就會分了。」仙子哼哼笑道，拿著滿手她嫌棄細菌很多的夜市小吃。

「許純潔，想打架嗎？」從交往到現在被詛咒了上千次，曾汝恨不得吃仙子的爛肉、喝仙子的臭血。

「不會分，小新和小汝會一直幸福地在一起。」阿漁篤定地說，大伙聽得有些害臊，曾汝露出安心的笑容。

阿漁仗著于新的身長，目光逡巡全場。

「看你們這組隊打怪的陣仗，拜過票了？」

「沒有，我們才想向鎮民們介紹曾女神，張議員陣營就搶在我們前頭拉票。學姊們判斷情勢不好，就先帶大家去吃飯。黃學長，怎麼辦？」么受請示男神。于新通常不會出面作主，但大家都習慣找他收拾爛攤子。

阿漁沉吟道：「那麼，吃飽了嗎？」

「大家都吃過了。」曾汝微笑應道。

「我是問，妳吃飽了嗎？」

「被張議員的氣勢嚇到，沒什麼吃，不過中午在家吃了秋水三碗飯，可以了。」

「你們先上台準備，等我們到定點就開始廣播介紹。」

阿漁脫下昭陽學弟身上寫著曾汝名字的背心外套，穿上後往曾汝招了招。曾汝走過去有默契地抬高手，順勢讓他扛抱起來。兩人張揚地往動線入口逆向走去，引起眾人注目。

「各位鄉親、各位福興的朋友，請支持我們家小汝！」阿漁一邊吶喊前進，一邊向人們的眼神致意和行禮，完全是選舉老手的風範。曾汝一時反應不來，阿漁往她屁股拍了下，她才回過神，坐在丈夫背上，向大家微笑揮手。

么受衝上台，趁抽獎活動的空檔抓住麥克風，隆重介紹美麗與智慧兼具的候選人，咱福興的好媳婦，曾汝女士！受主持人引導，廟埕大半的人都往曾汝看去，曾汝感受到目光迴響，笑得更是燦爛。

「接下來要掃街拉票，妳要是撐不住就靠著我。」阿漁輕聲囑咐，把曾汝從肩頭放下來。

「我還以為你不喜歡這種場合。」曾汝撫住丈夫的左頰。

「這和喜不喜歡沒有關係，選舉就是要拚盡最後一兵一卒。」

這塊土地已經沒了英靈鎮守，拿不下那個官位，就沒辦法保護福興，只要這麼想，什麼原則、自尊，都變得不重要了。

阿漁突然蹲低身子，曾汝嚇到，還以為他朝人們跪了下去。

「妹妹，好玩嗎？」阿漁率先挑上一名不到學齡的小朋友問安。

「好玩。」小女孩童稚地回應。

「妳真可愛，我也想要像妳這樣的女兒。」阿漁握了握小女孩的小手，又起身握住她雙親的雙手。「懇請支持，謝謝！」

從孩子下手拿捏住父母的心，不可不謂好手段。曾汝看在眼裡，興起一股不能輸給這男人的鬥志。

「我是鎮長候選人，曾汝，黃家媳婦，請大家多多關照！」

曾汝沿路喊道，有人對她回以笑容，有人向她比出拇指，讓她前進的腳步更加堅定。而這一路，阿漁都沒有直起腰過，負責握手與跟小孩子玩，不時向鄉里解釋，他妻子有身孕，所以由他躬身致意。

阿漁蹲到腳麻，曾汝就拉他一把；曾汝腰痠就勾著老公的臂膀歇會，從廟東戰到廟西，直到再也走不動半步，才找了豆花攤角落的位子坐下。

店家送來兩碗清甜的豆花，人家阿婆才轉身，曾汝就一把撲向丈夫懷抱，害阿漁嘴裡那口豆花吞也不是，吐也不是，只能端正坐好，腦子什麼也不敢想。

「老公謝謝。」曾汝嬌滴滴說道，在阿漁胸口嗡嗚一陣。

「沒什麼，夫妻就是互相幫助。」

「好愛你喔，最愛你了！」

「好好，以後還要更愛我喔！」阿漁一手攬著曾汝，一手艱難地舀豆花。

「我也要吃，老公餵我！」

「妳是手斷掉嗎？」阿漁生前死後都對吃食很執著，不理會曾汝，自顧自吃豆花，不料因此導致悲劇發生——不甘寂寞的曾汝捧住他雙頰，強行搶食他口腔的豆花。
曾汝吃完還意猶未盡地舔舔雙唇：「你們這裡口味偏甜，是加了黑糖嗎？」
「我的初吻……」
「阿新，你怎麼臉好紅？裡面有加酒釀嗎？」
阿漁早知道在曾汝來福興的第一個晚上，就該把她的名牌行李箱扔圳溝，看看這肥婆至今對他造了多少孽。
有人往他們位子走來，曾汝趕緊攏了攏頭髮，對小鏡子補好口紅，可是來者找的不是她。
「請問你是不是黃先生的孩子？」
「我是……」阿漁困惑地看著眼前陌生的中年男人，外地人嗎？
「果然，你們很像，皮膚眞白。」
「有事？」
「我以前受資助做生意，現在事業有成，給城隍爺打金牌。」
男人打開攢著的紅布，把禮物放在折疊桌上，阿漁面無表情地看著金牌，于新大概也會是同個反應。
「你往水裡扔，說不定他收得到。」
「阿新。」曾汝拉住丈夫袖口，以爲他生氣了。

「我不是說笑。」

把要給城隍爺的金牌轉送給于新，可見男人是道地的福興人，卻知道那一位死了也沒有回來，事到如今，沒有什麼好說的。

「其實我遇到一點困難，想請城隍爺幫忙，聽說你是廟主……」

「小汝，叫妳朋友過來。」阿漁打斷男人的話。

「你有事要忙，我過去找她們就好。」

「妳叫就是了！」阿漁吼道。

曾汝拿出手機撥號，么受兩分鐘內趕來豆花攤。

「恩潔學妹，麻煩妳照顧她。你，跟我去廟裡談。」

阿漁把男人帶離人群，曾汝不放心要跟過去，卻被么受用力拉住。

「學姊，妳沒看到嗎？那男人口袋藏著槍！」

曾汝頓時臉色刷白三分。

阿漁走在前頭，男人亦步亦趨。除了男人之外還有兩道腳步聲，一個很輕、一個很小，啪答、啪答。

阿漁推開半掩的廟門，本來以爲廟裡會有于新來接頭，兩方包夾，應該打得贏一個帶槍又精神耗弱的大叔，沒想到廟中無帥哥，只留下一片打鬥過的凌亂。

阿漁按捺住去找他小甜心的衝動，鎮定情緒來控場，轉身向男人一擺手。

「在城隍爺面前，你老實說吧！」

男人撲通一聲，雙膝跪下，娓娓道來他的罪過。

「二十五年前，城隍廟起建，我賺了一筆小錢，到外地做生意。」

「等等，你就是那個偷工減料的建商？夭壽骨，才不到十年，整間廟漏水漏尿，還是我爸出錢整修才維持住門面！」阿漁才說要冷靜，一下子就激動得不能自已。

男人囁嚅地說：「我就想，城隍大人不會跟我計較。」

「看！」阿漁眞切明白一件事，前輩大哥完全是栽在福興人手上。

「我知道錯了，可是大家都這樣，有良心賺不到錢啊！」

「有良心賺的是合理利潤，沒本事的廢物只能賺黑心錢！」

男人磕頭如搗蒜：「我廢物、我廢物！」

阿漁沒再說下去，知道男人怕的不是他，而是壇上的空殼神像。

男人又說起他在外做起農產批發，辛苦又難賺，在市內只夠生活開銷，後來和朋友搭上線，半年就一棟房子。

「什麼生意？」阿漁也想知道最新的商機，好介紹給于新謀生。

「就是……賣毒……」

毫無新意，福興近年毒販也滿額了，夜夜砰砰搶地盤，阿漁非常失望。

「你不要把你的惡行一筆帶過，城隍爺在看著。」

「我是逼不得已！」

「你減三十歲我就相信你。」即便這人有危險性，阿漁還是控制不了他那張嘴。年紀小叫犯蠢，年紀一把、有了社會歷練，還任憑自我被欲望吞噬，叫找死。

「像我這種人，沒有錢怎麼娶得到老婆？」

阿漁抬頭看向男人身後被砍得面無全非的女鬼，終於說到重點。一個女人，身邊帶著小孩，又死得那麼慘——阿漁命案看多了，唯有枕邊人才足以形成這麼深的恨意，十之八九是男人妻子。

「你們怎麼認識的？」

「我公司請了助理，我看她大學剛畢業，乖乖的，做事認眞。聽說她沒爸爸，家境不好，我就給了她母親三百萬，娶伊做牽手。」

「你也說是娶來做牽手了，怎麼會弄成這樣？」

「她說我在賣毒，要跟我離婚……」

「這不是理所當然的事，你在震驚什麼？」

「嘸是，絕對嘸是！她一定是看上外面的查甫，我看她和別人講電話都講很久，以前她只接我的電話，也開始對我大小聲。」

「你也要站在她立場想想，發現百般照顧自己、像大哥哥一樣的丈夫，其實是垃圾人，誰都會性情大變。」

「我對她這麼好，她怎麼可以拋棄我？」男人掩面痛哭，阿漁不太想安慰他。

「就因爲你是賣毒的垃圾人啊！」

男人掏出槍，把槍用力拍上青石地板，阿漁才不甘願地閉上嘴。

「都怪我一時衝動，不小心殺死老婆和女兒……」

「怎麼會殺了女兒？」阿漁完全無法理解這點，廟門外的小妹妹看來還沒上小學，頭上一個彈孔，鮮血淋漓的臉蛋呆呆地望著她父親。

「她一直哭，怎麼罵都不閉嘴……」

「你是『爸爸』啊，身爲她的保護人，怎麼可以去做加害者的垃圾事！」

男人有些恍然。

「你向她們道聲歉，跟我去投案吧？」阿漁勸道，就算男人背信忘義、人渣一個，身爲城隍大人，還是不能放著他不管。

男人卻往自己太陽穴舉槍，黃濁的眼往壇上神像瞪大著。

「請求城隍爺庇護，我不想到陰間受審！」

阿漁失望地看著男人，原來如此，自知死罪難逃，才回鄉躲避陰差追捕。到頭來，男人看也不看妻女，只是想逃避罪罰。

「這事我不能決定，你去博杯，能不能請到祂就看你的命數。」

擲筊必須雙手，男人擲出，三個都是哭杯。他萎靡在地，想回頭拿槍，警察卻從廟門擁入，將男人逮捕。

「別怨恨地看我，城隍爺只能幫你到這裡。」阿漁把槍交給警方。

阿漁剛才趁男人自述罪行，拿起服務台電話，按了緊急通報鈕。男人如果再多關心故鄉一點，應該就知道王鎮長任內的擄人勒索案也是用同一招破獲。福興人向來不喜歡麻煩外人，自己家的垃圾自己清。

男人走前，阿漁又雞婆勸了一聲，相信前輩大哥也會這麼做。

「阿忠，你犯下惡行，你著悔改，以後嘸通再做歹。」

然後，警方帶走嚎啕大哭的男人。

阿漁將死狀悽慘的女鬼和小妹妹帶到廟後的便橋，依風俗習慣把遊魂放水流。

「恕我白目，老實說，妳有討客兄嗎？」

女鬼喉嚨被割斷，只是搖搖頭。阿漁嘆口大氣，這可死得眞冤枉。

「有時人就是運氣不好，不過妳放心，現在陰間的主事者雖然機掰了點，倒是鐵打的好官，會還妳一個公道。福興到陰曹水路直達，順水而下一個晚上就到了，不用等陰差排班來接。」

女鬼頷首，然後阿漁蹲下身，摸摸小女孩的頭。

「要乖乖喔！」

阿漁目送她們母女下水，可隱隱覺得今晚的水不太對勁，不像平時濁臭，而是泛著血紅的波澤。

啵、啵，拳頭大的氣泡從水下冒出。阿漁猛然想起前輩大哥說過，河水與九泉相通，有時陰間的水會逆流而上，帶來不屬於人間的異物。

「小心！」

等阿漁大喊已經太遲了，水底竄出龐然黑物，一口咬住小女孩的肩頸，帶入水下，女鬼發出尖銳的號叫。

阿漁顧不得自己蹩腳的能耐，就要跳下水救援，沒想到下一刻，黑物從水下躍起——更正，是被抓住尾部往上拋。當怪物摔在岸上蹦跳掙扎，阿漁才看清這是條巨魚，就像放大百倍的南洋鯽仔，只是魚眼睛紅得像血。

于新從河中探出赤裸的上身，跟女鬼說了聲借過，一派從容地從堤防石階走上岸。

「我的小美人魚啊，你怎麼會從河裡出來？」阿漁急忙上前關切，他家失蹤的大帥哥竟在驚聲尖叫中失而復得。

于新簡短以對：「來扔垃圾，遇見鬼差，打一打掉到河裡。」

「什麼叫打一打？我不是說看到要逃嗎？」

「我以為打得贏。」于新語氣有些沮喪。

「你是誰？你真的是我認識的小乖新嗎？」阿漁被于新展現出來的剽悍大大震懾。于新過去都像株無害植物，現在長大成熟了，一動起來直讓阿漁想起那位英姿凜凜的大人。

「等一下再說。」于新低身按住大魚腹部，對它血紅的魚目警告道：「吐、出、來！」大魚還沒來得及討饒投降，于新就一拳給它下去，小女孩的魂魄從大張的魚口滾出。

小女孩呆滯的神情終於有所變化，哇的一聲，放聲大哭要找媽媽。于新熟練抱起小女孩，轉身往水裡跳下，把她交回母親手上。

女鬼無聲向于新和阿漁謝過，帶著女兒化作水花，隨著流水消逝。

阿漁有太多事想問，可是太混亂了、決定不了順序，反倒說不出話，只能沉默地看著垂眸不語的于新。

「呃，你衣服呢？」

「在水裡扯破了。」

「你……你還好嗎？」阿漁對著于新那張臉，實在發不了脾氣。

「我把對方褲子扯下來，水流很急，褲子一下就被沖走了。」

阿漁不懂于新為什麼特別提褲子，花了好一會時間才了解到事情的嚴重性。

「來的是上次那位大人嗎？」

「是。」

「啊啊，我死定了！」一個半月後，阿漁去陰曹報到，鬼差就會指著他說，哈哈哈這是害判官大人光著屁股回來的凶手，然後阿漁本人與大笑的差員會一塊去地獄輪三百回。這就是陰律，這就是威權。

「昕宇，對不起。」

「好啦，先別管褲子了，你怎麼回來的？」

「我被水沖到一座古城外，本來那個官差要抓我進城，結果他們的人通報城裡淹大水，我就趁亂游回來。」

阿漁久聞陰曹受水患之苦，好像因爲上游被建水壩還是溫室效應、世界環境變遷的關係。爲此陰曹四處徵召能控水的異能者，但每個修士不是想成仙就是成神，沒有笨蛋想留在冥世受罪。

「你說，你從陰間一路游回來？」阿漁細想後，忍不住驚歎。多少鬼死了想活，但總在水流中掙扎兩下就放棄了，于新這是何等求生意志？之於眾數或是之於他，都太了不起了。

「嗯，因爲你在這裡。」于新認眞看著阿漁。

阿漁雙手揉住于新腦袋，不得不承認他感動得要命。

「不是還有那肥婆？」

「嗯，還有小汝。」

「還有喬喬啊。」

「嗯。」

阿漁對于新的宿疾看到幾分希望，要是他再加把勁，應該治得好才對。

「好了，大家都在等你回去。來來，小新新，給哥哥抱抱換魂。」

于新換回身體，上身仍是靠在阿漁胸前，動也不動。

「怎麼了？」

「累。」

比起曾汝那種人工味道濃厚的撒嬌，阿漁還是比較喜歡于新的天然，真想打包帶走。

阿漁還是放開手，把于新哄回人群之中。

就像過往福興七月初一的夜，滴滴答答下起雨來。

于新來到廣場，已經沒了祭典的氛圍，大家聽說有個殺人犯帶槍過來，人心惶惶。

他走向活動後台，那個眾人圍著的長布裙女子一見他就尖叫出聲，拋下所有人，衝過來緊抱住他。

曾汝喉頭抖動，就要哭出來似的。

「小汝，對不起。」

「你不要道歉，我討厭你道歉！」

于新只是輕輕撫著曾汝的後腦，任憑她抓咬搥打，直到她耗盡所有怒氣，像隻累壞的小獸軟綿綿挨著他。

么受這才上前請示意見，等會是最後一次摸彩，看漸大的雨勢，是否直接把活動收尾就好。

「黃學長，要取消表演嗎？」

于新不想唱，但現在的情勢由不得他回家睡覺。

「很多人在看。」

「哪裡？人早就走得差不多了，拜託，你以爲全世界都在等你開嗓嗎？」仙子撇嘴譏道，妮妮出面打圓場說是怕于新太辛勞。

于新定睛望去，才知道他把人跟鬼搞混在一塊，台下沒撐傘的幾乎都是。

曾汝平復情緒後，也傾向讓于新休息。

「阿新，你聲音很啞，不要唱了。」

「不礙事。」于新忍住耳鳴，回頭叫來學弟，再對一次演唱曲目。「阿陽，如果有加曲，伴奏再麻煩你們了。」

「你的歌我們都滾瓜爛熟，沒問題！」昭陽向于新比出雙拇指。他們是團康性質社團，樂團只是附屬的表演組織，但于新在社團那三年，玩票性的樂團一舉成爲社團台柱。本來他們這群工科滯銷品只是社團勞力輸出者，因爲有于新帶練，團中所有成員都交到女朋友，私下奉于新爲男神。

當仙子在一旁嘲笑于新加唱的建議，廟埕突然擁來大批群眾，讓還沒走的鎮民一時間也走不開，剛走的人也因爲死灰復燃的喧譁聲而折返腳步。

么受下去民意調查，有人是隔壁鎮開車過來，有的是順路經過，也有大老遠來聽星帥唱歌的粉絲，不約而同在一樣的時間點集合，弄得場面格外浩大。

「好神奇喔，黃學長怎麼能預測到人潮？」

阿漁混跡在這群吱喳女人之間，涼涼地回應么受，雖然她們大概聽不見。

「福興因水而興、因鬼而興，陰會招陽，可憐的異教徒，兩極相生這麼簡單的原理都不明白？」

前台麥克風嗡鳴一陣，響起于新微微沙啞的嗓音，含蓄地向觀眾問好。

「大家晚安，我是秋水伊子，鎮長候選人曾汝的先生。小汝她，我認識她四年，我妻子不像我，她對公眾事務充滿熱誠。眼光獨到，交際手腕出眾，適合當政治家。王伯伯……王鎮長走後，福興需要政治家。」

比起剛才向人們拉票落落大方的表現，于新這番話說得有些笨拙和彆扭，但還是努力將曾汝的名字宣傳給眾人。

「眞可愛啊啊。」曾汝托著頰，和阿漁異口同聲道。

台下傳來少女的叫喊：「哥哥加油！」

于新收了話，場子靜了十秒，然後是弦樂器輕快的曲音，鼓聲落下，當于新再開口，連最細微的說話聲也聽不見了，全場爲之屏息。

有人評定過于新的曲子，不帶激情，柔長似水，勝在餘韻，聽完總讓人有種想哭的感覺。代表作爲〈流星〉、〈新雨〉。

我向你許下願望　三回
你留下　留下　請你留下
別讓星光瞬逝於黑夜

「啊哈，這首我聽過。」阿漁高中常聽于新哼曲，可惜于新那時候是隻沒膽小弱雞，只敢唱給他聽。

「是哦，了不起哦。」曾汝回嘴道，妮妮問她在跟誰說話，曾汝一怔，也不知道自己在發什麼神經。

于新連唱三首情歌，中場低頭咳嗽起來，仍是堅持加唱完場。

阿漁看不下去，到前台去阻撓，說是爲好兄弟作祭也太拚命了。他來到于新身後，于新應該知道，卻刻意不回頭看他，只是沙啞地向觀眾致意。

「今晚最後一首，也是我人生最後一首，〈新雨〉。」

最近好嗎？

聽說你的城市偶爾陣雨
把我的思念包裝成笑語
期待你回信
等你回音

你如新雨　潤澤我的人生
我出境遠走　世間　看遍
仍是只想留在你身邊

你如新雨　澆灌我心深處
我痴守等候　諾言　實現
你我何時再看一場雨

一曲終了，阿漁差點像場上的孤魂被超渡離世，生前的孽障讓于新的歌聲清個乾淨溜溜；但他的親親小罣礙有點狀況，好在雨勢變大，適時掩飾觀眾耳目。

「好啦，不要哭了。我在，我一直都在。」

「嗯……」于新雙手覆面，泣不成聲。

十、滿城風雨

慶典過後，曾汝聲勢大漲，位於菜市場旁的候選人服務處也正式營運。

秋水很無奈，她在菜市場賣魚，又不是什麼舒服的環境，曾汝硬要黏過來，幫忙吆喝收錢。等到客人們買得差不多，曾汝就拖著折疊椅和廣播工具到菜市場路口，坐著拉票。

「我是曾汝，黃家媳婦，請各位鄉親來我的服務處坐坐，有專人爲大家奉茶！」

服務處前熱鬧一片，妮妮綁著兩條麻花辮、穿著米白裙裝，向圍著她的大叔們露出清純不過的微笑。人家調笑她是不是還沒交過男朋友，妮妮只是羞答答地低下頭（不好意思，人家有七個喔）。

「哥哥、叔叔，請幫我填問卷～我們想更了解福興～拜投、拜投～」

妮妮一人獨力招待十多名男客，朋友們佩服之餘，也怕她在福興弄出情殺案來。

曾汝一邊大聲公招呼，一邊物色對福興施政有想法的市井達人，她看有個阿婆站得老遠觀察她們，趕緊過去把人請來坐，雙手端上熱茶。

阿婆叫金花，羞怯開口：「我欲請教，以後那個文公寶塔還會做嘸？王鎮長那時候做得很好。」

曾汝請么受搜尋資料，才知道文公寶塔是靈骨塔。

「原來是因爲前鎮長貪瀆虧空才停止營運啊……」

「啊，妳說什麼貪污鎮長？我嘸知。」金花突然耳背了。

福興鎮民自知瞎眼選了個大爛人出來，一概不承認這個黑歷史。他們說到前鎮長，指的都是大善人王鎮長。

「寶塔上月底已經關啊，咱這裡的老人不敢死，怕死後不知埋去哪。」金花口氣難掩憂慮。

「至少撐過補選嘛，阿嬤，妳難道不好奇最後會是誰上任嗎？」曾汝按住金花雙手。

「命都已註定好，我不去猜。」

曾汝碰了顆軟釘子，這裡居民的政治力怎麼特別高啊？害她的誘導式民調一直做不起來。

「擱再講，七月時節，咱老歲仔總要輪著給它們做業績。」

「什麼業績？」曾汝不解反問。

「嘸啦、嘸啦，都是因爲天氣熱，熱熱死的。」金花揮揮手離去。

曾汝沒能追上去問個明白，因爲市場那邊傳來爭執聲。她本著從政人士雞婆的心情去關切，赫然發現事主竟是她婆婆。

有個疑似戴假髮的猥瑣男人，光天化日糾纏秋水，要她晚上陪他出去喝一杯。

「你都有妻小了，實在足袂見笑！」秋水氣得大喝。

男人涎著臉笑：「我就是不要臉，妳也別裝聖女，多少人睡過了？」

曾汝大步邁去，一邊想起于新大一住宿時的垃圾室友、系上的人渣學長、還有性騷擾的速食店經理，她老公吸引爛人的體質很可能遺傳自母親。

「誰不知道妳先生還沒死，妳就在外跟人生了一個女兒？就是妳這個婊子把妳亡夫逼上絕路！」

「閉上你的嘴，死禿子。」

男人轉過頭，在鎮上從未見過這麼高大魁梧的女人。仙子小姐白眼看著他，然後動手摘下他的假髮。

「呵，眞的很禿。」

「妳！」

「警察先生，就是這個垃圾。」仙子抓著假髮退開，警方擁上抓住男人。

「把我的頭毛還給我！」

「腦袋沒東西，戴假髮也無濟於事，廢渣。」

仙子把假髮「失手」落在地上，曾汝「不小心」過來踩了兩腳，男人最後在「我的頭髮」之瘋狂咆哮中，被帶進警車。

「肥婆，欠妳一次。」曾汝和仙子以拳相擊。

「妳才肥婆。」仙子揚長而去，因爲對面攤位賣涼水的阿姨要請她喝青草茶。仙子從女校到大學都是一個徹頭徹尾的大怪胎，卻在福興鎮混得風生水起，總有人邀請她去家裡坐坐。

曾汝回頭看秋水恍然站在魚攤前，要去鱗不去鱗的，拿出電話撥給大仔。

「阿尼哥，今天有隻蒼蠅，身高約一六五，綠色休閒服，自稱碾米廠小開……你知道啊，那就麻煩你了。」

秋水驚醒過來，急忙拉住曾汝臂膀：「妳幹嘛跟他講？」

「水水，妳就是什麼都往心裡放，這樣不行的。惡人就要惡人去殺，好人才不會留案底。」曾汝收了電話，向秋水俏皮地眨眨眼。

「不要叫我『水水』。」

「我這是代替阿新替妳出氣，愛妳喲！」曾汝理直氣壯地回嘴，又頂著肚子回頭招攬鄉親。

對面攤位賣涼水的阿菊過來關心秋水，看秋水精神尙可，放下心來。

「水水，妳娶這個媳婦眞正賺到了，下半生有依靠。」

「不要叫我水水。」

阿菊當沒聽見，左右張望，總不見二十出頭的白皮大帥哥。

「秋水，妳那個兒子怎麼沒出來幫忙？放妻子一個人站台。」

「破病。」

鬼門開隔天，于新病倒了。

因爲家裡兩個女人在忙，由于喬向學校請假帶于新去看醫生。于新病懨懨的，醫生問他十句應不上一句，幾乎是于喬幫忙代答，但總有她力有未逮的地方。

「最近有無性行爲？」

「兩次，沒有進去。」

「哥，什麼是沒有進去？」于喬好奇問道，一派天眞爛漫，于新昏沉的眼看著小妹。

醫生勸于喬「妳哥都病了不要逼他」，于新停機維修大腦三秒，倒是認眞做出解釋。

「就是性器官沒有結合。」

「哦！」于喬懂事地點點頭。

看診結束，醫生說于新的不明發燒很可能是身體哪裡發炎，要等檢查結果出來才知道癥結所在。等著拿藥的時候，于新陡然起身，去另一頭掛號櫃台確認曾汝產檢的時間，又拖著一口氣跑去叨擾婦產科的護理師，鉅細靡遺地請教頭胎的注意細節。

于新回到于喬身邊的位子後，再次呈現植物休眠狀態，于喬不用猜也知道，她哥滿腦子都是小寶寶。連曾汝嫂子也一臉憂傷地說過，于新會願意復合簽下終身契約，九成九是看在孩子份上。

「真好，媽媽說爸爸當初也是這樣期待哥哥出生，她走到哪，爸爸都全力守著她肚皮。哥，媽媽懷我那時候，爸爸有沒有因為多了可愛的小女兒病情好轉？」于喬殷切望向于新，小時候她總會央著大哥說父親的事給她聽。在于新口中，他們爸爸可是世上最好的人。

「沒有。」于新最多只能這樣回答。

「什麼嘛，說謊也好啊！」于喬噘起雙唇。

回程路上，于喬吃力踩著淑女車，運送後座的睡美男。于新一盹一盹靠在于喬背上，似乎隨時會昏倒摔車。

「哥，我問你，你是不是在偷偷計畫什麼？」

「嗯？」于新抬起三分眼皮。

「你以前常常把小事搞砸，你國中老師還誤以為你智能不足，要把你轉去特教班。」

「嗯。」于新記得有這回事。

「可是最近你卻一口氣做了很多事，還做得很不錯，一點也不像你，我覺得你好奇怪，你一定有什麼祕密。」

「家裡很多事。」于新避重就輕。

「哥的心事都不說，如果小宇哥哥在就好了，三兩下就把你的祕密說出來。」于喬近來倍感懷念胖子哥哥，三不五時從她哥身上看到小宇哥哥的影子，總覺得他還留在福興鎮上沒有升天。

「他只是看起來大而化之，必要的時候，還是會守口如瓶。」

「所以說，眞的有祕密嗎？什麼什麼？爲什麼不跟我說？」

就當于喬以爲于新又會「嗯」個兩聲敷衍過去，他卻用沙啞的嗓子堅定回應最後一個問題。

「因爲我希望喬喬能一直喜歡我。」

于喬埋頭踩了兩下踏板，但實在控制不了手腳，只能放任自行車在下坡路滑行。

「啊啊，你太慢說了，現在你都是嫂子的人了，不然我從小就是想嫁給你啊！」

「我們是兄妹……」

「結婚只是一個我也很喜歡大哥的比方啦！」于喬紅著小臉大吼。

于喬回到老公寓，總覺得屋裡比屋外涼快許多，她扶著于新上樓也不怎麼費力，像是有人在旁邊幫手。等她穿好皮鞋要去學校上課，好像還聽見「喬喬掰掰喲」。

「掰掰。」就算看不見，于喬仍然依循良好的家教回禮。

于喬走後，頂樓加蓋的老房子就剩一個大活人，于新躺在他簡陋的小木板床上，睡得很不安穩，不時呻吟夢囈。

有鬼抽出床下的書堆，充當板凳坐上去，蹺腳一嘆息。

「哎喲，我可憐的小新寶貝兒，好像是我害的又好像不是。」

于新嘴邊吐出一連串奇怪字句，阿漁湊過去聽，不是中文也不是台語，總像電玩遊戲的魔法咒語。

于新安靜一會，又哽咽喚道：「Papa……」

這句阿漁就聽懂了。

「你papa解任之後在陰曹地府居任要職，好像是管大河，沒十天半個月浮不上來，有他鎮守，陰曹才不致於淹大水……等等，你之前說水淹酆都城，我好像突然明白什麼了！」

「阿漁？」于新終於被呱噪的鬼友給吵醒。

「沒事沒事，我在心算地獄有幾層。剛才聽你說夢話，你夢見什麼了？」阿漁趕緊轉移話題，好在于新才剛醒，讓他瞞混了事。

于新半閉著眼回想：「我在唱捕魚歌——Da tia ma, di tia mu, maharin wu sua, la la la, tei-tei wu sua.」

「魔法師，你是要召喚什麼嗎？」阿漁需要翻譯。

「我記得大概的意思是：大魚網裡來，小魚另頭去。水鬼不好吃，啦啦啦，眞的不好吃。」

「這什麼歌啊？作曲者吃過水鬼是不是？」

「不知道，我爸教我唱的。」

阿漁心想：那很可能眞的吃過了。

「小新，你說過你爸從出生就把你抱在懷裡長大，也就是說你的母語和對世界的價值觀都是你爸養成的，從未假手他人。」

「嗯。」

「你爸過世後，沒人聽你說話、說你講話像傻子，可能不是因爲人情冷暖，看不起失怙的孤子，而是他們聽不懂你的語言。」

阿漁統整他所聽說的福興城隍爺傳奇，那一位白膚勝雪，不屬於乾癟黃皮的漢人小民，是異族的遺孤；也就是說，于新是遺孤的遺孤。

于新垂眸回想，他開口時，大人眼中的困惑與不解，還有母親崩潰失聲：「他不在了，你別再這麼說話！」或許他一直誤解了母親的心情。

「你還會說族語嗎？」

「只剩幾個單詞，水、河、雨、魚……」

「看來你被漢化得差不多，如果早點遇見你就好了。想想，全世界只有你會說古語，咱福興最珍貴的文化遺產。」阿漁摸摸于新的額頭，試圖用陰氣爲他降溫。

「阿漁，我爸死後，你是第一個眞心關心我的人。」

「關心哦……比較像好奇啦。因爲高中開學離你跳河才沒多久，你當時可是轟動福興的名人。」阿漁承認他動機不單純。

「就只有你覺得這樣的我有趣。」

「我本來也看你怪可憐的，是倒楣的弱勢者，沒想到你會為了揹我上下樓梯每天跑三千公尺、伏地挺身練肌肉，讓我感動得想要三輩子以身相許。」

于新看著天花板說：「我以為自己對世間已經不抱期望，結果有個人對我好就患得患失。我想當好你雙腿，就算有天你厭煩我這個人，我至少還有利用價值。」

阿漁伸指戳弄于新的腦袋。

「眞是，你的情商要是有智商的一半就好了。什麼利用不利用，我眞要上下樓不會叫我爸在學校裝電梯喔？你要知道，我再會裝腔作勢也只是未成年少男，我也想要不在乎我殘疾、願意笨笨呆呆照顧我的朋友。」

于新看向阿漁，阿漁總覺得這一眼別有深意。

「也是，認識久了才知道你這個人其實很好懂。」

「喂喂，什麼意思？」

——小新，一起來玩！

「不過說眞的，你生病，我好無聊……」阿漁爬上木板床，手腳並用把于新擠到牆邊，于新用屁股頂回去，但最終阿漁還是成功擠上來，啊哈哈！

于新幽幽嘆口長息，阿漁才不管病人須要休養，吱喳說起他觀察到的異象，像是張仁好家有沖天妖氣，以及今年圳溝水位特別高，就像生前每當他有煩惱時，就是找于新跟他一起煩惱。

「阿漁，鎮上去年淹過水。」于新聽了果然面露愁容，還咳了兩聲。

「眞假？」阿漁震驚不已，誰教他被關了一年，資訊沒能更新。

「怎麼辦？颱風要來了。」

「能怎麼辦？呼籲鎮民做好防颱準備。」

「再淹水，店家就會裝門檻，到時你怎麼行動？電動車進不去。」

「就裝吧，反正我都死那麼多年了。」

「你不是就在這裡？」

于新又搞混了，兩人像這樣蓋被子純談心，彷彿回到從前，連阿漁也差點以爲自己還是青春洋溢的高中生。

阿漁想要下床拉出該有的距離，但想想之後仍是躺了回去。反正都註定去輪地獄，不差多一個人鬼不分的罪名。

「小新，就像我四年前說過，我任期結束就要到異國去了。那裡很遠，你也有你的生活，不知道什麼時候能再見，所以你不要太想我。」

「嗯，我記得，你要把腿治好。」

于新記憶又卡殼跳針回到畢業前夕，阿漁不忍計較他燒壞的腦子。

「可惜手術失敗了，你不要太難過。」阿漁接續著胡言亂語，只要不提及死亡，什麼解釋于新都能接受。

「不要緊，我可以揹你走一輩子。」

阿漁要是活著，一定把于新娶進門，但死透了的他聽了反而心裡難受。

「黃啊小新，你可能新婚還沒什麼自覺，『一生、一輩子』這種話，你最好都別再說，不然小心我咒殺你那肥婆。」阿漁故意對于新咧嘴恫嚇，于新倒是一絲絲也沒在怕他。

「阿漁，說到肥婆，我想拜託你一件事。」

「什麼事？」阿漁依職業病，有求必應。

「幫我保護小汝。」

阿漁臉色垮下，那女人害他得了豆花恐懼症，看到豆花就想到自己被吃豆腐，連在路上想冒充活人買一碗來吃都不行。

「我這樣子，無力守著她和腹中的孩子。」于新祈求地看著阿漁，配上他沙啞的嗓子，眞是天見猶憐。

「好好，既然她比我重要，我去就是了。」阿漁起身要走，卻被于新拉住袖口。「怎麼了？哪裡不舒服？」

「我們交換。」

「不是吧？你換上癮了嗎？我都懷疑就是佔據你身體太多次，你才會躺在這裡哭爸爸。」

「她有身孕，小汝雖然嘴上不說，但『我』要是能陪著她，她會安心許多。」

「你都生病了，她不會自己堅強一點嗎？」

「就是我生病，她心裡才更脆弱。你幫我看著，別讓其他男人靠近她。」

「好吧好吧。」阿漁明白于新的顧慮，雖說曾汝不是那種隨便的女人，但老爸一生病，老媽就外遇，實在帶給于新不小的陰影。

阿漁對附身這件事已再熟練不過，他拉著褲頭起來跳兩下，感覺很好，不像個病人；而于新的生魂坐在床邊，看來也是輕鬆不少。沒想到換一換，病症竟不藥而癒，增添幾分亂來的合理性。

「我去顧你老婆，你幫我顧廟，deal?」阿漁伸出右拳。

「Deal。」于新回擊。

颱風警報發布，鎮長有案在逃，行政部門明顯反應不過來。曾汝號召團隊志工，到鎮南爲獨居老人送食糧。

說實在，曾汝對她的志工團隊有些意外，平時活動沒看見什麼小朋友，結果集合起來倒有不少國高中生，認真幫阿公阿嬤儲水、清房間，乖巧得有剩。倒是三十歲到二十歲的年輕人整個大斷層，同輩最大的一個就是于新。

而今福興重演過去生育率掛蛋的問題，曾汝拍拍她的肚皮，加油啊寶貝，以後你就是這個鎮的小老大了。

「幹嘛？嫌自己不夠腫嗎？」

曾汝回過頭，意外看見應該在家休養的丈夫，他手邊還拖著一張塑膠折疊椅。

阿漁在等曾汝回應他的抬槓，但曾汝只是深情仰視著他。阿漁受不了，別過臉，把折疊椅攤開要她坐下。

「阿新，你身體還好嗎？」

「不用問了，能走來這裡可見我沒問題。妳身子重，快坐下，汪！」

「可是大家都在忙，只有我坐著……」

「假掰的名聲比較重要還是黃家王室的骨肉重要？更何況福興人眼睛沒瞎，不會去刁難妳一個孕婦。」

阿漁安置完曾汝，過去給小朋友監工，給他們叫飲料、叫點心，順便與平厝仔的老人家們聊天。老人家不擔心斷糧，只擔心停電沒第四台，還說真的淹大水，他們會自己游去城隍廟。

「游去？我還飛去咧！是屍身漂過去給大人收吧？你們也要警覺點，要是雨勢太大就撐著別睡。」

可是死老頭們不太把阿漁的勸告放在心上，說是有城隍大人庇佑。城隍大人不會因為他們散赤就大小目，不管鎮南的排水，只顧著鎮北的建設。

「世間沒有永遠的依靠，城隍大人也會有退休的一天。總之，你們要比以前更獨立才行。」阿漁不想說這種現實的話，奈何由不得他們再作夢。

看天色一片黑，時間也差不多了，阿漁吆喝小朋友收工去吃點心，吃完領賞就快回家。臨走前，老者們從四色牌中抬起頭。

「大人啊，多謝啦。」

阿漁怔了怔，脫口而出：「你們知道換人了嗎？」

「知樣。」明明已經老眼昏花看不見實物，卻看得清彼世的另一端。

「那以後叫我小胖就行了。」

「小胖，你還喜歡咱福興嘸？」

「廢話，不然我幹嘛放棄美國公民的身分跟你們一群老頭子交陪？要是我出來選鎮長，你們含血含尿都得把票投給我！我、我……」

阿漁再不甘心又如何，事情都已經發生，就算于新哭倒長城也不可能讓胖子復生。

「好啦，咱這票就留給你了。」

「小胖鎮長，當選、當選！」

阿漁闔上于新的眼。算了，早死也好，至少不用親手替這群老骨頭辦公祭。

阿漁走出破屋，心裡惆悵不說，出來還看見派克和他女朋友在做資源回收。小朋友把便當盒放錯籃子，派克還氣急敗壞地凶人家白痴。

「張克群，你怎麼在這裡？」

派克嚇了一大跳，慌亂地往女友身後躲。他這些日子躲在家等黃于新告他等到發慌，結果人家竟然完全沒理他。

曾汝挺著肚子過來打圓場。阿漁依稀看見她嘴邊殘留豆花的痕跡，該死，又是豆花！

「阿新，他也是來幫忙，大家都是爲鄉親服務，就不要爭長短了。」

阿漁不滿瞪去一眼，肥婆裝什麼大度？知道這白痴差點害妳當寡婦嗎？

「派克，你是代替你姑姑來的嗎？」

「是又怎樣！」

「你……好歹也穿一件候選人背心。」阿漁不忍心太過苛責派克的腦子，他這個領乾薪的姪子助理還算有點責任感，而且熱心公益比起之前幹掉于新的蠢法子好太多了。

「是呀，下次就穿來吧，沒關係的。」曾汝在一旁幫腔。這麼適合作秀的時間點，她其實很意外張議員沒有出面。就算張仁好有在地宗親的優勢，人們也會去檢視未來的父母官有沒有心。

「你又懂什麼？」派克從女友身後走出來，可惜顫抖的聲音出賣他的氣勢。

阿漁一直很討厭這個臭俗仔，派克總是當眾挖于新的瘡疤取笑，愚蠢又可惡；但派克也是福興人，不能眼睜睜看他像他姑姑往歪路走去。

「我懂，我知道你想當老大，你是政治世家的子弟，總是想要有所作爲。可你想想鎭上和你同年就三個人，黃于新單親、王昕宇殘障，你一個四肢健全、家世優良的公子哥，不想著爲公眾做點事，只會仗勢欺人，被瞧不起也是活該。」

派克惱羞衝上來，阿漁怕他衝撞到曾汝，也挺身撞上去，可惜他沒有于新的身手，兩男撞得哀哀叫。

派克女友猶疑要不要出手幫忙，卻被曾汝一把拉住。

曾汝凝重道：「女孩，露背裝不適合妳。」

「什、什麼？」

曾汝脫下她的雪紡小外套往派克女友肩膀罩上，又伸手順了順她的劉海，這才滿意地點點頭，無視兩男的衝突。

「妳絕對比妳想像中的適合白色，送妳。」

派克女友低頭微聲說道：「謝謝……」

「妳不要對別人的女友毛手毛腳，還有，我媽也是。」阿漁拉過曾汝。曾汝那種生意人廣結善緣的手法，在阿漁眼中和調戲沒有兩樣。

「你怎麼變得那麼愛吃醋？」

「我哪裡吃醋了？叫妳眼裡只有老公錯了嗎？」

正當阿漁和曾汝吵成一團，派克女友過去推了推派克。

「那個，今天阿群過來，其實是要來找你。」

「找我幹嘛？」阿漁以往覺得派克女友的笑聲很沒水準，沒想到輕聲說話倒是滿好聽的，可能她跟派克這個小混混搭在一塊，讓他偏見很深。

「黃于新，到一邊說話。」

阿漁抓了抓頭，還是跟著派克到水邊聊。他以爲派克想要求饒或威脅，但對方完全繞過他們先前見生死的恩怨，跳到民間信仰。

「你是城隍廟主。」

「嗯。」

這開場白一下，阿漁不得不傾聽派克的告解，惡人自知有罪無法進廟，先找廟主參詳是福興的傳統。

「我姑姑最近很奇怪。」

「你姑姑一直都很奇怪。」對前輩大哥太過執著，但人家左擁秋水美人右抱智超哥哥，張仁好只能含恨咬手帕。

「她婚姻不順，那個男的仗著在中央做官，女人一個換過一個，家裡的老頭還不准我姑姑離婚。」

阿漁是有聽說過張議員夫婦感情不睦，但眞正聽到她姪子現身說法，還是有點感慨。

「叫她要離快離，福興的女兒不是給外人欺負的。」

「沒辦法，張家需要我姑丈的人脈。可能因爲這樣，我姑姑以前很信城隍爺，開口閉口都是『黃先生』。現在卻整天和外面宮廟的道士混在一塊，說著我聽不懂的話，還說要除掉城隍爺。她都已經殺過人，還要殺神……」派克自知失言而閉口。

不，張仁好是先殺神再殺人，眞正膽大包天。

「所以，你想要城隍爺怎麼做？」

即使痴傻如派克，這時也明白自己的請求有多可笑。

「我姑姑沒有小孩，對我很好，我把她當作乾娘。她要我做什麼，我都會去做……」

「張克群，你是成年人，要學著明辨是非，不要助紂爲虐。」于新那時如果死在工廠，派克這輩子就成了殺人犯，他卻蠢到沒有自覺。

然而派克還是繼續求著阿漁，把張仁好的安危看得比年輕男子的自尊重要，可見他是眞的很喜歡他姑姑。

「她犯下大錯，城隍爺還會救她嗎？」

「看我心情……好吧，只要她誠心改過向善，人活著，總是還有機會變好，死了就什麼都沒有了。」

這番話似乎觸動派克的神經，他斷斷續續吐出眞心。

「我很討厭王昕宇，囂張的死胖子，仗著他爸是鎭長，什麼話都能說，從來不用看人臉色……」

「你很嫉妒他吧？」平平是白目的男孩子，阿漁就是比派克受鄉親喜愛。

「你爲什麼能跟他那麼好，他有那麼多你沒有的東西……」

「我也不知道。」說不定于新就是喜歡胖子。

「王昕宇一定很恨我……」派克沒有道歉，只是反覆喃喃同一句話。

「嗯啊。」

那場車禍害他和于新之間只剩下遺憾，于新要是一輩子好不起來，阿漁也永遠不原諒張仁好的罪行。

于新在城隍廟裡，忙著翻箱倒櫃。

他之前給神像脫衣，連帶發現泥偶有個用手握起的洞。他向阿漁詢問，阿漁回說前任城隍爺有支以一擋百的鐵槍，那根小鐵槍某次他吃肉拿去剔牙後就不見了。

于新再一次地想，這間廟被阿漁管了四年沒有垮掉，眞是奇蹟。

神像有，也就代表存在相對應人身大小的兵器，于新翻遍所有儲物的櫃子，最後是在頂梁找到那支被白布條封住的長柄鏽鐵。

他解開白布，拿下兵器在手上掂量，尖頭有倒鉤，不是鐵槍，而是魚叉。

他想起兒時父親帶他到水邊，小露身手，憑著一根竹枝，刷刷刷，連插起四條河魚，看他驚呼不止，父親不禁露出孩子氣的得意笑容。

服務台電話鈴響，于新心有所感，過去接起來電。

「小甜心，起風了喔，你該回家鎮宅了。」阿漁低聲催促道，背景是炒菜聲與妻子、妹妹的笑語。

「親愛的，我現在有點事，我媽、我妹、我老婆就麻煩你了。」

「你說什麼？」

于新掛下電話，他也不想，但那些人就是準時報到。

「出來，魔孽！」

因為初一過後，廟埕又開始有攤販進駐，他們不好動手，只能選在人們避災的颱風夜進攻。

于新拿著鏽鐵跨出中門。金斗子失利可能給他們不小的震撼，這次來了四名修道士，紅藍黃白，朝他擺出凌厲劍陣。

于新淡淡睨了他們一眼，從眼前的劍陣聯想起家事，阿漁應該沒那麼容易突破三個女人的包圍網。

「就不信你這妖魔逃得出我們天羅地網！」

「逃？」于新笑了。

風來，帶進傾盆大雨，福興鎮彷彿陷入水中，混沌不清。

最後一人看著橫倒的師兄弟，對踩著血水走來的于新悲憤大吼——

「上天會收了你！」

「我等著。」

鐵叉貫穿咽喉，一個、兩個、四個，都成了叉上的魚肉。

于新在雨中艱難地拖行肉串，來到水邊便橋拋屍，不料又見上回的鬼差爺。只是這回鬼差大人神情平靜，在水中載浮載沉，看著于新就像看著無可救藥的惡徒。

「你這樣是屠殺。」

「我只是在守城。」

阿漁被于新晃點後，食不下嚥，只吃了四碗飯。

于新前科累累，阿漁不放心他家小新一個人在外面給颱風吹，但他只是往門口靠半步，家裡三個女人就輪流問他「你要去哪裡」，脫不了身。

自由總是失去之後，才知道珍貴。

到風雨漸大，阿漁還是在客廳走八字步。曾汝洗好澡看見丈夫原地轉圈，笑著過去，抱住亂蹭一通。

阿漁在外謹守牽手的底限，奈何這女人就是趁他不備，偷襲成功。

「妳手上不是拿著浴巾，爲什麼非要用我的身體擦乾？」

曾汝不理會他的抗議，還伸手抓了下他屁股。

「老公，今晚『一起睡』嗎？」

阿漁被口水嗆到，然後用力咳嗽起來，成功阻止曾汝的調戲。

「阿新，你怎麼了？」曾汝擔心追問。

「咳咳……我好像又不舒服……我怕把病傳染給妳和寶寶，妳還是去跟秋水睡吧！」

幸好曾汝沒起疑心，阿漁戰戰兢兢地看著她從新人房搬遷出去才鬆口大氣。

沒多久，啪的一聲，停電了。

阿漁躺在床上不敢闔眼，沒有當官的颱風夜敢睡大覺，更何況他心愛的很可能成爲災情的一部分。他豎耳聽著風雨和客廳的動靜，卻聽見房門口傳來拖曳的腳步聲。

阿漁坐起身，房門咿呀開啓，黑影緩步來到床邊。

「哥……」于喬整個人埋在烏龜布偶上，活像變異的魚怪。

「喬喬？」

「我睡不著……」

于喬被颱風的狂風暴雨嚇到，但媽咪身邊睡著嫂子，只能來找大哥。

「哥，我可不可以跟你睡？」

被一手抱大的小妹妹哽著聲音請求，阿漁實在無法拒絕。

于喬隔著大烏龜擠上床，肩膀微微抽搐，好像還在抽噎。阿漁橫過左手，輕輕拍著她背脊。

于新說，有次下大雨他沒能去學校接妹妹，于喬等了又等，最後自己哭著回家，卻在雨中迷失方向。等他找到妹妹的時候，于喬已經失溫昏在水溝裡。

阿漁聽了還以爲是哪裡的悲慘世界，結果是在福興鎮。他們兄妹沒有能爲他們遮風擋雨的父親，有的只有事後揍于新出氣的他媽客兄。

社會應該要對于新這可憐的孩子寬容些，但人們反而要求他比王家小胖更懂事，于新一直活得很艱難，只是沒說出口。

「哥，你會留在家嗎？」

「怎麼問這個？」阿漁雖然整晚都想著要跑掉，但對于新本人來說，家總是拿來睡大覺的溫柔鄉。

「總覺得你要去一個很遠的地方，所以才會跟嫂子分手，臨走前回來看看媽媽和我。」

「不是我看不起妳哥，可妳哥除了福興，又有哪裡可以去？」

「找爸爸啊……」

「找什麼？」阿漁沒聽清楚。

「有次我發燒，你說你會去找爸爸回來……媽媽叫我不要亂說話，但你不會說謊……」

「等等，妳說小新……不，妳說『我』去找爸爸，什麼時候的事？」

「你國三暑假，那時候一直下雨，我生病，媽媽還怪你沒把我看好，可是你明明燒得比我還嚴重……後來你就是燒昏頭才會掉到河裡……」

阿漁幾乎要蹦起身，一直以來，他都誤解了于新。人們都以爲于新離不開喪父的陰影而尋短見，連他都出口安慰過幾回，自以爲是。

殺。

于新不是自殺；雖然就結果論沒有太大不同，但他並不是爲了自己走上黃泉，不算自殺。

等于喬發出安穩的呼吸聲，阿漁再也躺不住，奪門而出。他十萬火急，顧不得風雨，赤足在積水的街道狂奔。

所以說，于新只是錯過了父親，不是眞的對這世間絕望。太好了，小新，太好了。

阿漁沒有察覺腳下的積水逐漸退去，雨水也跟著止歇，只是埋頭往城隍廟跑去，但還沒到廟前，他依稀瞥見一抹白影，輕飄飄坐在水邊堤防上，於是他轉了方向，慢下腳步。

阿漁越靠近，越是安靜，于新低垂著臉，凝視流水。阿漁不敢出聲，連呼吸都怕驚動了他，直到于新轉過身來。

「阿漁？」

「小美人，你在看什麼呀？」阿漁依舊笑盈盈地打了招呼。

「眞的很多妖怪。」于新看水下很多烏漆墨黑的東西都像阿漁現在的姿勢，趴在堤防內側躲避急流。

「不蓋你吧？」阿漁嗤嗤笑著，樂在和于新分享了一件靈異又有趣的事。「好小子，你竟然爲了保護喬喬瞞了大家那麼久，我都懷疑你的憂鬱症是不是裝出來的。」

于新低眸不語，只是靜靜看著阿漁的笑臉。

「你是爲了喬喬而跳水，你當時眞心以爲你爸住在水的彼端，可以拜託爸爸回家救喬喬。你不能告訴你媽，於是默認自殺的事，誰教秋水那美人一激動就藏不住話，要是因此說破喬喬是外遇懷上的孩子，她要怎麼長成今天這般純眞善良的少女？」

「阿漁，你把我想得太好了。」

「因爲我認識的黃于新就是那樣的人——爲了所愛，義無反顧。」平常看起來軟趴趴的，好像很好掐圓捏扁，但當他欲守護身邊的人所展現出來的魄力和手腕，連天都會爲之膽寒。

「投水是因，不是果。我認識你的時候，你會那麼消沉，與死無關，而是你沒有找到你爸而抑鬱寡歡。」

「很丟臉，深信父親謊言七年的我眞是個笑話。」于新喪氣承認。

阿漁由衷遺憾，就像福興鎭民沒有眞正弄清楚過「黃伊人、黃先生」的身分，前輩大哥鬼身和人身面貌不一樣，鬼魂也沒有爲人父那溫暖的懷抱與柔和的嗓子，于新才會認親無果。

「小新呀，只要你沒忘記他，他的心會與你一直同在。啊我也是。」

「我無法欺騙自己，我願意和他走，他卻拋棄了我，一次、兩次。這世間血親都能割捨，何況外人？」

「唉，你這孩子就是愛鑽牛角尖。別人我不敢說，你可是長相和才智兼具只差家底窮了點的小新王子，只要你放開心胸，你總會找到一個全心愛著你的人。」

阿漁認爲曾汝肥婆有資格，但可能之前兩人分過手，于新雖然沒哭，不代表他沒受到傷害。

「昕宇。」于新低低喚了聲，阿漁受不了地應下。

「來來，我們玩個信任遊戲，找回你對人心的信心。你閉上眼跳，我接牢你，一、二……啊！」

于新眞的跳了，還跳得很乾脆。幸好生魂很輕，阿漁才沒跌個狗吃屎。

兩人換回原身，于新吃痛地縮了雙腿，發現腳底冒出不少傷口。阿漁連聲抱歉，忘了這不是他的腳，沒穿鞋就跑出門。

「想想這也是你失聯的錯，害人家漁漁擔心死了。你剛才到底在幹嘛？追風少年？」

于新沉重回道：「我差點被沖下河裡。」

打道士是他的次要工作，防洪才是首要任務。于新記得以前颱風天，父親都會出外去「開水門」，任母親哭紅雙眼也留不住。他扔完大型不可燃垃圾，沿著河道巡查，研究「水門」怎麼開，沒想到就在他沉思的時候，全鎭蓄起的大水往他洶湧襲來。

于新這才明白，爲什麼鬼差大人會提了四個道士的魂就走，毫不戀棧。他靠著那把鐵鏽魚叉卡著堤防間隙才沒被水流捲走，即使魂身對外界的感受力遠不如人體，大水還是把他沖得吱吱叫。

于新簡述他身上所發生的不科學事蹟，阿漁彈了下手指。

「我知道了，你本身就是一台吸水器，水男孩。」

雖然過程很糟糕，至少鎮上沒淹起來，店家也應該會維持原有的無障礙空間。

「千萬別再來一次。」于新一臉不堪回首。

「依你的個性，下次有颱風，你還是會去站崗吧？」

「還不是爲了你這個死胖子？」于新臭臉埋怨一聲。

阿漁咧開嘴，笑得好不得意。

「眞可惜，怎麼沒被沖走，我好想看你長泳回來。」

「阿漁，我說過，你在這裡，我絕不會走。」

阿漁又被于新一心一意的表白捧上雲端，沒有去深思他今晚的重大發現——于新會說謊，一騙就是全世界。

颱風走了，曾汝的團隊開始初訪拜票順便鎮民大盤點，好在老少俱在，一個都沒少。災後也顯現出鎮民平時守口如瓶的在地信仰，鎮南擁入大批提著謝籃的老人家，目標一致前往城隍廟拜拜。只是廟身加高一層樓，老人家不方便上樓，只能靠人力升降機于新兄弟來負載。

長輩們嘴上說著拍謝、眞失禮，臉上倒是笑得很誠實，給小帥哥揩油不遺餘力。

即使夜晚來臨，鎮民也捨不得入睡，廟前的夜市燈火通明，人潮絡繹不絕，連帶影響鎮北的生活，曾汝等人常駐的小茶館營業時間往後順延兩小時。

她們旗下的大學生團跟著機動調整宣傳時間，夜間視線比較差，便以音樂和廣播代替花綠綠的看板，宣傳品也從面紙、小冊改爲七月應景的紙燈籠。燈籠雖然讓成本暴增兩倍，團隊不得已縮衣節食，但廣受大眾好評。人們逛完夜市，順手接過發放的彩燈，不約而同沿著河道散步乘涼。

火與水光綿延一色，福興成了不夜城。

不過曾汝服務處也因此收到鄰鎮觀光客的投書，說是想搭訕某個靠著河堤的黑裳女子，叫著「小姐小姐」，可小姐回過頭，卻是空洞的五官。

簡而言之，就是有東西混進人群裡。

但因爲投書者是鄰鎮的傢伙，沒有投票權就沒有被服務的權利。只是么受吵著要去看「背影殺小姐」，以及傳說中的「黃先生」，於是三名都市仕女照著公眾遊賞路線，到水邊走走。

本來她們還有些擔心人身安全，聽說福興也有不少吸毒犯，直到看見那人，內心的不安立刻煙消雲散。

「黃學長！」

大概在她們一百公尺外，白雪大帥哥轉身，揮揮手回應么受。么受按住胸口，做出被男神迷昏的誇張動作。

和她們打過招呼，白雪王子又回頭與身旁的白衣男子說笑，繼續夜巡保安的工作。

「學長笑了耶，好久沒看到他笑得那麼開心。」么受感動不已。

「黃同學身邊的白衣人是誰？」妮妮有些遲疑地問道，她的資料庫並沒有和于新同年的年輕男子。

而仙子扭曲著臉問道：「剛才揮手的是黃于新？」

「是呀，不然純潔學姊妳看到什麼？」么受反問道。

仙子打個激靈，她初來福興聞見的燒紙氣味，再次撲鼻而來。

曾汝從友人口中輾轉得知于新和白衣男幽會的事，不是一次、兩次，而是五次、六次，都是同一個對象。

前些日子，阿尼哥幫她們借到屋子，女生們一搬出城隍廟，于新當晚就搬回廟裡，總是回家匆匆吃了飯，又急急跑出去。曾汝自己雖然也三天兩頭往外跑，但看于新這樣不戀家，心裡難免不是滋味。

像曾汝前天拖著拜完票的疲憊身子回家，還沒能跟于新說上兩句，他就要帶著一大袋手作便當出門，曾汝當場爆發。

「你到底和誰鬼混去了！」

「是鬼混沒錯……」于新沒有否認。

「哇哇，我就知道，你不愛我了！」

情緒一上來，曾汝就在黃家地板打滾耍潑，以爲于新會跪下來哄她。結果于新只當她是小寵物，給她抓兩下背，放好洗澡水。等曾汝洗完澡出來想和老公溫存一番，于新卻走了，拿著熱騰騰的飯菜不知道要去給哪裡的小賤人吃。

曾汝說一次哭一次，好不委屈，么受和妮妮聽了不予置評，仙子直接罵她過太爽——不是黃于新現在對她不好，而是他過去對她好過頭，要曾汝接受人老珠黃的現實。

曾汝討拍不成，心情更惡劣了，她們都不懂老婆的直覺。

分手的陰影讓她心有餘悸，她有時還會夢見自己對著無人接聽的電話祈求：我會改、我都會改，只要你回到我身邊！

然後，就像夢一樣，于新眞的出現在她面前，摸摸她的頭，溫柔依舊。

——小汝，對不起，來不及了。

曾汝驚醒，枕邊沒有男人，更添不安與惶恐。

她也往內求助過婆婆和小姑，秋水一臉無可奈何，于喬扁著脣沒說話，對於「留住于新」這件事，世間大概沒人比她們還挫敗。

「他眞要走，妳就放水流吧！」秋水如是說。

哇靠，不是這麼說的吧？婚姻的傳統價值什麼時候式微成一張薄紙？

曾汝在人前強顏歡笑（請大家一定要支持黃家媳婦喔！），可背地就像攪爛的衛生紙，心情亂成一團，她連家都顧不好了，更何況打敗張仁好？

曾汝傍晚從服務處回來，請司機賢哥半路放她下來，她想到水邊散個心。

當她對夕日發出一聲嘆息，上頭傳來揶揄的笑聲。

「肥婆，妳怎麼又來了？」

「嚇，你從哪裡冒出來？」

阿漁坐在足有一人高的堤防上，閒適晃著雙腿，可能白衣搭上夕日，讓他看起來有些透明。

「孕婦請離水邊遠點，快入夜了。」

「你自己還不是坐在上頭？不怕摔下溝嗎？」

「安啦，後面有防護措施。」

「那你淹死吧，我回去了。」好話不說第二遍是曾汝的原則。

「妳不是有所求，才會召來我這身亡靈？」

「不要穿白的就以爲自己是鬼好嗎？」

阿漁咯咯笑著，曾汝莫名感到輕鬆。團體總有個很好聊的人，什麼話都能抬槓，難怪于新會跟他交好……等等，曾汝腦中跑過他老公另結新歡的資訊：白衣男和特大號家常便當。

「你前天晚飯吃什麼？」

「糖醋魚、檸檬魚、花生丁香。哎喲，我一哭么，小新就煮給我吃了。」

「就是你這賤人！」

「哼哈哈，多虧妳把老公訓練得好，多賢慧啊！」

人說當兵之前都是幫人養女友，曾汝感同身受，咬牙切齒地瞪著阿漁。

「那是我男人！」

「男人通常見色忘友，可小新剛好不是，哭吧妳！」

阿漁得意地看著曾汝氣歪的嘴臉，把他之前輸掉的自尊和豆腐一次補回來。

「都是你，阿新最近對我好冷淡，抱他還不給抱。」

「就是我沒錯，誰教妳突然撲上來。」阿漁斜眼回道，反正講實話也沒人相信。「小新和我在一起就是比較開心，妳這女人不檢討自己就算了，還來怪小新無情。」

「可是他以前都會……」

「那是以前。」阿漁截斷她的話，「以前他孤身在外地唸書，只有妳能依靠，妳能得他全心愛護也是當然。但那是壟斷他人際的封閉狀態，不該是常態。」

「我知道。」

「可是妳還是一臉不平。」

曾汝垂下眼道：「我以爲結婚之後就能得到他所有，他的笑容和悲傷都該是我的。」

「可是，妳又沒那麼愛他。」

曾汝怔了怔，隨即漲紅臉，不計形象地衝上前要把阿漁抓下來理論。

「你懂什麼？你又知道什麼？自以為是對我們的感情大放厥詞！」

「那你們當初為什麼會分手？真像小新說的，都是他的錯？」

曾汝回想過去四年和于新相守的日子，即便是最後那段不愉快的時光，于新也沒有對不起她任何事，害得她沒有卸責的餘地。

「你有空嗎？」曾汝呼口長息。

「洗耳恭聽。」阿漁來這裡，就是為了解開小倆口的心結。

曾汝靠著堤防坐下，兩手抱膝，望向昏沉的天幕。

「我們是因為『昕宇』認識的。我朋友不相信我一開始接近他別無所圖，只是覺得阿新看起來很孤單，想跟他說說話。他很想念家鄉的朋友，卻沒有朋友可以傾訴。我聽他聊也聽得很愉快，真心認為『昕宇』是個很有意思的人。他看我對昕宇有興趣，好高興的樣子，直說我一定會喜歡他；我們就這麼聊出感情來。我當時不知道昕宇已經死了，知道的話……」

「妳就不會對他笑得那麼開心了。」

「你說他說謊是因為對我有好感？不是想要保護他自己脆弱的內心嗎？」曾汝含淚問道，阿漁很難回答，可能兩者都有。

「他就是這樣，妳繼續吧？」

「認識不到一個月，我已經有點喜歡上他。但我前一段戀情不太順遂，我想等他主動表示再說，但熟了之後，他反而疏遠我！」

阿漁看完「火山孝子黃于新傳奇」專頁，裡面只炫耀他們有多恩愛、少奶奶同居生活有多爽，完全沒提到追到男人之前有多血淚，廣告不實啊！

「他就是這樣，妳繼續吧！」

「新學期開始前，他室友偷了他打工存的生活費，害他住宿費付不出來。我偶然看到他在公共電話亭徘徊，把他叫住，才問出這件衰事。」

「他大概想打給我爸吧？」阿漁喃喃道。

「他說他考慮休學，我一心急就跟他告白，說我願意照顧他。」

阿漁吹了聲口哨：「妳打中他的心了。」

「是啊，運氣眞好。」曾汝得意地撥了撥髮尾。「但其實我生活習慣不太好，他搬來反倒是他在整理房子，內衣褲也都是他在洗……」

「好了好了，快轉。」

「我看別人，即使像妮妮那麼柔軟的女子也會和男友起爭執，但阿新從來沒說過我什麼不好，只要我扁一下嘴，他馬上改掉我不喜歡的地方。我就想，自己眼光眞好，挑了這麼一個好男人。」

「那是因爲他喜歡妳。」

「是啊，我爲什麼沒有好好記著這點呢？」曾汝懊喪地抱住腦袋。

三年過去，畢業將即，他們談論起未來和終身大事。于新點頭要娶她，曾汝可能因此有些得意忘形，頻頻問于新什麼時候要去美國找朋友，叫他回國來吃喜酒。

「妳這個大白痴！」

「我怎麼知道？他也眞的寫了賀卡啊！」

沒想到對方父母再也忍受不了，退了于新卡片，一退就是全部，曾汝才發現男友的瞞天大謊。

本來甜蜜的小倆口生活變成「去看病」、「治好它」，曾汝因爲好強的性格，不敢讓人知道于新的精神問題，別人聊起她男友，她都三緘其口。她的戀情如此高調，不容許不幸福。

于新聽她的話把賀卡扔了，不再提「昕宇」一字半句，但就是不肯參加療程，抗拒好友死亡的事實。

曾汝還記得于新背對著她安靜了好些日子，有天她聚會回來，終於轉過身，輕聲向她請求：「小汝，妳能不能接受這樣的我？」

「你不要這樣好嗎？面對現實行不行？不然跟你在一起，我好痛苦！」

面對面發洩完情緒，一時間很爽快，但曾汝很快就後悔了，她洗完澡出來，于新還是呆呆坐在床頭。

「阿新，我剛才只是氣話。」

于新嗯了一聲，曾汝以爲就此雨過天晴，結果三天後，于新從她的世界完全蒸發。

曾汝一直怪于新不說出來，不說清楚，她怎麼會知道他的心情？但說到這裡，她才發現她其實很明白癥結所在。

阿漁嘆道：「妳傷到他的心了。」

「那是情緒發言。」

「不是妳的口氣和態度，妳不是承諾說要照顧他嗎？」

「啊……」曾汝總覺得復合之後少了什麼，原來是于新不再期待她的回應，只是含蓄說著：「謝謝、謝謝妳。」好像看清楚她的感情也不過爾爾。

她捂起臉，無助地問：「我該怎麼辦？」

「妳不像我，妳有一輩子，用時間證明給他看，妳值得信任，you are the one。」

「要是他不接受呢？」

「厚臉皮不就妳的長項，繼續加油啊！」

曾汝爲之氣結，但深思過後又有些道理，她也只能繼續去磨于新，讓早孤而太過現實的于新相信他們的未來會閃閃發亮。

天色晚了，曾汝也該回去吃秋水煮的晚飯，臨走前，長指用力指向阿漁，代替她高傲的感謝。

「我必須說，你們福興的男人，水準還滿高的！」

阿漁托著頰痞笑：「不要外遇吶，小新沒看起來地好脾氣。」

「誰要外遇了！」

阿漁看曾汝遠離視野才回過頭，溫柔望著水中的那人。于新下身浸在水中，原本髒臭的圳溝變得清澈一片，有了他這台清淨濾水器，夜間散步的鎮民才不致於被惡臭熏走。

「小新，聽見沒有？」

「嗯。」

「雖然你貴爲王子，但她這種認眞的女孩子也少見，再給人家一次機會吧？」

「昕宇，你喜歡小汝嗎？」

「啊？」

「說實話。」

「有一點吧？」阿漁艾艾承認，在于新面前隱瞞只是枉然。「我們兩個優質男孩在福興單身十八年，可見我跟你看女人的眼光很像才會找不到對象。」

「我眼光不錯吧？」于新抿起好看的脣角。

「馬馬虎虎啦，就是喜歡胖子這點比較有問題。老實承認，你是因爲她懷孕發福才跟那女人復合的對吧？」

「阿漁，我喜歡的不是肉，而是一個人的眞心。」

于新大概是和妻子解開心結的緣故，在阿漁眼中，那微笑怎麼看怎麼幸福。

隔天曾汝睡到中午醒來，迷糊地開冰箱倒豆漿喝。

昨晚本來想等于新回家跟他打開心房來談，結果于新又沒回家，害她嗑掉家庭號洋芋片洩恨（半包分給秋水、于喬），失眠到半夜。

她深深嘆氣，抬頭卻看見于新穿著深V的緊身襯衫正坐在餐桌，擺滿一桌好菜和小蛋糕。

蛋糕？算算日子，對了，今天她生日。

曾汝擦掉口水，攏了攏亂髮，努力擠出仕女迷人的微笑。

「老公～」

「來，給妳看個東西。」

于新起身捂住曾汝雙眼，帶她往陽台走去，等他放開手，映入曾汝眼前的是小玫瑰筆電，螢幕亮著，曾汝看見她的名字，她專屬的個人網站，在搜尋引擎第一條。

曾汝點選進去，跳出她穿著粉白色套裝的短馬尾照，看起來幹練，又帶著鄰家女孩的甜美。

曾汝認出這是她前年在百貨公司年終慶試穿自拍的那張，于新竟然從他們四年累積的相片資料庫整理出三百六十五張時裝照，設定每日變換一張，就是要讓人們驚歎她多變的美麗。網頁還包括她的生平、從政理念、易操作的選民服務，以及給小朋友玩的小遊戲，其用心程度，砸錢也做不出來。

曾汝理智上知道該露出驚喜的表情，謝謝老公、最愛老公了，她卻無法抑止哭泣的衝動。

「你、你最近都在忙這個嗎？」

「嗯，應該對選情有幫助。」

曾汝撲抱上去，不能自已地親吻這個男人，恨不得連心帶人，把全部都給他。

「老公，你對我眞好！」

于新低下頭來，輕輕蹭著曾汝的頸窩。

「小汝，我能爲妳做的，也只有這麼多了。」

曾汝的仕女團等了又等，過了中元，張仁好終於有所行動。張議員也選在夜間拜票，只是身邊都是穿著長袍的怪叔叔。福興人本來就怪怪的，但她那批「跟班」更是令人側目。因爲張議員的人情攻勢，鎮民見了她，無法把她和那群怪人拒之門外，仍是承福興女兒的情，請他們進門喝茶。

據泡茶達人阿菊姊供稱：阿好看起來不太正常。

妮妮連忙追問，丈夫呢？張議員的丈夫有沒有出現？

阿菊想了想，搖搖頭。

曾汝送走送涼茶的阿菊，正要討論對策，么受突然在電腦前大叫。

「學姊，快來看！」

曾汝和妮妮湊上去看最新的網路新聞，據週刊報導，某中央官員要和有身孕的外遇女星結婚，宣布與張仁好議員離婚，這無疑對福興鎮長的選情投下震撼彈。

「汝，這對妳有利。」妮妮迅速做下判斷，選民傾向選擇穩定的候選人，只會對家宅不寧的候選人表示同情。

曾汝看著報導，夫妻長年沒有孩子，丈夫跑去跟外面的女人生孩子，同爲已婚婦女，這種事她竊喜不來。

路口響起尖叫，一台大貨車往曾汝所在的服務處橫衝而來，曾汝第一個念頭是叫大家快閃開，沒想到所有人都往她撲來。

「寶寶啊——！」

剎那的衝擊過後，曾汝怔怔看著眼前的景象，原本亮麗的服務處變成一片斷垣殘壁，她顫抖著拿起手機叫救護車。

妮妮和么受彈飛出去，腦震盪和骨折，而仙子做了曾汝撞擊緩衝的肉墊，整個人鮮血淋漓，傷得最嚴重。

仙子被抬上救護車的時候，還不忘跟曾汝澄清：「我是爲了孩子，才不是要救妳這個死肥婆……」

秋水聽到消息，從菜市場飛奔到就在隔壁的案發現場，所有人都被送去市區醫院，只剩曾汝孤伶伶站在那裡，因為她從頭到腳完全毫髮無傷，留下來當目擊證人。

「媽，我沒事。」曾汝虛弱地說，只是下意識抱緊肚子。

秋水攬住曾汝。她用膝蓋想也知道謀害兒媳婦的凶手是誰。那個被警察帶走的酒駕失業男子，八成只是道上滅口安排用的幌子。

「早跟妳說過那女人是臭婊子，不能掉以輕心，就是不聽勸！」

「婦人之仁嘛。」曾汝含淚說道，「我一定要讓她哭著跪下來祈求原諒，幹恁娘！」

□

阿漁近來收到不少民眾陳情晚上睡不好，請城隍大人作主。

阿漁叫老人家去看中醫，失眠須要治療，他們堅持嘸是，是有「東西」闖進家門，夜半翻身，總感覺床邊有眼睛看著。

一個、兩個，阿漁還能說是想太多，但請願人數一多，阿漁就覺得不對勁，除了來廟裡走踏的七、八個長輩，一定還有同樣的受害者，只是懶得過來，直接在心裡請城隍爺保佑。

阿漁看日頭有點大，借了于新的身體和淑女車去街坊偵查。

離城隍廟越遠，越接近鎮北一帶，那種古怪的氣息越是濃厚。原本侷限於張仁好透天厝豪宅的妖氣瀰漫到一般住宅區，阿漁發現許多人家的門戶被上了隱形符咒，和之前關他的那個血咒大同小異。

阿漁腦內推理兩下——張仁好領著邪惡的術士要來統治福興了。他爸和前輩大哥致力讓政治和不可思議分開，還權於民，但張仁好就是要讓兩方重新攪成一團亂。

過去福興不是沒有道士組團進犯過，因爲福興離陰曹不遠又不受陰曹控管，懂陰律的烏頭師都想在福興弄間宮廟發財，但下場很慘，全部被前輩大哥扔圳溝填河。

絕對的自治仰賴絕對的力量，以前的城隍是無敵戰神，可現在的城隍是胖子一個，孤身守不了地盤。

正當阿漁思考是否跟陰間申請差員維護治安，九道陰影籠罩住他，每一個金袍男人都不像福興產出的中年大叔。

「就是你，你一連殺我五名師兄弟，今日我們道門就要替天行道！」

阿漁明明第一次正面碰上這群老妖道，卻覺得他們的台詞好熟悉。

「臭道士，不要血口噴人了，本大爺雖然多才多藝，但剛好不會殺人和生孩子。」阿漁知道情況危急，但他就是忍不住想抬槓，大概是因爲這樣，他才會那麼早死。

金袍道士團手上的法器一口氣往阿漁捅去，阿漁看這光天化日，他們竟敢殺人放火，眞是沒有王法了。

「阿漁，趴下！」

于新叫他趴，阿漁不敢不趴。他一蹲，鐵槍從他頂頭破空而來，成功逼退金光道士團第一波殺招。

于新一身與阿漁同樣的白衣黑褲，冷著一張俊臉，上前拔起扎入柏油路的鐵叉。

「你們！誰才是此地的城隍？」金袍道士們驚疑地看著他們倆，分不出眞假。

阿漁趕緊爬起身，在于新身後挺直腰桿，壯大聲勢。

「哈，原來你們也知道福興有神明啊？就是我！」

「區區亡靈也敢僭稱爲神？天道何在？」道士群齊手指向阿漁的鼻子。

「呃……」阿漁看向于新，于新幫他翻譯，大意是福興的城隍只是邪魔歪道，他們很正派，不信邪。「拜託，是神是鬼有那麼重要嗎？非要分個貴賤出來不可？咱城隍爺就是守著福興數百年的英雄，不行嗎？」

道士團喝道：不行！

希望得到他派信仰認可的阿漁眞覺得自己是白痴，人家都打到地盤上了，實力懸殊，沒道理坐下來和平談判。

「小新，二打九耶，能贏嗎？」

「一打九，你到我身後。」

阿漁一瞬間小心肝怦怦跳，小新哥哥請不要這麼帥好嗎？

于新單手持槍，且戰且走，爭取到阿漁脫身的空檔。阿漁從法師團的圍攻逃脫出來，把停放在公園的自行車騎來接應。

「小新！」

于新跳上車，阿漁奮力踩下踏板，飆速逃亡。金袍道士團也拋出黃紙，乘風追趕兩人。阿漁知道附近有座堡壘，管他道士、魔法師，絕對贏不過他家的防盜雷網。他打算到家之後跟于新換回身體，由他穿進家門再開門讓于新進來，算算時間差，應該可以從九個瘋子的刀劍下保住于新小命。

車身一個轉彎，不用說，于新就猜到阿漁的目的地。

「阿漁，你最近常常回家。」

肯定句，阿漁不知道于新怎麼知道這件事。

「你說過張議員家宅妖氣沖天，從城隍廟到你家路上會經過張仁好房子，所以你才會順口說出她家不尋常。」

「你也太精明了吧？」阿漁有些傷腦筋，于新就是聰明過頭，才會被愚昧不明的人情世故折磨得半死不活。「我怕你觸景傷情，不是想瞞你什麼。」

「我知道，但你這麼做只是徒然，鎮上到處都是我跟你的回憶。你一個人偷偷回家才讓我擔心，你不在我身邊，我保護不了你。」于新認真說道。

後頭喊打喊殺一片，不是談情說愛的好時機，但阿漁還是放了單手，往後握了握于新冰涼的手指。

道士團在過彎處追了上來，于新按著阿漁肩膀，在自行車後座起身，往後轉向，面對來勢洶洶的敵軍。

「小新兄，你要幹嘛？」

「你專心騎車。」

「雖然你身手過人，玩車戰也挑戰太大了！」

阿漁號叫著的時候，于新已一叉下去，挑起帶頭的術士，把人拋飛到最後頭。

阿漁看不見戰況，于新代爲實況：「一。」

「太簡潔啦！」

于新橫棍掃過左右包夾的術者，再踹下一個趁隙撲上的法師。

「二、三、四隻雜魚。」

「你當作遊戲打怪嗎？」阿漁努力控制車速，讓于新保持在敵人打不到、己方掃得到的距離。

「就是雜魚。」于新死不改口，弄得剩下的五名術者惱羞大怒。

「受死吧，妖孽！」

這句話阿漁也覺得好耳熟，這些修道者腦子可能還停在過去黑白電視的時代，不懂得尊重多元文化。

「我說啊，你們也看到了，他兩三下就一挑四，現在你們剩五個戰力，勝算有多大？要不要坐下來談一談？」阿漁扭頭看他們要從散亂的隊形合體圍攻于新一個，連忙出聲轉移注意力。

「爲將寶地鑄成人間琉璃境，吾等勢必爲大仙鏟除禍亂。」道士團掐訣指天，原本晴朗的上空匯集雲層，隱隱有電光閃動。

阿漁不懂，爲什麼他們說的每個字他都聽得清楚，組合起來他卻一頭霧水？

「魚，B！」緊急狀況，于新一律簡稱。

「B啥小！」

「迴轉！」

阿漁依小心肝的指示轉向調頭，自行車直往道士團衝去。疾速中，于新單手按住阿漁肩頭，接著翻身跳，踩上腳踏車龍頭。

「哇、哇！」阿漁忍不住驚歎，這是人嗎？

于新就像之前他們去清圳溝污泥，鐵叉由上刺入道士群中，旋圈打散他們的陣形。那群男人吼吼叫，再次撲了上來，行動一有落差，于新便趁機各個擊破，五、六、七、八，嘴破歪臉倒下。他們身影落地，化成青煙，回到最後一名道士身上。

原來是障眼法，看起來有九個，聲勢浩大，其實都是同一個人在作亂。

「誰才是眞的？」眼見局勢扭轉，金袍道士退也不退，只是用渾濁的眼珠在于新和阿漁之間來回逡巡。

「我。」于新跳下車，阿漁來不及阻止。

「很好。」金袍道士從掌心抽出一串由細小金針連結出的金線，天頂的電光被引導到金線，滋滋作響。「只要你倒下，這座城也就沒有可懼之處，去死吧！」

阿漁雖然不懂道術，也知道對方要放大絕了，可是于新沒有閃避，反而正面迎上射來的金線。

「中！」金袍道士大樂，看著金線貫入于新胸前，以爲自己成功得手，然而于新並沒有停下腳步，繼續向前，將鐵叉刺入道士大笑的口中。

「九……」于新和金袍法師同時跪倒在地，對方化成一團烏煙，沾黏在柏油路面，隨即被水流洗去。

阿漁跳車，急忙探看于新的狀況。于新痛苦乾嘔著，不像一般肉體受傷流血，胸口淌出大片清水，流失愈多，魂身就愈加透明。

阿漁把于新扛抱起來，把輕飄飄的他放在腳踏車後座。爲防後頭還有追兵，他必須先把人帶回安全所在。

「小新，很痛嗎？還好嗎？」阿漁奮力踩著自行車，恨不得自己多長出一雙翅膀。

「嗯……」于新只是緊抱住阿漁，整個人抽搐不止。

「再一下，很快就到了，回家就把身體換回來。雖然我爸不在，還有他設計的電網可以保護我們。小新，沒問題，沒事的……」

阿漁才說完，猛然一陣撞擊，連人帶車把他們彈飛出去。

阿漁感覺瞬間時間緩慢下來，眼前調映出死前的畫面——黑色轎車撞上他，他從電動車座飛出，滾落在車道上，感覺骨頭內臟全被撞成碎肉，痛不欲生，但他仍奮力想要清醒過來，心裡只有一個念頭：他不能死、絕不能死！

然後一聲急煞，貨車巨輪映入眼前，他陷入黑暗，時間永遠靜止下來。

即使五感幾乎鈍化，他還能聽見悲愴的泣音——昕宇……

「小新！」阿漁大叫著，從劇痛中清醒，一時間分不出他是死了還是活著。

等意識回復，阿漁看著手邊被撞得扭曲變形的淑女車，顧不得痛，四處去找他的小寶貝。

「小新、小新！」

「咔！」阿漁聽見背後傳來像是射擊遊戲扣扳機的聲音，轉過頭，看見戴墨鏡的張仁好從駕駛座走下，槍口正對他腦袋。

阿漁早聽說張家的底細是黑社會，今天總算見識到張大姊頭的眞面目。

「張阿姨，想幹嘛？」

「我聽他們說抓到城隍爺，怎麼會是你們兩隻小尾仔？」張仁好拿下墨鏡，眼珠帶著一抹不尋常的紅色。

于新按著胸口，出現在張仁好身後，打算擒拿住她。張仁好先發制人，一槍射穿阿漁右肩。

前。

「唔！」

「阿漁！」

「你也過去，跟他一起跪，不然我殺了他。」

「殺了他」這句話如同魔咒，于新瞬間放棄抵抗，拖著重創的魂身，半跌半爬到阿漁身前。

「好久沒看見你們這對組合了。」張仁好輕柔笑道，好像她手上的不是槍而是討好的糖。「我記得以前鎮上到哪都聽得見你們的笑聲，感情眞好。可是他死了，你怎麼沒跟著去死，眞不是朋友。」

「張仁好，妳給我住口！」阿漁憤怒大吼，于新只是茫然無措地按住阿漁血流如注的彈孔。

「我也記得他被輾得肢離破碎那天，你沿路追著救護車，最後哭昏在急救室前，還累得喪子的王鎭長把你帶回家。眞可憐，我還以爲你一定活不下去了呢！」

阿漁痛到快要無法思考，但仍從張議員的說詞想起于喬說過她大哥從他死後就拒絕接收所有關於他的死訊，于新卻能清楚說出車禍的細節。

「小新你……目睹事故現場嗎？」阿漁握住于新的手，所以那不是幻聽，眞的是于新在叫他。

于新搖頭，抖得幾乎不成人形。

「他有精神疾病，被判定心神喪失，做不了證。」張仁好憐憫說道，好似她不是鑄下這一切悲劇的罪人。

不管于新怎麼說也沒人相信、怎麼說也沒人肯聽，大家只是反覆告訴他，人死不能復生，節哀順變。

阿漁就想，難怪于新會對福興、對這個世間如此絕望。

張仁好愉悅地看著于新發病的可憐模樣。她本來也以爲先生捨身將福興託給王智超那個只會畫設計圖、根本不懂政治的蠢人，但鎮長最多也只有八年任期。八年能做什麼？後來她才領悟到，八年足以讓不知事的孩子長大成人。

可恨義女怎麼也比不過親子，先生捨棄了她，把福興留給于新。

「只要你死了，這裡就是我的了，只有我了。」張仁好槍口對準于新的肉身，于新魂魄只是徒然擋在阿漁身前，阿漁也只能認命抱住于新，閉上雙眼。

鈴聲響起，張仁好接了電話，勝利者的臉色倏地一變。

「你說什麼？她沒死？孩子也沒事？怎麼辦事的！」

電話那頭冷不防傳來曾汝的笑語：「張議員，眞遺憾啊，我好好的呢，可能有神明保佑吧？而妳，還在祈求妳的『黃先生』回來給妳拍拍嗎？」

張仁好暴怒摔下手機。曾汝還在，她就不是鎮民唯一的選擇，人們隨時會背離她轉向那個小賤人。

張仁好又從車裡拿出無線電，請人過來處理，現在她還不能鬧出人命，給對方大打悲情牌的機會。

阿漁失血昏迷，感覺自己像被搬運的鮪魚，抬起、拋下，耳邊除了流水聲，還依稀聽見派克的哭聲：「姑姑，求求妳收手好不好？」

等煩人的壞人都走了，阿漁才敢睜開眼看，于新趴在他身前，一動也不動，整個魂身透明得可以，好像風一吹就會散開來。

「小新，危機解除。不過你現在不用換回來，很痛……」

「昕宇……」

「哎喲，其實也沒多痛，一點也不痛，你不要哭，好啦，不要哭了，不然福興就要被你的眼淚淹沒了……」

于新閉緊眼強忍住淚，這模樣阿漁怎麼看怎麼心疼，江山、天下還有福興鎮又算什麼？

「唉，你就哭吧，讓它淹淹掉算了。」

十一、賞善罰惡

等阿漁清醒時，時針已轉過兩圈。身上帶著熟悉的沉重感，曾汝加上她的大肚子，實在分量十足。

「起來了肥婆，哪有看護睡病床？」阿漁推了推曾汝的腦袋，曾汝兩爪仍是巴在人家胸前，捨不得從丈夫懷抱起身。

「剛剛媽和喬喬來過，喬喬趴在另一邊。」曾汝惺忪說道，可見剛才睡得很熟。

阿漁聽了有些扼腕，于喬妹妹光是存在就是一種撒嬌。

「你/妳還好嗎？」阿漁和曾汝異口同聲問道，阿漁改口澄清，他是在意孩子的安危。

「多虧妮妮和么受把我推開，仙子又捨命當肉墊，這樣我以後不得不給她們酬庸的位子。」曾汝想讓事態聽起來不要太糟，可惜眼眶和鼻水不太配合。「我才處理好現場物證，抓到張仁好報馬仔的人證，想說來醫院探望她們也有個交代，結果我一到門口，救護車又把你送來，我真是差點瘋了……」

阿漁用沒受傷的左手把曾汝按回懷中，相信于新也會這麼做。

「老公，我好怕……」

「那妳就走吧，福興沉了也與妳無關。」

「可是我不甘心，怎麼可以讓愚婦得志？」

阿漁忍不住笑出聲，難得聽見這麼中肯的評論。張仁好有那麼多方法可以贏過曾汝這個外來的嫩咖，偏偏選了最毀滅性的法子。過去是他高估張阿姨的能耐，他爸會輸給她，或許只是因爲不夠狠心；他爸本來就是個大好人。

「阿新，你是城隍爺的孩子對吧？」曾汝在丈夫胸前輕聲問道，阿漁滯住呼吸，她竟然就這麼自然問出他最想知道的問題。

阿漁抿緊脣作沉重貌，這不是他能代答的事。而曾汝在，他不能貿然爬下去看大帥哥是不是又蜷在床下睡覺，默默吸濕生孢子，蕨類轉世。

「我向老鎭民拉票，他們一定會問起黃家媳婦的黃家公子到哪裡去了？我說你在城隍廟，人們向我露出一種……恍然大悟的神情。他們可能一直想要問個清楚，但又不知道該怎麼向你開口。」

福興特有的城隍信仰是鎭民心照不宣的祕密，但祕密太久不說就變成禁忌。阿漁可以明白鎭民的心情，他們可能擔心眞的開口問，萬一于新又往河裡跳，到時眞的半點夢影都不剩。

「而且人說血濃於水，車禍當下雖然只有一瞬間，我看見身前綻開水膜，七彩的光……仙子她們救了寶寶，而寶寶保護了我。」

曾汝解開腹部的鈕釦，露出圓潤的肚皮，阿漁忍不住踰矩摸兩把。曾汝這胎什麼時候生，可是福興鎮民近來排行前三名的聊天八卦。

「這上面怎麼一堆紅點，妳過敏嗎？有沒有問過醫生？」

「討厭，那是吻痕啦，你都忘了喔？你說秋水懷你的時候，你爸每天晚上都會在肚子蓋印章，希望寶寶平安長大。」

阿漁之前問過于新怎麼放心讓他老婆頂著肚子到處跑，原來早就做好防護措施。齊家治國平天下又帥，小新哥哥眞是個英才。

「對啊，寶寶，我就是想在這裡爽爽生頭胎才出來選鎮長，雖然對不起妮妮她們，但我一定要贏。」曾汝拍兩下肚皮，從親友被政治迫害的打擊中振作起來。

「加油吶！」阿漁就是看上曾汝源源不絕的動能，適合植物系的于新。

「當然了，你就安心養傷，準備當鎮長夫人吧！」曾汝傾身給丈夫蜻蜓點水一吻，離開她的溫柔鄉，回頭積極備戰。

阿漁捂住唇，恁哪咪，第二次中招。

「小新，回魂喔，不然綠帽綠油油喔！」阿漁艱難地單足下床，結果床底也不見黃于新蹤影，跑哪去了？

他熟練地架起床邊輪椅，沿著病房一間間去找。

「小新、小心肝！」當人家投來怪異的目光，阿漁立刻轉換成競選模式。「福興、福興，請支持曾汝候選人！」

他還不幸碰上病房三公主，被夭受學妹拖進去削蘋果、講笑話，還被迫五音不全地唱歌。之後整間醫院連同太平間都被他翻遍了，就是沒有他家小王子。

該不會落在路上了吧？阿漁想著呆呆哭著的小朋友會往哪邊跑……嗯嗯，答案再明顯不過。

他借了零錢打電話，秋水接的。

「媽，幫我辦出院，我要回家！」

「講什麼憨話！」

「媽媽，我住的單人病房一天要三千塊，妳眞要給小汝出這筆錢？婚姻沒有百日好，要是我們以後切了她要明算帳，叫妳用身體抵怎麼辦？福興第一美人兒，來接我啦！」

秋水聽得快氣死了，以前她向城隍爺哭訴家裡苦悶，現在卻三不五時被兒子和媳婦輪著口頭調戲。氣歸氣，秋水還是千里迢迢來帶半殘的兒子回家——右手槍傷、左腳骨折，剛好廢掉一半。

秋水幫忙扛起借來的輪椅，阿漁一拐一拐地爬樓梯回家，途中不忘仔細檢查昏暗樓梯間的每一角。

沒有，都沒有，阿漁只能回家沮喪地吃著媽咪的愛心午餐，一大鍋補血的藥膳鱸魚湯，好好吃喔！

「阿新，你等一下收拾，我要出門。」秋水交代一聲。

「哦。」阿漁看秋水脫下販魚的青蛙裝進房，再一身低胸桃紅旗袍出來，高衩開到屁股邊，豐滿的身材一覽無遺，艷光四射，殺氣全開。

「媽，妳要跟大仔約會嗎？」阿漁嚥了嚥口水。秋水深紫眼影加成的幽怨大眼，深深凝視著她滿身傷的大兒子。

「他要是不能幫我出這口氣，我就夾斷他下面那支！」

阿漁忍不住慨嘆：母親的愛眞是一言難盡。

秋水走後，阿漁大動作翻遍黃家公寓，連馬桶水箱都找過了，就是沒有于新。

阿漁深深嘆口長息，于新不會故意躲貓貓跟他鬧著玩。只是被張仁好揭開的傷疤太痛了，于新唯一能訴苦的對象卻又是他傷痛的源頭。

阿漁只得再次扛著輪椅下樓，于新不在，一個人總是倍感艱辛。

他高中以前不怎麼出門，只肯在家裡活動，可是不管他擁有的遊戲再多、再好玩，同學總是會膩，最後都說要去外面逛。于新卻留了下來，就像不愼卡在友情網上的小魚，因爲稀罕而小心翼翼地珍惜著。

——小新，我們再玩一場。

——好。

利用于新逆來順受的頹廢性格，阿漁有時也會感到抱歉，但他眞的很高興于新願意陪伴在他身邊。

阿漁本想往城隍廟去，但轉念想到于新從不拜神，現在廟裡沒有可愛的小魚兒，對小新哥哥不再有吸引力。

啊哈，就是那個，于新以前被欺負的避風港。阿漁調頭往鎮北走，忍著手傷和日曬，推著輪椅緩慢前進。

回到他美麗的老家，阿漁還沒按下門鈴，屋裡就跑出小學生似的國中男生。

「阿宇大哥，樓上鬧鬼，好可怕！」

「怕什麼？你不是道士嗎？」

「我主修卜算，不是捉鬼。」

「說到這個我就有氣，你不會先預警一聲嗎？看看我被撞成這樣！」

紀一筆無奈地推了下眼鏡：「我說了，沒有鬼會白日大搖大擺出門，大哥你幾乎把自己當成人了。」

阿漁不住惱羞：「閉嘴，我知道錯了啦！」

紀一筆抬槓之餘不忘先把阿漁推進沒有門檻的玄關，幫他脫鞋又拿水給他，即使如此，阿漁也不會誇他乖巧可愛。

「昨天我來自修就聽見二樓傳來鬼哭，我想燒符驅鬼，火都點不起來。只能一邊聽他哭，一邊溫習道書，鬼門關那天要筆試。」紀一筆小臉滿是困擾。阿漁看他明明也沒多怕，只是想裝嫩撒嬌吧？

「燒什麼符？這間是木建築，還有那隻鬼本來會是這個家的女主人！」阿漁可是得到過鎮長夫人的口頭應允。

「眞抱歉，我沒想到你們之間的關係，難怪他輕易破了我的鎮宅法陣。爲了彌補我的無禮，要幫你們冥婚嗎？」紀一筆躍躍欲試。

阿漁頓了下，嘆道：「琵琶別抱，不必了。」

原本上樓用的升降機故障，阿漁只得手腳並用爬上二樓，好在紀小筆把他家打掃得很乾淨。

一開門，濕氣迎面而來，房間充滿腐爛的怪味，牆上生出大片霉斑，就像是設計不良的中古屋，還有銷售小姐在旁邊說裝潢一下就會變成新的一樣。

他聽見浴廁間有水聲，往貼著英雄海報的隔間門板喊道：「小新！」

水聲靜下，阿漁用膝蓋確定于新在裡頭。不得不說，躲廁所哭實在很娘，他都差點忍不住笑出來。

「勇敢一點，出櫃吧，黃于新！」

于新沒理會他，不過大概也停下了眼淚。

「小新，我能進去嗎？」

于新沒有應聲，阿漁就坐在廁所門外等。

「別裝了，你就是希望被我找到，才會躲在這裡，你這惱人的小妖精。」

「不是……」于新用虛弱的氣音發了聲。

「雖說男兒有淚不輕彈，可是沒有人難受時不想被安慰。」

「你知道什麼？你又能安慰我什麼？」于新幽怨問道，阿漁靠著門聳肩，小新新從來就只會把怨氣出在他身上。

「我知道你現在很痛苦，張仁好那痟查某完全把你撞醒，害你無法再逃避我死亡的事實。」

浴間突然水聲嘩啦大作，阿漁不知道于新在裡面是怎麼一個淒涼的景象。

「對不起吶，都怪我想當英雄，把你拖下水。你這個身心半殘的病患沒有必要擔負福興的安危，你已經活得夠辛苦了，已經夠了。」

如果早點有福興人對前輩大哥這麼說，這時代再也不需要神，也不需要爲小民除害的英雄，他們願意自個承擔起人生中的苦難，說不定祂就能安心退休，當個平凡的父親。那麼，于新現在一定過得很好。

「門外沒有壞事，只有胖魚，出來吧？」

于新還是不見動靜，阿漁不得已使出人情殺手鐧。

「好吧，你愛耍自閉是你的自由，可你也要想想，我已經等了你四年了。」

門板咿呀開了縫，阿漁伸手進去把同樣趴在門邊的于新拖出來，看他好好的帥哥把自己弄得像水浮屍，實在於心不忍。

「眞是的，我走了，你一個人怎麼辦啊？」

于新只是埋頭緊攢著阿漁的後背，阿漁單手輕拍他背脊。

「這樣好了，我在陰間待久一點，討個工作什麼的，等你百年之後下來再一起上路。你想我還是可以到水邊說說話，我們只是距離比較遠，沒有離開你。」

這是阿漁想得到最好的方法，但于新毫不領情，只是抱著他痛哭。阿漁也忍不住掉了幾滴淚，眞怕分別那天于新發傻跟著他跳河。到時候，他心一軟，說不定就帶著于新一起走了。

鬼門關的時刻眾說紛紜，福興傳統是比誰都早開門歡迎飄飄，關門卻習慣拖到最後一刻，午夜過了，東邊日頭濛濛亮才收攤。

于新還在養病，阿漁孤身來到城隍廟後的水岸，負責監看陰曹放出來的孤魂野鬼列隊回歸冥土。其中一群斷手破頭的不良少年經過阿漁身旁，對他重重嘖了聲。

怎樣？整整七月沒死人你們很失落是吧？

待亡魂清空，陰曹那邊會派員與福興城隍例行交接，阿漁就是爲了等這個慣例才乖乖站整晚讓露水洗臉。他一見到鬼差大人浮出水面，雙膝立刻撲通跪下。

「請放過我家小新，我願意做牛做馬，鞠躬盡瘁，效忠陰曹！」

陸大判官半身浸在水下，不疾不徐從西裝內袋拿出記事本翻看，阿漁懷疑本子上頭寫滿小心眼的壞話。

「不必了。」

「別這樣嘛，我很能幹的！」

「你跪也是白跪，我們針對他這個案子開了三次審判堂，只要他肉身活著，就屬於人世那一邊。而且，即便我們差員短缺，也不需要你這廢物死胖子來充數。」

阿漁可以從陸判言語無情的羞辱感覺到人家對福興雙寶鬧出來的風風雨雨有多不爽，但陸判既然都說會放過于新了，就不會再派鬼捉人。

「那麼，想必判官大人聽說了，最近有道士垂涎福興大餅——」阿漁諂媚笑道，陸判只是頂了下眼鏡。

「我記得一個半月前你說過福興的事要自己看著辦。」

「年幼無知、年幼無知，請幫幫忙，不然下次就要一打一百了。」阿漁雙手合十，犧牲尊嚴請求支援。「反正遲早你們陰曹會收回去，早點派人來協防也是應該的。」

「我也要再次申明，城隍退位之後，陰律所有容許福興的灰色地帶都會收歸回來，鬼就是鬼，人即是人，死生兩清。」

「我知道啦。」阿漁心想也好，于新就能回去過平凡的生活。

「你知道個屁！說起來都怪你荒怠職務，讓他僭知太多幽冥的事理。」

「我也不想，但我就是忍不住拖他下水，他太好用了！」不管是小祕書還是打前鋒，小新哥哥總能把事務一手包辦下來。

「陰律嚴防死生界線有其意義，眞不知道該怎麼說你這隻蠢豬。」

阿漁倔強地回嘴：「時候到了，我會走啦，不會哭哭啼啼吵著留下。」

「問題不在你，白痴。」啪的一聲，陸判闔上記載劫數的本子。「總之，我會再指派『最得力』的人手過來。」

阿漁抬頭瞟了陸判一眼，總覺得判官大人話中有話。

陸判恨恨道：「爲了一個孽子，性命、自尊什麼都賠了上去，換作我絕對不生孩子。」

□

曾汝服務處重新開張，建得像靈堂，還有木乃伊（仙子）坐鎮。鎮民見了她們無不露出安心的眉眼，但她們卻不像往昔回以笑容。

「妳們之前怎麼了？」

「我們被車撞。」

「城隍廟最近怎麼沒開門？」

「廟主被車撞。」

即使全鎮十之八九都知道發生在她們身上的事故，卻沒人爲她們出頭，警察還吃案，屢報屢吃。像這樣淳樸的民風只適合石器時代的部落社會，缺少懲惡的機制，不再可愛了。

她們只是一邊冷臉爲選民服務，一邊宣傳選前政見辯論會，就算張仁好心虛不敢來，曾汝也會如期在城隍廟開講。

妮妮寫好候選人辯論會的講稿，柔聲爲福興哀悼：「長痛不如短痛，只能讓大家血管爆開了。」

曾汝團隊聘請法律顧問，以維護住參選資格爲底限，諮詢各項犯法手段。

遭遇生命危險就算了，她們有保險；但一想到張仁好那女人竟粗暴地褻玩她們心愛的男神，是可忍，孰不可忍！

她們放棄聽牌的溫和路線，決定梭哈下去，身敗名裂也在所不惜。

她們到處放話，說張仁好怕輸不敢參加辯論會、張議員婚變好痛躲在家哭哭，用很賤的口氣極盡嘲諷之能事，聽得自己都想呼自己巴掌。皇天不負苦心人，叫陣有成，張仁好果眞出席辯論會。

七點整，天還沒完全黑，張仁好穿著鮮艷的紅色套裝下車，曾汝則是一身素樸的淡黃孕婦長裙，兩個女人隔著一間廟的距離，眼神交會。

廟埕來了不少鎮民，也有小朋友，即使沒有歌舞摸彩，仍圍著講台席地而坐。妮妮說，這也表示福興鎮民還沒能決定投票的對象，才會耗費時間成本與會。

比起慶典的華麗舞台，辯論會的場子很陽春，只有成雙的透明講台和投影布幕，沒有主持人，由曾汝本人彬彬開場。打光得宜，讓她看起來像會發聖光的小仙女。

「很高興張議員參加今晚的活動，來者是客，就由張議員先闡述施政理念。」

「什麼客人？我可是城隍爺義女。」張仁好柔聲糾正道，給曾汝一記表明正統的下馬威。

「眞不好意思，我只是以黃家媳婦的立場表示歡迎。」曾汝微笑再微笑，刻意摸了摸肚子。

張仁好拿出自帶的筆記電腦，由幕僚親手接上投影設備。仙子在前台晃著三角巾冷笑道：看張議員把資料保密到家，可見要對曾汝來陰的。

沒關係，反正她們也是，同歸於盡。

「我很鼓勵年輕人出頭，但也希望是像咱福興善良熱情的孩子，而不是別有用心的投機分子。」

投影布幕放出曾汝前男友的傷害照，引得眾人一陣驚呼。然後是「曾汝、殺人未遂、判刑確定」幾個血淋淋的大字。

「曾小姐，妳眞是，太可怕了。」張仁好沉痛地對曾汝喊話，曾汝沒有迴避她的目光。

「我這裡還有被害人現身說法的影片，請鄉親做個見證。」

曾汝前男友的歪臉出現在投影布幕上，對鏡頭聲淚俱下。

「別看她人模人樣，她那個人不可理喻，情緒一上來就大吼大叫，怎麼跟她解釋都沒用，我差一點就死在她手上。福興的朋友，你們千萬不要被那女人騙了！」

張仁好抿住唇角的笑，向在場觀眾激昂發問：「各位鄉親，試問她這種人，能當福興的父母官嗎？」

曾汝拉過麥克風，正聲回應張仁好的質疑。

「我這些年深切反省自己當年的罪行，他背叛感情固然是事實，但年輕的我這麼輕易去傷害對方是因爲我很愛他嗎？不是，我只是因爲自尊心受創而憤怒失控，我當時很幼稚，只想到自己。」

妮妮要曾汝強調「年輕」而不懂事，曾汝這段彩排一次就過，因爲是事實。遇到一個相貌不錯的男孩子，聊過幾次天、上過床，就自以爲是愛，眞是蠢到極點。

「經此一事，我不再仗著優勢的外在條件等著旁人來吹捧，學習主動爲他人付出。正因爲我改變了處世的心態，我才能認識于新，進而相知相惜。也因爲于新，我才會來到福興，我對這一切無比感激。」

曾汝目光深情地投注於台下觀眾，心裡想的都是老公。人說本性難移，她到現在還是一樣，喜歡一個人就想得到他所有，要把名字印在他身分證上、要生他的孩子。

「張議員，妳問我能不能當福興的大家長，我相信我做得到，因爲我經歷過深淵，我深知改變才能往幸福邁進。」曾汝撫著胸口向眾人宣示。

人們都喜歡浪子回頭、知錯悔改的戲碼，但官員總是死不認錯，直到身敗名裂才肯說一聲「對不起」。妮妮說，這是把領導者所需的自信誤以爲自傲所導致的悲慘結果，自信的人才會勇於爲己身的過失負責。

曾汝其實沒多大把握她是自信不是自傲，當她看到前男友的臉冒出來還是抖了兩下，但一想到她有三個會幫她擋貨車的好姊妹，好像天塌下來、于新說要另娶小胖魚都撐得住。她回答完問題，揚起臉，換作她向對手詰問。

「無獨有偶，我也有關於私德的問題請張議員回答。」

「妳想說我離婚的事？我們已經結束關係，今後我會全心爲福興付出。」

張仁好滿不在乎地笑了，曾汝有點火大，這位阿姨出車撞人的事才幾天？竟然排不上她心頭負罪感的首位。

「不，我想請張議員說明妳和王鎮長兒子命案的關係。」曾汝凜凜質問。

台下陷入一片死寂，張仁好褪下笑容，面無表情地盯著曾汝。

「抱歉，我不懂妳在說什麼。」

「那我重申一遍，是妳幕後指使旁人謀殺前鎮長的孩子？」

「妳應該是聽信妳丈夫的枕邊話，才會有這種可笑的念頭，但福興人都知道，他精神狀況有問題。」

「你們都誤會阿新了，他跳河是場意外，因爲昕宇死了才瘋掉。」曾汝固然有維護丈夫的意思，但她這番話也不失眞實。「張議員，妳讓福興長久盼來的兩個囡仔一死一瘋，妳的心肝怎麼會如此殘忍？」

「我怎麼會這麼做？妳切莫血口噴人。」

張仁好輕描淡寫地否認，曾汝就等著她否認。

「也是，妳不相信旁人，總要親力而爲，也就是說，開車撞死王昕宇的凶手，是妳本人嗎？」

人習慣趨吉避凶，對壞事總是想要不聽不看。但是，連她這個外來的陌生人都會因爲一個逝去的年輕生命而喉嚨發緊，更別提看著王昕宇長大的福興鎮民，更何況于新？

「當妳振振有詞地指責我傷害的罪行，妳腦中有沒有想起他們兩個男孩子？張仁好，是不是妳下的毒手？講、實、話！」

張仁好下意識將視線轉向城隍廟，只見廟門半掩，門後依稀佇立一抹白色身影。

「議員，甘是妳撞死小胖？」管塔的東伯、開茶館的姚姊，人們猶豫再三後，紛紛向張議員開口詢問。

張仁好拔高音反駁：「我是城隍爺義女，你們怎麼可以懷疑我？」

「『城隍爺義女』，哈哈哈。」曾汝覆誦一遍，張仁好惡目相向。「這個詞眞是太妙了，城隍加義女，不就是假公主嗎？」

「妳竟敢在廟前褻瀆神明？」

「我不是在笑你們早已遠走的『大人』，而是在笑妳。妳以爲只要攀上神明這層關係，就能不受人的道德法律制裁嗎？妳那根本不是信仰、不是孺慕，妳親近那人只是爲了自己趨炎附勢的虛榮心！」

她們團隊下工夫研究張仁好和城隍爺之間的淵源：在那重男輕女的時代，張仁好一個女兒家因爲雨中的奇遇受到家族長輩關注，得到比她兄弟更多栽培的資源。

「抱緊叔叔大腿有糖吃」，每個精明的孩子都會這麼做，無可厚非，而她們會判定張仁好勢利勝於信仰，是基於張家椿腳里長賣弄他和張家關係無意間洩露的證詞——張仁好婚前就知道男方人品不好，最後還是無異議嫁了，可見她和她家族同樣看上了男方權勢。

這也是張仁好自己的選擇，但這樣的女人說的愛，通常也只是掛羊頭賣狗肉。

曾汝出格的嘲弄把張仁好逼得踏出公眾人物儒雅的形象，她不顧幕僚阻攔，向曾汝咆哮出聲。

「妳這個外人又懂什麼？」

「外人？比起妳，我可是正統的王妃，明媒正娶的黃家媳婦。妳一直搞不清楚我們究竟在爭什麼，但我可是明白得很。」

「都怪祂選了妳，妳這個賤人才能在這裡猖狂！」

「好笑，這是人的事，少推到神頭上！我比妳年輕貌美、我有孩子，妳沒有的，我都有，妳怎能不嫉妒死我？張仁好，照照鏡子，不要逃避現實了！」

張仁好衝上來，曾汝不甘示弱迎上去，兩名候選人在台上掐成一團。曾汝早有預備，在孕婦裝下穿鐵甲，撞給她瘀青。

兩方幕僚上台把她們拉開，說是拉開，曾汝團隊更像把曾汝架到戰線後方然後三人圍毆張議員。張議員的黑道手下想動作，卻被阿尼哥的小弟們人盯人架住，動彈不得。

直到警方趕來，才終於分開一群瘋婆子。

曾汝被帶上警車前，順了順髮尾，拿起麥克風作散場廣播。

「感謝各位鄉親的熱情參與，祝大家今晚有個好夢。」

鎮民們只是呆傻望著她們，機車如仙子也忍不住反省：有點超過了。

她們坐上警車，而張仁好那邊一通電話就讓警察局長鞠躬哈腰，恭送張議員回家睡覺。

張仁好臨走前，曾汝朗聲叫住她。

「妳從第一眼就討厭我，外來的美人兒，我讓妳聯想到得祂所愛的秋水姑娘對吧？我也是，我看到妳放任手下存心欺負我老公就對妳很不爽。我一個素人，要向身爲官員的妳爭公道，也只能爲官了。」

「想跟我爭？就看妳能不能活著爬出福興。」張仁好咄咄威嚇，少了以往的從容。

「我不會輸的，因爲我正代表著福興三百年來的道統，不平則鳴。」曾汝撫著肚子，總覺得寶寶跟著她的話蹦了一下。「等著吧，妳加諸在我親親老公的種種傷害，他父親、他摯友，一件一件，我都會還報給妳，如同城隍廟掛的額匾，賞善、罰惡，公平。」

開票那天，日光明媚，阿漁拄著拐杖給城隍廟開門。

沒想到大清早的，已經有名佝僂老婦拎著謝籃等在外邊，披巾都給露水沾濕大半。阿漁連忙把老婆婆迎進廟裡，老婆婆很客氣，連聲向阿漁道謝。

「阿嬤，妳看起來面生，哪裡人？」

「我從福興嫁去詔宛，夫家姓陳。雖然才在隔壁，我卻已經二十五年冬沒有回來給城隍大人上香。今仔日感覺精神不錯，專程來拜拜。」

「大人嘸計較這啦。」阿漁聽陳嬤這麼說，可見她這幾十年來都惦記著前輩大哥，反觀大半在地人只有出事才會想到祂老人家。

陳嬤柔和一笑，阿漁一看就知道，這是親身經歷過城隍爺傳奇的內行人，說不定小時候也放過金魚調戲伊人哥哥。

「我嫁去的時候，城隍廟只是臨水的小廟，如今變得這呢氣派。」陳嬤像個小女孩拜訪新厝，興奮繞著廟堂。阿漁看阿嬤這麼高興，也就不忍心告訴她這間廟再過十天就要拆了。

陳嬤停下腳步，定睛於壇上的神像。

「唉，早知廟建得這麼大間，應該捏大隻一點……」陳嬤喃喃道，阿漁哎喲了聲。

「阿嬤，原來妳就是那位給城隍爺塑偶的誠心人。」

陳嬤輕輕點點頭，向眼前面貌模糊的年輕廟主表明：「我是城隍爺義女。」

陳嬤年少早孤，親戚圍在她父親的棺材旁竊竊說要把她這個剋父的查某囡仔送走。她無助哭著，身旁突然冒出一名白衣男子，不像姑母譏笑她命賤，輕聲哄著她，還給了她糖飴。

她沒有被送作童養媳，因爲長輩去廟裡問過，城隍爺不答應。祂說，小玉仔就由祂來照顧。

待她成人，披紗嫁去外地，途中婆家人不時嫌棄她身家單薄，然而過橋之際，揚起一陣大風，轉眼間，她頭上的紅巾竟換成官家小姐的霞帔。

流水聲激盪作響，像是歡慶的鑼鼓：城隍爺嫁女兒囉！

她回眸，看著那位佇立於水畔的男子，依然年輕、依然溫柔。

祂祝福道：阿玉，妳著幸福。

她這一生始終離榮華遙遠，歷經無數親人的死別，但她從來不覺得自己命苦，因爲她是城隍爺義女。有緣做祂的孩子、受祂護佑，何其幸運？

所有福興人都是城隍爺的義子、義女，只是看著孩子長大、出嫁、老病、死去，祂又是孤伶伶一個。她捏著泥偶的時候，全心向上蒼祈求，城隍大人三百年來始終爲人們付出，這一回，請實現伊人心願。

阿漁聽完陳嬤的故事，不禁用于新的肺深呼吸，他不是前輩大哥，但也知道多數亡魂的願望，就是再活過來一次。

人說心誠則靈，他不知道陳嬤自己知不知道，她虔誠的信仰造就福興城隍爺傳奇最不可思議的一頁。

應該死去的英靈，卻成了存在的生者；說他是一城主神，但近看又像普通男人，很是混淆視聽。聽說賣魚爲業，但不知他的漁獲從何而來，白皙的脖頸總叮叮噹噹掛著金牌；娶了鄰鎮美麗的孤女，有個可愛的孩子，擁有屬於自己的家。

「阿嬤，妳知道『黃先生』嗎？」阿漁忍不住問道。

「我知、我知，伊來看過我幾次，對阮天順足照顧。伊眞正是個大善人，濟弱扶貧卻不求回報。」

陳嬤把那人形容成好心的後輩，沒認出那就是關心她生活的契父；原來她並不知道。阿漁猜想，可能離開福興久了，難免被外地的社群同化，對神異的靈感也會逐漸淡化消失。

「可惜伊和阮子同款，早死，好在伊子也大了，多虧城隍爺保庇。」陳嬤合手拜了拜，輕聲爲于新祝禱。

阿漁聽了有些心酸，于新的確擁有過百倍於人的關愛，但時間實在太短了。

「我今嘛老了，感覺遲鈍，不知城隍大人在嘸？」

「在、在，還沒走呢！」阿漁拍胸脯說道。

「我想請城隍大人保庇那個孩子，讓他路上不要受苦難。」

「哪個孩子？」阿漁覺得陳嬤的祈願聽來莫名悲苦。

「被阮天順撞死的孩子。聽說是個熱情善良，很溫暖的少年郎……」

阿漁定定站在原地，現在他該承認他就是那個暖男嗎？

于新說過，肇事者和祖母相依爲命。祖母身子不好，老眼昏花，幾乎看不見了，但她仍不遠千里過來，想爲他這個亡者祈福。

「人總有運氣不好的時候，我知道恁孫仔不是故意的。」雖然阿漁自己也很遺憾，但他還是笑著安慰陳嬤。

「眞正對不起伊，害伊沒能長大成人……」陳嬤的眼淚啪答落下。

「阿嬤，不要哭了，沒關係啦！」阿漁輕輕撫拍她肩頭，希望讓她心裡的負疚減少一些。

開票結果出來之前，阿漁先聽見惡耗傳來：陳嬤沒有回到鄰鎮，靜靜挨在城隍廟後的舊石碑，溘然而逝。

青暝仙來福興招魂，但沒能招回魂，青暝仙說阿玉仔的魂魄已隨水流去，不復返頭。

失去至親的陳天順捧著祖母牌位來到警局，說他賭上這條命，也要把四年前的車禍翻案。

警方坦言光憑被告本人的證詞重審有困難，沒想到又來一個年輕人指證張仁好教唆殺人，那人還是張議員的親姪子。

「我姑姑是買凶，不是親手做的……」派克捂面說道，女友默默陪在他身邊。

於是，檢方起訴張仁好議員。

開庭前一天，福興陰雲密布，張仁好來到臨水的廟宇。她踩著黑色高跟鞋，叩叩走上石階。廟門開啓，于新從黑暗中現身。

拆遷動工前，廟宇已被斷水電，于新只是跛著腳，慢吞吞用火柴點上兩盞香燭。張仁好看他遲緩的動作，確認這是「本人」，非常好。

「你這廟主做得倒是盡責，小胖呢？」

于新看張仁好的眼神明顯冷下，對於她還有臉提起阿漁感到非常不悅。張仁好不以爲意，她就是要讓于新心裡不好過。

「可惜沒能讓你繼續作夢，這間華屋就要拆了。」

于新沉聲回道：「妳放出消息：『和鄰鎮土地糾紛，所以要拆廟。』福興與詔宛之間有三百年的水道定界，怎麼會權狀不清？」

「要騙你還眞難。」張仁好款款笑了聲。

「不要相信官方的話就好了。」

「眞不可愛。」張仁好噘嘴埋怨。

「我查過資料，在前任鎮長貪瀆入獄前，妳已經談妥新建案。」

「我本來只是敷衍那群信教瘋子，現在可好了，爲了防止福興完全落到小賤人手上，我也只能開城讓他們進來宣教。沒了城隍爺，老人家怕死，宣揚不死成仙的新教應該很吸引人。」

「妳要讓那種沒品、沒知識、對社會毫無建樹的垃圾踩上福興的土地，我不允許。」

張仁好爆出大笑，仙士們聽到于新的評價一定會氣得吐血。

「所以說，你要怎麼阻止？」

「只要妳入監，沒有官員撐腰，迷信的垃圾興不起風浪。」

「哈，就是你使弄我姪兒出賣我對吧？」

「我只是跟他說道理。我要申冤，而他希望妳不要一錯再錯。」

「克群不像你聰明、貌美又乖巧，我常常在他耳邊說，你怎麼不學學黃家那個孩子？」

張仁好惡劣一笑，派克高中對于新種種的挑釁，就是出自於被比較的自卑。「枉費我自小疼愛他，交代給他的事情沒一件辦妥，阿群那廢物只會扯我後腿。」

「包括殺我嗎？」

「你有裝錄音器，別以爲我不知道。」

火光映著于新半面俊容，四下無人、廟中無神，張仁好不再掩飾她貪婪的目光。

「我有沒有說過，你穿白衣眞好看，很像他。」

「我妻子喜歡。」

張仁好眉頭抽動，選舉結束後，她最不想聽見的就是曾汝的名字。鎮上每個人都在談論新的年輕女鎮長，好像只要曾汝上任，大家一夕之間就會變成高級的都市人。

「我還沒有輸，你那個愚蠢的小妻子不要太得意了。」

「小汝不愚蠢，她只是言行比常人實誠，反倒被自以為看穿她的愚人說成『藏不住心機』。更何況，我就是喜歡她耀武揚威的樣子。」

于新的回應把張仁好阿姨氣得咬牙。就像阿漁的點評，小新哥哥平時都不說，但其實很袒護妻子，「小汝什麼都好」。

「我會讓她生不如死。」

「妳不會有那個機會。」

「這個機會，不就在我眼前嗎？」張仁好從黑褲裝掏出槍，料定負傷的于新跑不快。曾汝要她盡人事，她就從人事下手。小倆口才新婚，如果于新半身癱瘓，要曾汝一個年輕女人下半生守著廢人丈夫，真不曉得有多快活啊？

她要于新親身告訴曾汝，這就是跟她搶地盤的下場。

于新臉上波瀾不興，只是吐出兩字：「Time up。」

紅燭燃燒著，發出嗶哩聲響，等張仁好察覺不對，蠟燭已開始噴射出火花。

「妳說要拆廟，我就來拆廟。」于新微微一笑，張仁好終於發現她面對的不再是軟弱無力的幼子，而是一個瘋子。

紅燭接連引爆，木建築承受不了衝擊，搖搖欲墜。大火凶猛地從神壇燒上天花板頂格，不一會，廟中陷入一片火海。

張仁好驚醒過來，直覺要逃，卻被于新從背後壓制在地。

「火要燒過來了，你是要和我同歸於盡嗎？快放開我！」

張仁好想要掙脫于新，揮手卻撲了空，原來這不是真身，只是于新利用她能見陰物的雙眼，故意扮傷欺騙她。

「你放手，快放手！我告訴你，我早叫人部署在外頭，他們這回傾巢而出，你逃不了的！」

「這樣啊。」于新一臉無所謂。

張仁好因恐懼而劇烈顫抖，感覺臉皮貼著的青石地板在發燙。

「妳知道什麼是死亡嗎？妳好好感受，被妳所害的他們是多麼地痛。」

「你想殺了我嗎？」

「妳做壞事，我要妳得到應有的報應。」

張仁好崩潰大喊：「啊啊，先生、城隍大人，救救我！」

「不要叫了，他不會回來了。」于新冷情說道。

神壇又是一陣爆裂，壇上神像不偏不倚滾落到張仁好面前。張仁好忍不住哭了出來，她好委屈，城隍爺才不會這麼粗暴對她，總是耐心勸她改過，一遍、兩遍、三遍。

——我會聽黃先生的話，長大當個好官！

張仁好陷入恍惚，從前崇拜仰望著那人的小女孩爲什麼會變成現在這樣子？

「張仁好，妳可知錯！」

張仁好涕淚橫流，看著傷痕累累的神像，用力叩首。

「是我不該喪心病狂，我知道錯了！」

福興下起滂沱大雨，雨水澆熄城隍廟大半火勢，只餘小火在邊角悶燒，華美的廟堂付之一炬。于新拖著昏迷的張議員，踉蹌走出廟宇。

外頭沒有等待救援的消防車和救護車，只有鋪疊在廟埕的上百具屍首，道士們被斬斷的頭顱堆成小山。因爲屍體太多，血水流不出廟埕，和雨水匯流成一片紅湖。

于新看久了，連眼前的雨絲也變成魔幻的血色。他扔下張仁好，拔腿往雨中奔去，雨水模糊視線，他無法確定究竟是不是那個人。直到那襲白影從斷頭山上踩踏而下，緩步來到他面前，用長年浸於水下泡爛的十指，輕柔地捂住于新雙眼。

「不好看，別看。」

「爸爸、阿爸……」

即使于新已經成年，還是被當作孩童撫著腦袋。不管是幼年依偎的愛還是被拋棄的恨，到頭只剩下一種情緒。

「我好想你……」

「你已經長大了、這麼大了。」祂反覆說著同一句話，似乎忘了如何言語。

于新埋在祂手心，哽咽祈求道：「我無法像你，怎麼也學不來……我可不可以拋下守著家、守著鎮上的責任，只為自己的私心選擇？」

「嗯。」祂明知于新存心犯傻，最後也只像包容的水泊，輕應下來。

十二、黃泉

詔究人說，福興鎮近來高潮迭起。

一場看似十拿九穩的鎮長補選，在地深耕的議員竟然選輸外來的小妮子；沒多久，議員爆出殺人罪，殺的還是前任鎮長的兒子，東窗事發的她最後起痟燒廟，被人發現時還不停喃喃自語：「城隍大人，阿好知道錯了……」

新任鎮長人美心善，說她不追究張議員在選舉期間對她們團隊造成的傷害，只希望司法能還給福興鎮民一個眞相。

曾汝嘴巴說完冠冕堂皇的台詞，心裡想著：也還給于新一點公義和安慰。

判決書下來，曾汝看丈夫在燈下看了又看，再把看縐的文件裝進牛皮信封袋裡，要寄給海外的王鎮長夫婦。

「阿新，你入伍之前，挑個好日子，重新給昕宇辦喪事吧？」

曾汝覺得這個提案不錯，但她老公只是撇了下好看的脣角。

「何必？妳才當上鎮長就要勞民傷財，實在不可取。」

「勞民傷財什麼？只不過辦個告別式。」

「怎麼可以青菜了事？想我堂堂……想他堂堂一位小胖公子，當然要全鎮封街路祭，比基尼孝女不可少，而且一定要有流水席吃到飽！」

最近幾天都是阿漁暫代于新過日子，幫靈魂陷入半休眠狀態的于新應付「鎮長夫人」必須出席的繁重應酬，還有掩飾燒廟的眞正凶手。

「親愛的，你最近幽默感回籠不少。」曾汝抱著大肚子，咯咯笑著。

「我是認眞的。」阿漁很懊惱，都怪他死在尷尬的年紀，當年喪事辦得一塌糊塗，鎮民不敢來看他爸是什麼表情，連他最好的朋友小新新都沒去，是他一輩子的污點。

「你能積極面對這件事眞是太好了。我會努力籌措到費用，辦個三天三夜的菜筵。」

曾汝一口答應下來，還那麼溫柔對他笑著，阿漁再厚顏無恥，也只能心虛退讓。

「算了，把錢拿去重啓寶塔比較實在。鎮上許多老人家撐著一口氣，就是等著入塔爲安。」

阿漁很明白老鎮民的心思，比起被凶惡的鬼差爺栓上鍊條帶走，還不如跟著退休的城隍爺上路。

「加減辦囉！老公，我需要遺照，你有昕宇的相片吧？」曾汝睜大明眸，小心翼翼觀察丈夫的反應。冤情昭雪後，那個名字似乎不再是禁句。

阿漁雙手環胸，陷入難題，他本來有一大疊，只是那些充滿年少回憶的相簿跟著廟一起燒光光了。

「以前問你，你都說留在家，可是我看家裡也沒有你們的相片。」

「對吼。」阿漁腦筋轉過來，曾汝問的是于新，于新應該會有。他請曾汝稍等，彎下身，伸手往床底摸去，果然在這個身體手臂長的可及處，從床板夾層摸到一只玻璃薄相框。

他也是猜個大概，說不定是父子合照，但私藏的寶物拿起來，果然是他和小新新的親密合照。

阿漁和曾汝一樣，喜歡什麼就要詔告給全天下知道，但于新相反，越珍視的寶物藏得越深，隨時處在會被上天搶劫的被害妄想。

「喏，拿去配。」

曾汝嘀咕著「幹嘛藏照片」，定睛一看，瞬間消音。

「他……就是昕宇？」

「怎麼了？眞的很肉嗎？」阿漁覺得自己這張側臉乍看之下還挺帥的，難道只是他一廂情願？

「你還問我怎麼了？」

阿漁才想到，之前他都用眞面目見曾汝，這下子露餡了。

「高中同學、Wilde愛好者、福興鎮達人……難怪了，哈哈哈！」曾汝發出崩潰的大笑聲。

她還笑整天聞到燒紙味的仙子大驚小怪，結果她第一天來福興就見鬼！

「我沒有騙妳，只是不知道怎麼開口。」阿漁抓了抓腦袋。

曾汝記得她質問過丈夫是不是去鬼混，于新也坦誠是去「跟鬼混」，混蛋！

「那個他，最近也要去陰間報到，不用找道士來收。」阿漁怕曾汝因此對于新側目，連忙劃清界線。

「眞是氣死我了，原來你……還是只有這麼一個朋友……」

「我們又沒有背著妳亂來，妳哭什麼哭啦？」阿漁倒抽口氣，沒想到曾汝罵一罵會突然掉淚。

「你們兩個眞的好像。」曾汝吸了下鼻水，平靜地流眼淚。

「什麼？」

「像他那樣冤死的鬼魂不是都吵著要報仇嗎？可是我遇見他三次，他說的全是你的事，只關心你過得好不好，他到底多愛你啊？這點你們還眞的一模一樣。」

阿漁怔了怔，他陰魂不散的執念有那麼明顯嗎？

「你說他就要走了，好可惜，沒能好好認識他……」

阿漁不想看曾汝欲哭的模樣，不得已模仿起于新的體貼。

「他啊，一直都在妳身邊觀察妳。他說妳不是個好女友、好老婆，但應該是個能守護孩子的好媽媽。」

「總覺得他在損我，可是我好高興聽到他這麼說，謝謝。」

曾汝露出笑，阿漁忍不住輕撫她婉好的笑臉。他再怎麼死鴨子嘴硬，也不得不承認這女人給他帶來了從未擁有過的旖旎美夢。

說到辦喪事這件事，她們一群女大生實在沒什麼經驗，選舉期間因爲城隍爺保庇，也沒跑過半場白事，最後么受的男友的阿嬤的鄰居，給她們介紹了一家物美價廉禮儀社。

曾汝電話聯繫上對方，大略說明需求，隔天對方就驅車前來場勘，選定了城隍廟原址。她們以爲會是個歐吉桑，碰面的卻是一個戴著鴨舌帽的年輕人，自稱是喪記棺材舖。

「死者生前是高三學生，妳說希望告別式會場布置成畢業典禮禮堂的樣子。這是我大略畫的設計稿，另外這是我向校方申請到的畢業證書。再來這是我研發的無毒可溶紙蓮花，已經通過專利，可以放水流。」

曾汝因爲對方服務太熱心，反倒心生防備。她嗅了嗅紙花，沒有廉價化學香精的怪味，而且摺紙的手藝頗精細。

「帥哥，我訂五百朵明天來得及嗎？」

「可以。」對方微笑以對，曾汝這個惡婆婆刁難失敗。

「帥哥，請問你能不能拿下帽子？」么受舉手插話。

「啊，我不是帥哥……」

「一定是。」妮妮篤定說道，閱男無數的她不會錯看。

「脫帽子、脫帽子，脫、脫、脫！」

「小姐們，請別這樣……」

「帥哥，你知不知道我們只出得起那點錢？」仙子環胸說道，適時拯救被大學女子圍住調戲的葬儀社小帥哥。

「我知道，請放心，材料費足夠了。」對方溫和回應。

也就是說，人工費他自願吸收，這也太好心了吧？

對方小帥哥看見她們質疑的目光，也不生氣，露出謙謙淺笑。

「我是平凡的生意人，不過也聽說過一點那個世界的事。福興送城隍，我代表陸家道士特來爲這意義非凡的道別獻上祝福。」

告別式當天，阿漁精神抖擻地穿上于新的舊制服，帶著十八歲的青春心靈參加自己的喪禮。

阿漁特別拉了兩張椅子擺在台前，讓出竅的于新坐在他旁邊，樂呵呵看著受邀出席的師長和同學，紅著雙眼說從前。

大家都一樣，說起王昕宇，一定也要說說黃于新。一個總是有無數鬼點子捉弄人，一個則是邪惡計畫的精密實行者，這兩個同是福興鎮出身的男孩子根本是人類社會的煞星！

阿漁笑到都埋在于新的肩上，場上來賓不約而同望向他卻不敢出聲，只有于喬捧著茶館捐贈的小蛋糕坐到她兄長身後。

「哥，你看起來好像幸福的神經病。」

沒辦法，阿漁實在很開心。他死後一隻鬼孤孤單單守著福興，大家漸漸不再提起他的名字，他還以爲自己被忘記了，原來眾親友仍然對他懷抱著咬牙切齒的深刻情感。

最重要的，他不是一個人，有于新在，驅散了熱鬧之餘，無可避免的離愁。

曲終人散，天下沒有不散的筵席，熱鬧過後，總得把剩餘的寶貴時間留給好兄弟。

于新親手準備了一桌酒席給沒吃到流水席好失望的阿漁，要爲他餞別。

要知道他家白色別墅被斷了瓦斯，這擺滿整桌的料理可是于新特地在家裡煮好，用那台半殘的淑女車不遠千里送外燴過來。阿漁想說他這個主人好歹擺個碗，但于新三兩下就幫他盛好湯飯，叫阿漁換身體吃喝。

阿漁只有一個感想：「火山孝子黃于新。」

「什麼？」

「好吧，賢妻良母黃于新。」

于新還充當酒促小姐，替阿漁倒了一大杯王鎮長珍藏的紅酒，默默看著阿漁一口肉、一口酒，吃得好不開心。

「話說回來，你竟然把整間廟炸掉，眞是不能小看你。」阿漁喝得微醺，一把攬過于新肩頭。

「我說過，我會做炸彈。」于新面不改色，也給自己倒一杯。

「拜託，我沒要你像個常人過日子，但至少別被抓去精神病院。」阿漁嗤嗤笑道，並不是眞心規勸于新的亂來。

「嗯。」

「老實說，我第一次見到你就很喜歡你，該說是相中你的臉，還是你特別的氣質呢？」

「你說過十幾次了。」

「我就是個粗鄙的胖子，我常常想，要是能成爲像你這樣才華洋溢的美男子，那該有多好？」

「我也很羨慕你對人們的熱情。」

「嘿嘿，那是裝出來的。」阿漁瞇起眼笑，于新眼也不瞬地看著他。「我其實很怕麻煩，是我爸媽寵溺的懶魚啊，但我想說裝成海派的大哥，你就會以爲對人好是我的本性，卸下心防來依靠我。」

「這有什麼好處？」

「先不提我認識你這些年從你身上佔到多少便宜，單純來說，如前言所述，就是我喜歡你啦！都是因爲你，爲了你呀，小新。」

「嗯。」于新帶了絲鼻音應道，阿漁很榮幸他願意接受這個直觀不過的答案。

「我就要走了，不能再照顧你，你可要連著我的份，好好愛惜你自己。」

一直到夜深，阿漁趴在桌緣都要睁不開眼，還是忍不住拉過于新袖口。

「小新，我們下輩子再一起玩……」

「我爸說，永社人沒有靈魂轉世的觀念。」

「眞是的，都到這個時候，也不會說句好聽話……」阿漁咕噥一聲，不勝酒力倒下，

「哎喲，時辰就要到了，走走……」

于新依習慣把阿漁扛上身，阿漁閉上眼，安心地讓于新揹著他，踽踽走向黑夜。

他們沿著水邊走，一路上，于新不停輕聲說著：「昕宇，謝謝，謝謝你。」

阿漁愉悅地想，最後能有這麼一個情義相挺的大帥哥爲他送終，這輩子也夠本了。

黎明時分，密密麻麻的黑影在便道水邊恭候大駕。

「城隍大人，可欲出發？」

「行。」官轎響起年輕而微啞的男聲。

眾鬼起轎，儀伍沒入水下前，他回眸看了從小長大的城鎮，畫面就定在大霧瀰漫的最後一眼。

「唔，陰間到了嗎？」

阿漁恍然睜開眼，卻見到熟悉的天花板，還以爲陰曹樸素得和于新他家一樣。

「老公，早安……」

曾汝的睡容出現在眼前，阿漁一時反應不過來，怎麼這畫面和昨天一樣，出發日期算錯了嗎？

他輕手輕腳略過曾汝，下床在簡陋的房間翻找，接著又到客廳翻箱倒櫃，把剛睡醒的于喬嚇呆了。

「哥，你怎麼了？」

「沒事，只是在找東西。」

家裡找不到，阿漁鞋也沒穿就跑出門，不肯接受腦中閃過的可能。

「小新、小新，不要躲了，這一點也不有趣，快出來啊！」

他老家、鎮北街上、廢工廠、圳溝水堤……阿漁幾乎把鎮上翻過一遍，什麼也沒有。反倒是過往的回憶被觸發解鎖，一幕幕浮上心頭。

都怪他滿足於于新的陪伴，沉浸在兩人最美好的過往，忘了世情多變、忘了于新比誰都害怕被留下。

最後，阿漁恍然來到城隍廟，只見一片大火燒盡的荒蕪，僅存一塊臨水的破石碑見證福與城隍爺三百年傳奇。

他跟蹌往石碑走去，就像他們看過的科幻電影，爲了區分夢與現實，必須留存眞實的線索。他顫抖撫上石碑，上頭復刻他月前向鬼判咆哮的句子。

——只要我是福興的城隍，我不願你死，你就能活下去。

阿漁對於這個爲了他殫精竭慮的結局，只能絕望大吼。

「啊啊啊！」

于喬照入伍清單爲兄長打包好行李，雖然媽咪說不要管他，但自從喪禮結束，她大哥就像三魂七魄丟了一半，呆呆對著陽台的九重葛不發一語。

「哥，雖然你恢復正常很好，但像之前動不動發神經抱著我轉圈也很好啊！」

聞言，阿漁過去抱起于喬轉兩圈，又回到原位和九重葛對看。連于新最親的母親和小妹都沒有發現家中的男丁被調了包，把他的反常視爲正常。

而某妻子，曾汝就像隻花蝴蝶早出晚歸，熱衷於公眾事務，還不知道自己已成了可憐的寡婦。

阿漁好幾次想對曾汝坦誠，但看她開心地給肚皮抹乳液，就是說不出口。

「老公，最後一晚了，把握良宵，快來幫我按摩！」

阿漁一坐上床頭，曾汝隨即巴住他的腰身和大腿，選擇最舒適的位置躺下，毫不掩飾她對這英俊肉身的喜愛。

「我問妳，妳會喜歡胖子嗎？」

「怎麼了？難道我現在很肉嗎？」

阿漁看著曾汝的雙眼，怎麼也無法戳破于新編織好的祕密，因爲說了她一定會哭。

「我要是當時被張仁好撞廢腿，妳會接受一個殘廢嗎？」

「阿新？你還好嗎？是不是又想起你朋友？」

阿漁從小就放棄結婚生子的念頭，同齡女生不會把他當作對象，他最多只能利益交換找來陪伴的看護，但他不願意這樣。他天生矮人一截，標準卻比天高。犧牲不了自尊，只能放棄作夢。

但他還是會羨慕，于新憑自己的條件得到所愛，如同他所憧憬的童話，王子配公主。都怪他讓于新察覺到想吃天鵝肉的心思，于新才會做下無可挽回的抉擇。

他這種臭俗仔，根本不配當人朋友。

曾汝摸摸丈夫陰鬱的臉龐，笑著給他打氣。

「其實我早該發現，你說過你大學志願是昕宇填的，因爲二年級可以公費到國外交換學生，但你一直沒有去申請。我還臭美以爲你是捨不得我。」

「是嗎？我不太記得了。」阿漁早就發現他因爲輾破頭，漏掉不少生前記憶，但他就是天眞地想有于新幫忙記下就好。

于新不時探問他還記不記得，單方面釐清他的腦子記得多少，問完還露出既安心又有些失落的神情。

阿漁越想越不對勁，該不會他對小新新這個青春美少男做了什麼不負責任的歹事？

「我記得很清楚，你說，昕宇給你活下來的勇氣。」曾汝低眸懷想。

阿漁心頭卻長長「嗯」了聲，哪來的勇氣啊？他一隻懶胖廢魚，自小卻因爲一雙爛腿不停接受各種治療，被一次次的失敗挫折嚇到縮膽。最後國中情緒暴衝，摔破家裡所有易碎品、加上老爸的電腦，才終結他的復健地獄。

「不可能好轉，別再懷抱任何希望」，就像于新對自己人生所下的註解。

但阿漁總覺得有個地方兜不攏，他高三那年怎麼會發神經節食減肥好長一段時間，就爲了做他發誓打死不再嘗試的復健？

「阿新，以後昕宇不在，也有我照顧你，請你相信我。」曾汝捂著胸口立誓，用了阿漁教她的撇步，因爲他也這麼做過。

——小新，你不要信命，你來相信我。

阿漁用力摟緊曾汝，代替于新強吻她一記。曾汝似乎察覺到丈夫的不同，睜大眼望著他。

「寶貝兒，我出門打個電話，妳先睡吧？我愛妳！」

「老公，等等！」

懷孕的肥婆怎麼跑得贏長腿美男？阿漁這次也一樣忘了穿鞋，赤腳往他家美麗的白色別墅全速前進。

阿漁摸黑進屋，準確無誤地找到話機，按下他默背四年的電話號碼。現在時間爲美國美好的早晨，智超先生應該已經進辦公室。

「摸西摸西，this is 王桑之子，may I speak with 王桑?」

「阿新？」話筒傳來與阿漁對敵十八年的男聲。

哭爸，怎麼不是助理接的？

「王、王伯伯，您老好啊，最近身體勇健嘸？」阿漁僵硬地轉換于新模式。

「我收到信了，我們夫婦感到很欣慰，謝謝你。」

「小新他眞的很努力喔，不枉費你認他當乾兒子、老媽點頭作媳婦……啊啊，我就是小新呀，我只是模仿阿漁說話喔！」

「你很堅強，我不及你勇敢。」

阿漁聽出父親語氣的苦澀，不管合不合角色扮演，朗朗抬槓回去：「你才知道？我已經不是當年躲在床底哭的小孩子。」

「我知道，你和昕宇爲了手術的事吵架，三天沒去上學，于喬跑來我們家哭訴，被小宇拖出來。」

「天啊，這樣一說，眞像鬧彆扭的小女朋友！」阿漁不住感慨，于新和女孩子都是水做的，欺負不得。

「我要謝謝你，多虧有你在，小宇那孩子才肯往前走。」

「他也是仰仗你們的疼愛，反正留下來有父母可以依靠，沒有想過你們的心情，你們比誰都希望他能像個常人在陽光下奔跑。」阿漁回想那個永遠長不大的自己，多麼任性而快活。

「其實我沒有那麼希望他好起來，只要小宇在我身邊就足夠了。」

他老爸還是像記憶中一樣溫柔，阿漁必須深呼吸才能強忍住哽音。

「王伯伯，是你帶昕宇去做復健吧？他那麼大隻了，再坐夫人的機車不方便。」

「對，小宇說，要給你一個驚喜。」

阿漁幾乎握不住話筒，王鎮長的證詞填上最後一塊記憶碎片。

他被于新的眼淚逼去出國就醫，照理說，這樣他已經夠棒了，只要等著看金髮妞護士就夠了。他卻跑去鬧公務繁忙的老爸，說要重啟療程，王鎮長也只能排開萬難，開車陪他去醫院復健。

他回程都累得睡在後車座，他爸也沒多問一句。後來他實在瞞不住祕密，偷偷告訴老爸，他這個殘廢的胖子也跟超級英雄一樣，有著賭上一切也要守護的事物。

——爸，我喜歡小新……

他爸直到紅燈停下，才從駕駛座微笑轉過頭。

——小宇，加油喔！

父親的鼓勵帶給他莫大的勇氣。

畢業典禮前一天，他一如往常用電動車載著于新巡鎮，到無人的水邊停下車，叫于新站到五公尺外。

于新不明就裡，仍是聽話照做。他很緊張，笨拙地跌下車，喝令于新不准來扶，然後慢慢站起身，一步一步，艱難地往于新走去。最後成功達陣，跌抱在于新懷裡。

他氣喘吁吁，卻像向上天宣示，聲音格外高亢。

「你說，你不相信奇蹟，你看，這就是奇蹟！」

于新怔怔地無法反應，水珠一顆顆從他眼眶滴落。

「不要再說什麼命運，相信我比較實在。我都能站起來了，你怎麼不可能幸福？」

「昕宇……」

「小新，不要怕，你不是一個人，等我回來，我會帶你一起飛翔。」

「嗯、嗯……」于新只是拚命點著頭。

那天就是因爲告了白，太過不好意思，才沒讓于新陪他回家。

然而，在于新安然把整顆心交給他之後，他卻死了，還死得那麼悽慘。

說好要給他幸福，放棄國外的所有機緣也要回來和他一起生活，卻扔下于新一個人絕望痛哭，眞是言而無信的大混蛋。

于新卻痴傻守著那個諾言，直到成全他和自己老婆在一起爲止。

細想至此，阿漁再也忍受不住，洶湧的淚腺爆發出來。

「嗚啊嗚啊嗚嗚，嗚啊、嗚啊、嗚啊！」

王鎮長頓了下，他實在太熟悉這哭聲，通常是惹上大麻煩的前奏，再好的隔音材都擋不下。

「小宇？是小宇嗎？」

「爸，我做錯事了啦！嗚啊嗚啊！」

阿漁一邊大哭一邊把他暫代城隍和這些日子他和于新交換身體的事轉述給父親知道，自己想來都覺得離奇，不知道他爸會信幾成。

智超先生雖然受到不小的震撼，仍是冷靜分析利害：「阿新那孩子很重視公平，對他好一分，他就要還兩分，你待他如此，他不可能不回報。」

「爸，我該怎麼辦？」

「這是不對的，沒有人能取代另一個人的幸福。小宇，雖然爸爸很捨不得你，但你必須去糾正這個錯誤。」

「嗚啊嗚啊，我知道啦……」

「小宇，現在不是撒嬌的時候。」

「你凶屁啊，我都沒怪你那麼快搬家，扔下我一個人啃香灰，知不知道太平洋很遠捏，死老頭子！」

王鎮長一陣無語，他很確定和他說話的對象是家裡的孽子。而且大概再過三秒，他就會為自己的惡言惡行感到後悔，自動貼過來撒嬌道歉，太了解他了。

「對不起，我以前很任性，都不聽你的話，還對你大小聲……」

「我也常常想掐死你，但你總是我的心肝寶貝。」

阿漁捨不得放下話筒，就算他爸幾乎說不出話，只剩下哽咽的呼吸聲也好。

「爸，一直沒能跟你說，在我心中，你是全世界最好的爸爸！」

阿漁走車道過水，不像以往受到亡土的束縛，順利來到鄰鎮詔宛。

他碰上幾個在夜路遊蕩的年輕人，詢問紀伯伯的雜貨舖怎麼走？他們聽見紀老伯的名字，原本不正經的嬉笑收斂許多，告知阿漁紀伯伯近來身體欠佳，原本歡迎孩子、老者群聚的雜貨店，連日大門深鎖。

「這樣啊，那他金孫怎麼辦？……啊，我是想找隔壁的青瞑仙。」

他們看阿漁路生，一群人帶他過去。阿漁聽他們提起福興鎮長補選的事，似乎對福興鎮很有興趣，正好福興最欠的就是年輕人，阿漁跟他們說了曾汝辦的培訓計畫，變相要招手下，那女人似乎打算二十年後選總統。

「來試試吧，可以改變世界喔！」

他們只是笑笑，走前還請了阿漁一支菸。

阿漁如果還有時間，一定會再過來招人，可惜他現在迫在眉睫。他上前在木板搭起的破屋敲敲門，往裡頭喊道：「仙仔，我有事相求！」

屋內響起激烈的狗叫，好一會，組裝的塑膠門咿呀開啓，白髮長袍的老者閉著雙眼、提著燭台現身。

「哇靠，青暝仙，你家被斷水斷電喔？」

「嘸是，電力會干擾靈感。」

「哇，狗狗、狗狗！」阿漁開心抱住奔出的大黑狗，不像當鬼只會被吠，無視於老人家欲開示的神情。

「貧道原本不想再插手世事，但你是小筆的義兄。」

「我跟他又沒有結拜，我們之間毫無瓜葛！」阿漁正色澄清。

「那孩子沒什麼人緣，多虧你這些年陪伴在他身邊。」

「不用謝，我是看在他帶來的零食份上。仙仔，你有沒有去陰間的法子，我很急吶。」

「你從福興要到九泉，走水路最快。貧道所知，能算出陰陽流交會時間的人，只有小筆和陸家道士。」

阿漁頓了下，一臉不情願：「可以別把他捲進來嗎？」

青暝仙慎重點了點頭：「你真正是個善人，理該得到福報。」

「我做人從沒想過要謀求什麼好報，只求對得起自己。」

「所以說，你是眞善，所以美好。」

阿漁神情黯然：「別說了，我才剛害死我朋友。」

「阿宇大哥，你錯了，那是天已註定。」隔壁雜貨店後方的透天厝，二樓陽台打開窗，穿著運動服的紀一筆探出頭。「師父，徒兒在此向您請安。」

「晚安、晚安。」青暝仙露出尋常老人疼孫的笑容，看不見紀一筆正跨過窗台要往下跳。

阿漁急忙爬上雜貨舖屋頂，把自由落體的中二生接個正著。

「紀小筆，信不信我宰了你！」

「阿宇大哥，走吧，時間不待人。」紀一筆眼睛朝向圳溝方向，看也不看路，氣宇軒昂地往前邁進。

在小朋友從屋頂摔下去前，阿漁及時把人拉住。

「等等，你怎麼了？」雖然燈光昏暗，阿漁還是發現紀一筆滿臉瘀青。

「公會考試那天被我爸抓到，他說我是畜生，不是他兒子。」紀一筆仍以旁觀者的平靜口吻敘述發生在自己身上的慘劇。

「你爸才是畜生，說好不打臉啊，你這樣出去還能不能見人？」

「老師同學也不會理我。」

「那這草莓ＯＫ繃誰貼的？」

「喬喬。」紀一筆略帶羞怯回道。

阿漁完全明白這小子爲什麼會越級喜歡于喬，于喬根本是他悲慘人生的小仙女。

「可我再喜歡，也只能放棄喬喬。」紀一筆嘆道，阿漁還以爲他認清身高不足的現實。

「我已經預見未來，因爲住院醫師工作壓力大，埋頭於溫柔鄉不斷鬧出婚外情，成爲讓妻子小孩哭泣的大爛人。」

「你不要自暴自棄啊！」

阿漁從屋頂把紀一筆拋下地面，狗狗們熱情圍住牠們好久不見的小主子，阿漁才從紀一筆壞死的臉部神經看見幾絲少年的笑容。

「師父，請恕徒兒先行告辭。」紀一筆放下大黑狗，拐著腳地跑起來，阿漁沒力追問他家暴的情形，只是過去把男孩揹上身。

「你也太瘦了吧！」

「家父家母常常在飯桌上吵架。」

「你家看來不窮啊，怎麼一點溫暖也沒有！」阿漁就要走了，不然他眞想把這小子打包越洋寄給他爸媽。

紀一筆貼在阿漁耳畔問道：「阿宇大哥，你爲什麼不接受于喬她大哥的好意？就像民間故事那樣，善人因機緣遇上異人，異人離開現世前，給予善人豐厚的報酬。」

「他想給是他的事，我不爽拿不行嗎？」

「你想活下來，他想要解脫，難道不是兩全嗎？」

阿漁這才想到，于新的陰謀只要有個多嘴的臭小子稍作提點，大概就破功了，紀一筆卻只是含糊其詞。

「紀小筆！」

「而且你走了，我就沒有大哥了。」

阿漁慢下腳步，他們已經來到兩鎮交界，流水聲在夜裡格外放大，摻雜幾絲泣音。

「我不是福興人，聽師父說起城隍爺傳奇，還是厚顏無恥地上門尋求庇護。像我這種不被社群接納的異端，你不只收留我，還陪我說話，教我做人的道理，對我而言，你才是眞正的城隍大人。」

阿漁在橋邊放下紀一筆，半蹲下身，對著這個就算哭也一樣面癱的男孩子，到頭來還是不改他毫不溫柔的說教方式。

「小筆，要是你以後眞的成了厲害的算命仙，也不要變成騙財騙色的壞蛋，知道嗎？」

「阿宇大哥，社會是個大染缸，我無法保證。」

「臭小子，像你這種天賦異稟的怪胎，你爸、你媽，還有你快做仙的師父都教不了你，你只能靠自己劃出正道，不管再辛苦，也不要放棄當個好人。」

「大哥……」紀一筆上前抱緊阿漁的肚子。

阿漁大嘆口氣，摸摸他的小腦袋。

「是時候了，你跳吧！」紀一筆抹乾眼淚。

「啊？」

「這一刻鐘內，跳下去，有六成機會到陰間，把握時機。」

「我還以爲要開壇什麼的，很簡單嘛！」阿漁踩上半身高的護欄，對著不見底的黑水深呼吸。

「我必須聲明，要是失敗，你就成了水浮屍和孤魂野鬼。我師父年事已高，不去外縣市招魂。」

「開玩笑，我王阿漁火裡來水裡去，死也死過了，還怕什麼？」阿漁燦然咧開嘴角。

「這種鑽陰律漏洞的機會實在千載難逢……」紀一筆還想再勸，但他眼前的年輕男子只是回眸深深凝望著福興鎮，就像看著珍藏的寶物。

沒有誰比他更想要留下，福興是父親爲了守護他而打造的美麗城鎮；但他不能留下，因爲他有必須啓程的目標。

「我知道，小新他在等我。」

阿漁輕聲喃喃，然後往湍急的水流，一躍而下。

沒有光、沒有溫度，不知過了多久，他才被水流沖上岸。

阿漁在扎人的沙地掙扎起身，很快就發現下半身失蹤了，義肢不知流落何方。他用雙手撐起僅存的上半身，環顧四周，老樣子，烏漆墨黑，但勉強能視物。

陰間別名九泉，顧名思義，就是到處都是水。他身下的陸地是一片快被淹沒的沙洲，夾在大水和聳天的古老城牆之間。

阿漁掙扎著爬行向前，身旁響起嬉笑。他抬頭看，原來是群聚在城外的孤魂，也和他一樣殘缺不全，應該是遭遇非正常死亡方式，不得其門而入。

「嘻嘻，好蠢、好醜……」

「喂喂。」阿漁出聲制止，它們卻越笑越大聲。

誰教嘴巴長在別人的爛臉上，阿漁只能推開它們的臭腳，繼續爬行向前。

「甭白費力氣了，誰都進不去的。」

「那你們圍在門外衝啥？還不是痴想管城的大人哪天大發慈悲開門放你們進城？不幫忙就算了，別擋路，閉上你們的廢嘴！」

阿漁又忘了，死後的世界以實力定是非，他現在就是一隻reset的新鬼，弱小到爆，管不住嘴的結果就是被群鬼狠踩成魚乾。

他四年前死掉那次可是被抱著坐轎子進城，前輩大哥親手洗去他一身傷，爲他削好木頭腳裝上，還去陰市搶了件據說會顯瘦的牛仔褲給他。

當時他理所當然受下，如今他一個死胖子受盡垃圾鬼欺凌，才眞正明白長腿叔叔的好。

城隍爺、黃先生、乾爹啊——阿漁在心底嗚嗚哭求，背上踩踏的壓力突然消失不見，他循著低伏的視線望去，看著霸凌殘廢胖子的惡鬼齊齊往城牆退去，抖得不成鬼樣。

怎麼回事？阿漁納悶回頭，原本平靜的水面竟興起萬丈波瀾。眼下他根本沒腿可跑，只能眼一閉，承受鋪天蓋地而來的大水。

周遭響起亡魂被水流吞噬捲下的哀嚎，他卻沒有預想的痛楚，被厚重水體包覆住，感覺像是兒時媽媽爲他蓋小被被一樣。

等大浪退去，沙洲只剩下阿漁一隻鬼。天災眞是無情吶，不管是跪在城門邊哭哭的鬼、袖手旁觀看鬼打鬼的鬼，還是群毆他的垃圾鬼，全部被掃得徹底……阿漁細想之後，手指比向倖存的自己。

難道水也有靈識，知道他是仁民愛物的好胖魚？

阿漁怔怔看著這片包圍古城的廣大水域，就像護城的屏障，他不由得聯想起福興鎭的城隍大人，號稱守城界的霸主。

「前輩大哥，是你嗎？」

黑水邊際慢慢浮現一抹白影，阿漁看著「他」濕髮貼覆的白皙纖頸，與憑水娉娘的夢幻身姿，不愧是迷倒他爸的背影殺手。

白影沒有回首，只是長長一嘆息。

阿漁像隻蟲子全力蠕爬過去，握住「他」垂落在沙岸的右手。

「前輩大哥，我來帶小新回家。」

「他」側身凝視阿漁，胸前一片血肉模糊，前頸被割裂半邊，使「他」頭顱不自然垂下，臉皮半邊脫落，死狀可怖，但阿漁一點也不覺得可怕，又爬近一些。

「您還是希望他能活下來對吧？我也是喔！」

「他」僅存的左眼默默淌下淚來。

「小新只是腦袋趴呆，誤算用王子換胖子比較划算，他不是眞心想死，並沒有後悔出生到世上。」

阿漁認眞幫于新澄清，走上黃泉是于新的手段不是目的，只要讓他去揍于新一頓，笨蛋小王子就會想開了。

「城隍大人，先別管公平正義、仁愛良善，您無論如何都想守護的珍寶，不就是于新嗎？」

以前輩大哥對福興人的容忍度，任憑張仁好隨便胡搞也不會換下她，就像過往的福興籍爛官一樣；但天下父母心，于新出生後，老舊的破城再也不適合孩子，祂才會寫信給他爸，希望能帶來好的改變。

這是父親的愛，沒有任何錯，所以阿漁要把于新送回福興，絕對不讓他最喜歡的城隍爺傳奇悲劇收場。

「前輩大哥，請您助我一臂之力。」

阿漁被撫了撫腦袋，然後那隻溫柔的手臂揚起，再次召來滔天巨流。

在大水暴力衝開城門前，響起金屬清音，厚重的青銅城門開啓，從兩人寬的縫隙中走出一名黑西裝男子。

「黃伊人，你再敢淹酆都一次，我就把你兒子發配邊疆吹沙！」陸判食指用力比向福興前任城隍，又用拇指往後比向城裡那個白痴繼承人。

「判官大人，請法外開恩……」大水退去，換作白衣男子淚如雨下。

「哭什麼？哭屁！」

「等等，我就覺得奇怪，于新在城裡，爲什麼前輩大哥在城外？」阿漁忍不住出聲質疑。

「陰律記載，爲官者，原世三等親內親屬死亡，不得相見。」陸判不帶一絲溫情回應。

「明知道他們多想念彼此，還把他們父子分離，你這個死變態、九百歲老處男……唔唔！」阿漁被捂住嘴，再氣也知道這時候要乖，只能滿腹委屈看著前輩大哥走出水中，就爲了向陸判磕首請願。

可「他」還沒伏地跪拜，陸判先聲奪人。

「不准跪，那次勾魂你跪了整晚，在廟門前磕破頭，這兩個死小孩有學到教訓嗎？接著七月初，你爲了讓孽子脫身，把陰曹淹了，淹完又跪又哭的，我有怪你嗎？再者，仙宮教的術士爲了拿下福興，菁英盡出，你與之對敵，身中無數邪咒，不就是像死胖子說的，想要守著那個只想玉石俱焚的孽子？」

阿漁聽了只是睜大眼，他都不知道前輩大哥一直在背後默默收拾他和于新的爛攤子。

陸判沉聲道：「這是我最後一次警告你，他們兩個陽年加冥壽，都是成年人了，不管做出什麼愚蠢的選擇，都不再是你的責任。」

即便如此，阿漁看前輩大哥還是雙手撫著胸口，向陸判深深行禮，用流水似的嗓音祈願。

「陸判大人，請您，庇護我這兩個苦命的囡仔。」

同是土地的守護者，一定能明白他的心情。

阿漁被判官大人揹進城。沿路總有陰差拿著文件請陸判批示，走走停停，鬼判大人一路都沒理他，阿漁感覺到他老人家被迫接下他這塊燒番薯，老大不高興。

阿漁本以爲陸判會把他扔去煉獄做烤魚，陸判卻把他帶到位於城中心的辦公廳。阿漁先前就任代理城隍來過一次，辦公室比他們陽間的官邸廁所還小，不算陌生。

陸判一進官廳，就把阿漁隨手扔到客座上，逕自回到崗位上，打開阿漁四年前沒見過的筆記型電腦，埋頭處理起公務。

阿漁怎麼叫，陸判都沒理他，也就無從問起于新的下落。而最怕無聊的他，看人工作等同精神折磨。

這時，門外響起精神旺盛的女聲：「前輩，報告，陳小蟬回來了！」

阿漁看著同樣四年前沒見過的雙馬尾少女蹦跳進來。因爲她的大嗓門呼喚，陸判才從筆電中抬起頭。

「咦，怎麼多了一個男孩子，你的尾巴呢？」少女睜大明眸，開朗的表情和鬼差的身分搭不上邊。

「被漁夫吃掉了。」阿漁含淚說道，少女直說太可惜了，她從上半身斷定那條尾巴應該很肥美。

「前輩，我就說吧，眞的有美人魚，應該也會有聖誕老公公。」小蟬向陸判沾沾自喜說道。

「妳給我去撞壁。」陸判冷冷回應。

少女向阿漁自我介紹，她叫小蟬，是陸判大人的副官，正式官稱是「陳判佐」，但大家還是叫她小蟬妹妹，相對於判官葛格。

不過她這個不稱職的實習判官大概要換人了，因爲陰曹最近來了個超強的新人，陸判有意培養他接班。

話說冥世科技力落後人間三百年，好不容易來了一個被咒殺的理化神童找到陰陽水發電的法則，陰曹才有了自給的能源。陸判集合工程師建置硬體設備，卻苦無資訊軟體人才。而新人來了，才幾天時間，就幫陰曹建立好電子公文系統。

不僅文才，那個新人徒手能宰制地獄暴動的惡鬼，又能從硫酸般的忘川平安救起失足跌落的善魂，還到育幼院彈吉他給小鬼們聽。

「他超好用的！超！」小蟬副官對新人讚不絕口，「他叫于新，等一下會過來報告各級處的交辦事項，我再介紹你們認識。你們差不多年紀，應該能當好朋友！」

「啊啊，這消息衝擊太大，先讓我消化一下。」阿漁抱住混亂的腦袋。

「你慢慢消化，我知道新死總要時間適應，不過不用擔心，陰曹這個大家庭竭誠歡迎你加入！」

「笨蛋，我沒有要收他。」陸判打斷小蟬一廂情願的熱情。「看他這樣能幹嘛？資源回收嗎？」

「我要告你公然侮辱！」阿漁氣呼呼吼回去。

「你應該告不贏，前輩他就是陰律。」小蟬好心勸告一聲。

「我就覺得奇怪，你一個大忙人怎麼會親自來牽魂又容忍靈魂掉包這種事？原來你早就覬覦我家小新！」

「你是黃同學的親友啊！」小蟬恍然大悟，「請你諒解，陸判前輩就是喜歡聲音好聽的孩子。」

「妳給我閉嘴。」

就算被陸判斥責，小蟬副官還是把她知道的都說了出來。

「雖然陸判前輩和眾家前輩都很喜歡黃同學，他不像新死，就像隻鬼。但他來陰間報到，都不住我們提供的紙紮宿舍，總是睡在水邊，又濕又冷，怎麼勸他都不聽。」

阿漁聽了安靜好一會。于新大概是想離爸爸近一點。每次他以爲于新過得不錯的時候，總會出現反證，害他怎麼也無法放著不管。

這時，門外響起他們久候的男聲，清雅而微啞，像流水一般。

「陸大人、小蟬學姊，請容我入內……」

聲音戛然而止，于新怔怔看著半身狼狽的阿漁。

「你這是什麼打扮？怎麼活像修女服？」

「是制服……」于新呆板地回，顯然還沒有回過神來。

「陰差制服怎麼改成這樣？品味眞差，是哪個大鬼對修女有癖好啊？」阿漁連珠砲質問，問題都集中在于新的連身黑長袍上。在他心中，于新應該穿著華麗衣裳、頭戴金冠，接受眾鬼膜拜才對。

于新和小蟬看向陸判，阿漁立刻閉上嘴。

陸判沒理他們，轉過筆電，螢幕是黃家三名女子守在急救室外的畫面。

于新默默看著畫面中秋水和于喬左右扶持著曾汝，以防她昏厥倒下。曾汝兩手交握在額前，不停禱告：「不要有事、千萬不要有事啊！」

阿漁轉頭看向于新，于新下意識伸手想要去碰，中途想起他和曾汝已是兩個世界，只能把長指握成拳頭。

「雙方都在，我就明說了。黃于新這個肉身正在醫院急救，一日內沒回魂即宣告死亡。

判決未定，我只能確定一件事，不可能兩個都活。」陸判看向腕錶，倒數計時。「半日後給我答覆，不然就由我全權決定你們的下場，明白嗎？」

也就是說，生與死，再選擇一次。

陸判闔上筆電，關閉女子的哭聲，從西裝內袋抽出一枚信封。

「黃于新，這是你這些日子工作的薪資，時限之前，容許你們在城內自由活動。」

「前輩！」陳小蟬副官拍桌而起。

「住口。」

「可是……」

「閉嘴。」

「陸哥，你真是大好人。」于新由衷感謝，就是藏不住實話。小蟬和阿漁大驚失色。

陸判惱羞成怒：「滾，都給我滾出去！」

離開辦公廳，于新解下黑袍下裳，把阿漁包在背後。阿漁兩手從肩膀垂在于新胸前，活像塡充大布偶。

阿漁不知道于新疾走要把他帶到哪裡，只是對著一片黑漆讚歎：「這裡就是我們以後生活的新天地啊，好棒喔，好有後現代藝術的氛圍！」

于新沒理他，只是埋頭加快腳步。阿漁生長於生活機能齊全的鎭北，又常常在夜市小吃聞名的鎮南遊蕩，好吃的東西福興多得是，很難想到于新是在「追攤販」。

「阿伯，請等等！」

于新叫住就要從街角走去下區的老人，老人手上拿了一把稻草紮的長棒，很像傳統的糖葫蘆，但和糖葫蘆不同，不是紅色，黑乎乎一串。

于新要了一份，老伯意興闌珊拋給他，一把抽走于新交付的冥紙，完全不具陽間服務業精神。

「不愧是我的好兄弟，一來就招待我吃特色小吃。」阿漁咬下糖串，立刻呸了聲：「幹……乾脆有嚼勁，眞是特別好滋味。」

阿漁言不由衷的時候會捲舌；眞的好吃會全吃光不廢話。于新把糖串抽過來，默默吃掉一點也不美味的點心。

「眞難吃。」

「是吧……哎喲，也沒有多難吃啦！」

「我聽說這是陰曹最好吃的東西。」

「哇靠！」阿漁突然好懷念神壇上的水果盤。

「你還要留在這裡嗎？」

「當然了，又不是我老婆孩子被拋下。」

于新沉默不語，低頭走在渺無人影的水道旁。城中有許多類似的細流，就像天然的迷宮，左轉右拐都好像在原地踏步，不過阿漁相信于新的路感，不會走失到荒郊野外。

「黃于新，不管是對我還是對那女人，你眞的太過分了。」沒有商量、沒有選擇權，私自決定好一切。

「你會照顧小汝和孩子。」

「哼，這麼一個美人兒，產後我當然會好好使用她啦。至於孩子，我最討厭小孩了，一定一日照三餐打，讓你小朋友當我大爺的出氣包。」阿漁露出變態的獰笑。

「你明明很喜歡小寶寶，半夜醒來，偷偷抱著小汝肚子唱安眠曲：囡仔囡囡睏，一暝大一寸——」于新清朗哼著小曲。

「你哪隻眼睛看見？」阿漁驚叫不止。

「左眼和右眼，身體殘留記憶。」

「混蛋，那是你的小寶貝，等同福興鎮寶貝，我哄哄不行嗎？」

「行。」

于新繼續大步疾行，感覺屁股有火在燒。阿漁克制不住睡了一會，這個背脊實在是爲他量身訂作的小床，直到水氣迎面撲上他的臉面。

于新停下腳步，點亮隨身小燈，照亮兩人前方壯闊的景象。廣袤無邊的水，波浪洶湧拍打上岸，就像阿漁見過的海。

「黃泉，水的盡頭。」

「啊。」阿漁想起他以前常和于新討論福興的水流到哪裡。有次他趁著參加泳賽的機會，帶于新到下游的出海口，但于新看了堅持不是，因爲他爸爸不在那裡。

于新是對的，他親愛的父親在這裡才對。

阿漁想，如果像這樣日復一日和于新來這裡看水，陰間貧乏的飲食也不算太壞。

但這樣只是止於不幸，離他許的大願太遠了。

「小新，你不回去，就得永遠揹負拋家棄子的罪惡感。」

「昕宇，我不想再看你死去……」

「雖然很遺憾，但我們不是早就在一起了？」

他們相識起的三年歲月，因爲阿漁必須借助于新作爲雙足活動，兩人幾乎天天玩在一塊，笑得比誰都響亮。他的青春是短暫了些，但因爲于新在，沒有虛度的一天。

「不要露出快哭出來的表情啦，我王阿漁拍胸脯保證，我家小新細心又體貼，一定能經營好家庭，不要怕，沒問題的。」

于新只是搖頭，像個無助的孩子抓緊阿漁摟著他胸口的臂膀。

「小新，回家吧？」

回程于新一句話也沒說，阿漁知道，帶他去看黃泉已是于新最大努力的挽留。他們並肩坐在小廳接受審判，于新低頭沉默不語，全程由阿漁代答。

阿漁把他所能想到于新的好全盤托出，像是有次放學下大雨，他的電動車拋錨卡在水溝邊，于新淋雨推著壞掉的電動車，阿漁怎麼罵都不肯放棄，兩人在路上又吵又哭，最後還是路過的鎮民通知王鎮長，王鎮長無奈地開車把他們兩個笨蛋載回家。

也難怪于新常常覺得活著很辛苦，自作自受，誰教他總是全心為他人付出。這樣一個溫柔的大帥哥，不讓他回去繼續過著勞碌的人生，可是社會公益的重大損失。

阿漁說完，看陸判一臉不甘願，簽下放還于新復生的通行證。

「而你，王昕宇──」

聽見阿漁的名字，本來垂著臉的于新抬起頭來。

「我再也不想見到你這個敗事有餘的死胖子！」陸判嫌惡說道，手指彈著阿漁代理城隍任內一大疊的申訴單。

「我知道錯了啦，地獄給你輪啦！」阿漁自知理虧，很認命地頂嘴。

出乎阿漁意料，陸判提筆，往阿漁額心一畫。

「黃于新，交派你最後一件公務，帶他過橋。」

阿漁知道這個陰差專用術語，帶亡魂過橋，意思就是去投胎。

「陸哥，昕宇的腿會好嗎？」于新紅著眼眶問道。這麼一問，害阿漁反射性摸向大腿，但他現在沒腿了，只碰觸到于新替他在座位上墊好的軟布。

「他因為未盡壽，沒有走完的命數會帶到下輩子，我會安排足以照護他生活起居的家庭。」

「我……可不可以把腿給他？」

「你家在四樓耶，清醒點！」阿漁被于新的傻話幾乎嚇得跳起來。

「昕宇，只要你把腿治好，不用回來也沒有關係……」

于新四年前也說過同樣的話，那麼依賴他，比誰都害怕失去他，但更希望他能幸福。阿漁不想在別人面前哭，奈何他就是對于新無可奈何。

沒想到陸判竟然應下于新的請求，阿漁差點崩潰。

「可以，但你要承諾我，回到人世之後，不要再沉浸於過往的夢中，振作起來，好好地過日子。」

「嗯。」

「判官葛格，爲什麼小新說什麼你就答應他？你想想，我這胖子再長能長出像他這樣的長腿嗎？拜託你不要理會他的傻話！」

「時辰到了，上路吧！」陸判闔起判決書。

于新重新把阿漁揹負上身，向陸判深深行禮。

「喂喂，聽我說話啊，胖子沒人權嗎？我早就習慣廢腿了，我就是喜歡坐電動車，不要讓美男子殘廢，暴殄天物。不然，一隻就好，不要全廢，拜託一下，更審、抗告、上訴！」

無論阿漁怎麼叫破喉嚨，于新只是一股腦地往前走，沒有回頭的打算。

天空下起細雨，阿漁聽說陰曹少雨，只有大神偶然過輪迴才會降雨洗塵路。或許有更浪漫的解釋，因爲于新在流淚，所以世界也該爲他哭泣。

「好啦，不要哭了啦，你算算看，這句話我這兩個月說了多少次？」

他們來到所謂的「橋」，木頭做的，不比原本城隍廟的便橋寬，只容單人行走。河上水霧繚繞，讓人看不見木橋對岸的情況。橋邊有名古袍女子笑咪咪招呼著，似乎等候他們多時。

「孟姊。」于新擠出一絲氣力問好。

「喲喲，這就是你生死相交的對象啊，眞像對小夫妻。」

「對啊，橫刀奪愛才是愛。」阿漁順口回了一句。

女子笑著挽起袍袖，分別舀給他們一碗湯、一碗清水。濃湯給投胎之人，忘卻今生一切罣礙；清水給還魂之人，抹去陰間經歷。

阿漁左右手代于新恭敬接過美女姊姊的好意。女子袖手走遠，留給他們獨處的空間。

于新說不出臨別話語，倒是阿漁興匆匆地發話。

「小新，來來，你不是水之魔法師後裔嗎？幫我混合，我們一半一半。」阿漁端著兩碗液體，教唆于新亂來。

于新偏頭望著阿漁，都這種時候還不忘胡鬧，看來陸判實在縱放了他。

「我實在不甘心這就麼和你分了，就算沒法記得全部，也想要留個念想。」

阿漁幼稚地用力擠壓于新的臉頰，于新閉上眼靠過去。

「而且你就是腦子太好才會那麼辛苦，喝了看看能不能變笨一點，把難過的事情忘記，只記得好事。」

「昕宇……」

「你只要記得，阿漁最喜歡小新了。」

喝完湯水，兩人漫步走上橋，陷入迷濛水霧。

于新再醒來，身後空蕩蕩的，偌大世間，又只剩下他一個人。

十三、新生

于新摔斷一條腿，沒能如期入伍。

可能因為他的資料上寫著「新科鎮長丈夫」、「聚眾鬥毆前科」、「兩次投河未遂」，充滿未爆彈的地雷感，他還沒出院，人家就說不收他了，免役通知單和殘障手冊同時送到鎮公所。

他家三個女人認了命，就這麼平常心養著他。反觀福興鎮民，被于新兩次震撼教育嚇到一句閒話都不敢再說，總是以「那個人」來代稱于新的名字，連于新拐著腳到府幫忙修電腦，都只敢叫他「黃先生」。

新生的孩子不明所以，也跟著大人牙牙學語，叫于新「先生、先生」。于新不怎麼笑，但小朋友問他問題，他總是耐心地一一回答，在低年齡層的鎮民圈很受尊敬。

他也延續最後一任廟主的責任，每逢陰七月就到水邊擺上酒席，招待外地的客人。夜市的攤商會輪流去幫忙，順道確認白雪公子還坐在岸上，沒有往水裡跳。

幾年過去，比起鄰鎮，福興鎮小兒驚悸、意外事故、夏季淹水……一些防不勝防的麻煩事就是少上許多，但外人也沒看他們在人事還是未知上特別努力。

福興人自己想了想，不太確定地說，或許城隍大人依然庇護著他們。

曾汝本來屬意妮妮當她助手，但妮妮還是比較喜歡都會生活，回去做她的純白花蝴蝶；而么受畢業後抓著苦命的小男友到處上山追風，毫不戀棧權勢；最後，曾汝無能爲力，只能含血含淚聘用選後就休學，定居在福興白吃白喝的仙子當祕書。

曾汝和仙子兩人從女中時代就不合，價值觀幾乎對沖，相看兩相厭。兩人因爲地上一張紙屑誰要撿而在鎮長辦公室大打出手，去死吧賤人！

而就因爲仙子深刻了解她的脾性和缺陷，只要她踰越官員的本分，做出把私利說成公益的假掰事，仙子一定第一個跳出來罵她，絕不縱容。

曾汝必須承認，她沒有走上年少得志的歪路，多虧有仙子的嘴在身旁提醒她，不敢忘卻她從政的初衷——只要在她的保護網下，于新就不用看人臉色，悠遊於自己的世界。

等曾汝差不多收拾好前任鎮長留下的爛攤子，新一輪地方選舉又要展開。曾汝競選連任，對上張家在地新任代表。張議員的姪子收攏她的舊團隊，決心重新出發。不像補選那次殺到見骨，這回兩方選得很平和，互相讚許對方提出的政策。

讓曾汝困擾的地方不在敵手，而是跑行程時老是遇到外地來的道德魔人，用老掉牙的家庭責任批評女性從政，眞想脫下高跟鞋敲下去。

「妳小孩呢？不是還小，妳這個媽媽不在身邊沒問題嗎？」

「當然沒問題，給老公顧啊！」曾汝拿著麥克風公開回應，一臉理所當然，被記者寫下見報。這樣一則地方小新聞因爲關鍵字正確，在網路瘋傳開來。

曾汝和她親親老公的戀愛故事又被人翻找出來檢視，就這樣，火山孝子黃于新傳奇更新了歷史的一頁。

「小魚、黃小魚！」秋水拎著一袋每日限量的排骨酥回家，叫了好幾聲都沒有圓滾滾的囡仔來應門，只能凶巴巴開門進來。

秋水這幾年心態轉變，心寬體胖，有些福態，但在阿尼哥心中還是福興第一美人。

「媽媽，妳回來了。」于喬正在客廳畫圖稿，今年剛考上家商設計科。她看母親嘴上說絕對不幫忙照顧囡仔，但每次小姪子吵著要吃什麼，秋水都會特別從市場買回來。

「那隻魚又泅到哪裡去了？」

「跟哥在睡午覺。」

秋水不住叨唸：「父子倆怎麼感情這麼好？」嬰兒床放在秋水房裡，孫子卻很少睡她房間，醒著、睡了總是黏在父親身上，就像于新多長出來的一塊肉。

她們談論的男人和男孩正在房裡安睡著，于新側臉挨著孩子髮旋，眉宇十分平和。

孩子不知道夢見什麼，在父親安穩的懷抱中，雙腳用力蹬了兩下。

《城隍》全文完

番外、小魚

有的孩子，生來就鍍金，好比黃家那隻小魚。

他出生時，母親剛當選鎮長，子憑母貴，只要他說東，阿伯阿婆都會跟著說咚咚。好長一段時間，鎮上就他一個三歲以下的小寶貝，男女老少無一不寵，勤奮餵食，沒辦法對他燦爛的笑臉說一聲「不」。

沒有人能制住小魚霸王，沒有人！除了某位隱身於海外的王前鎮長，智超先生。

黃小魚每次跟王鎮長隔海視訊，一大一小總是隔著平板螢幕打來打去。

「你這個死囡仔！」

「死老猴！」

直到于新穿著圍裙出現在螢幕前，對王鎮長連聲道歉，管教不周，讓伯伯見笑了。

「阿新，你不要太寵他。」王鎮長扶額一聲嘆息。

「嗯，大概我比較像我爸爸。」于新溫溫垂下眼。

王鎮長看著于新，光是讓這孩子重新有了活下來的意義，就足以抵過黃小魚對他沒大沒小千百條罪孽。

「小魚，要聽小新爸爸的話。」

「知啦！」

「那我先去忙了。」

小魚抓著平板，圓眼瞪大：「幹嘛那麼快走？不是才聊一下下？老頭子很小氣耶！」

王鎮長了然於心：「呵，捨不得了？」

「才不是，鬼才捨不得你！」小魚嘴硬回道，可小臉幾乎要貼到螢幕上。「只是要問你什麼時候王夫人才會回福興來？我等好久了捏！」

「再一陣子，她很想親手抱抱你。」王鎮長不禁放柔神情。

「當然了，我這麼可愛，師奶殺手。我保證王夫人只要回來，一律藥到病除！」

心愛的夫人被拿捏住，王鎮長終是不敵惡霸黃小魚，被拗到兩下啾啾。小魚這才放過智超先生一馬，結束通訊。

于新揉了揉小魚的軟髮，微張的薄脣像是想責怪他頑皮，卻只是露出一抹笑。

黃小魚嘖嘖兩聲，就像他媽咪所感慨：這男人就像佳釀，年紀越長，越是香醇。

「大家都喜歡小魚，那小魚喜歡誰呢？」于新半蹲下來，柔聲問道。

「受不了，都這麼大了還愛撒嬌！」小魚毫不猶豫撲抱住年輕貌美的父親。

于新閉上眼，感受懷中的溫度，幸福不已。

〈小魚〉完

國家圖書館出版品預行編目資料

城隍／林綠 著.
——初版.——台北市：蓋亞文化，2017.02
面；公分.

ISBN 978-986-319-266-4（平裝）

857.7 106000166

悅讀館 RE269

城隍 THE CITY GOD

作者／林綠
插畫／AKRU　封面設計／克里斯
出版／蓋亞文化有限公司
地址◎台北市103承德路二段75巷35號1樓
電話◎（02）25585438　傳眞◎（02）25585439
部落格◎gaeabooks.pixnet.net/blog
臉書◎www.facebook.com/Gaeabooks
電子信箱◎gaea@gaeabooks.com.tw
投稿信箱◎editor@gaeabooks.com.tw
郵撥帳號◎19769541　戶名：蓋亞文化有限公司
法律顧問／宇達經貿法律事務所
總經銷／聯合發行股份有限公司
地址◎新北市新店區寶橋路235巷6弄6號2樓
電話◎（02）29178022　傳眞◎（02）29156275
港澳地區／一代匯集
地址◎九龍旺角塘尾道64號龍駒企業大廈10樓B&D室
電話◎（852）27838102　傳眞◎（852）23960050
初版三刷／2023年4月
定價／新台幣260元
Printed in Taiwan

GAEA
ISBN／978-986-319-266-4

Gaea

Gaea